KB059908

이야기론으로 읽는

무라카미 하루키와 미야자키 하야오

이야기론으로 읽는

무라카미 하루키와 미야자키 하야오

오쓰카 에이지 지음
선정우 옮김

북바이북

서문

일본문학에는 왜 구조만 남았는가

세 가지 문학 카테고리

일본의 만화와 애니메이션이 '저패니메이션japanimation'[1]이라 불린 지도 오래되었다. 하지만 그것의 세계화를 논하기 전에 요시모토 바나나와 무라카미 하루키로 대표되는 1980년대 서브컬처 문학의 '세계화'가 화제가 되었다. 저패니메이션과 1980년대 서브컬처 문학의 '세계화'가 매우 유사해 보였던 이유가 있다. 우키요에나 가와바타 야스나리川端康成의 문학같이 '전통적 일본'이라고 묶어버리면 듣기 좋은 것들(결국 서양에서 바라본 자포니즘japonism[2]이나 오리엔탈리즘의 반복일 뿐이지만)이 모든 나라의 문화권에서 '서브컬처'로 소비되었고 받아들여졌기 때문이다.

물론 실제로는 이런 수용에도 상당히 복잡한 측면이 있고 수많은 오독誤読과 소통 불능의 문제가 엄존한다는 점은 만화 원작자[3]로서 참여한 내 작품이 '번역'되는 과정에서 경험했다. 하지만 윗세대의 일본인들에겐 저패니메이션이나 하루키, 요시모토 문학이 마치 비틀스나 할리우드 영화처럼 세계화된 청년 문화로 자리 잡은 것처럼 보였으리라.

오에 겐자부로가 노벨문학상 수상 전후로 몇 번인가 열었던 강연회에서 드러낸 견해를 보자. 물론 오에는 서브컬처 문학의 세계화를 찬양하지 않았으며 이는 자신의 작품과 다르다고 주장했다. 하지만 오에 역시 하루키 '문학'의 유행을 고도자본주의와 결합된 세계의 균일화 현상으로 파악했다.

오에는 '세계에 알려진' 일본문학을 일본의 전통이나 미의식에 근거한 것과, 당시 일본에서 가장 선진적으로 달성되었다고 믿어지던 고도자본주의에 근거한 문화, 즉 세계화가 반영된 문학으로 나누어 전자를 가와바타가, 후자를 요시모토와 하루키가 대표한다고 주장했다. 그리고 자신의 작품은 양자와 다른, 서양에서 성립된 보편적 가치에 근거를 둔 '세계문학'이 '일본문학화'된 사례라고 주장했다. 그리고 옥타비오 파스Octavio Paz의 발언을 참조하면서 하루키 등에 관하여 이렇게 기술하였다.

> 저는 파스 씨한테서 이런 말을 들었습니다. 그가 글로 쓴 적도 있습니다만, '뉴욕, 런던, 파리, 모스크바, 베를린, 멕시코시티, 도쿄 전체를 하나의 서브컬처가 사로잡고 있는 시대가 이미 다가와 있다. 이는 머지않아 새로운 문학까지 만들어낼 것이다.'

> 실제로 무라카미 하루키, 요시모토 바나나의 작품이 그러하며, 나름의 독자층을 만들어내고 있습니다. 그들의 작품은 미국에서 주목받고, 이탈리아에서 널리 읽히고 있습니다. 충분히 세계적이라고 할 수 있겠죠.
>
> 오에 겐자부로 지음, 『애매한 일본의 나』, 이와나미쇼텐, 1995

오에의 자기 평가는 일단 제쳐두고라도, 하루키·요시모토 문학은 '전통'에서 단절된 포스트모더니즘 문학이라고, 오에 역시 지적하고 있다.

가와바타, 무라카미, 오에는 세계에 알려졌는가

설령 '일본문학'을 '전통형'과 '고도자본주의형', '서구형', 세 가지로 분류할 수 있다손 치더라도 이들이 해외에 수용되는, 이른바 '세계화'를 가능케 한 요인은 각각 다른 걸까? 나는 우선 여기에 소박한 의문을 품는다. 그리고 오에가 생각한바, '가와바타', '하루키', '오에' 사이에 존재하는 '일본문학 내부의 차이'가 문맥에 이르기까지 속속들이 해외에 알려진 걸까? 설령 그렇다 하더라도 오에가 생각한 세 가지 문학 카테고리가 세계화될 수 있었던 근본 원인이 서로 다르다고 할 수 있을까.

오에의 입장에서 말해본다면, 가와바타는 전통적 일본 문화의 해외 수용, 즉 '게이샤, 후지야마FUJIYAMA, 스키야키SUKIYAKI[4]' 등의 세계화와 동일한 틀 안에 있고, 하루키는 워크맨과 비디오게임으로 표상되는 '새로운 자포니즘'과 글로벌 문화의 첨병에 해당하며, 오에는 '근대'를 창출해낸 서구적 가치관이라는 또 다른 보편성에 의거하고 있다. 하지만 이런 '차이'가 오에의 생각만큼이나 본질적인 걸까. 예를 들어 나는 똑같은 서브컬처 문학이지만 요시모토 소설의 번역판에는 현지에서 인기 있는 서브컬처 계열 일러스트레이터의 삽화가 사용되고, 하루키의 번역판 표지에는 게이샤 사진이 쓰이기도 했다는 점을 근거로 하여, 하루키가 상대적으로 요시모토보다는 좀 더 '일본적'으로 보이는 무언가를(즉 가와바타적인 무언가를) 내포하고 있다고 생각한다. 그런 나의 인상은 하루키가 1991년 프린스턴 대학에 유학했을 때 마치 에토 준[5]이 '일본문학'을 '발견'했던 것처럼 '일본어'를 '발견'했던 점을 통해서도 어느 정도 증명되었다. 한편 하루키는 최근 들어 거의 매년 '노벨상' 후보에 오르고, 서구 여러 문학상의 단골손님이 되었다. 적어도 오에가 생각했던 차이는 하루키에게서 찾아보기 어려워지고 있다. 하지만 그것을 하루키의 '변절'이나 '성숙'이라고 할 수 있을까.

이야기 구조를 철저히 구축함으로써 이루어진 세계화

나는 예전부터 하루키라는 작가는 무언가를 가장假裝하고 있지 않은가 하는 생각을 해왔다. 그의 문체가 미국 소설의 번역문체처럼 보이는 점이나, 에토 준의 미국 체재기 『아메리카와 나』의 '번안'이라고도 할 만한 『슬픈 외국어』를 프린스턴 대학에서 창작한 점도 하루키의 문학이 항상 무언가를 가장함으로써 성립한다는 사실을 입증하는 게 아닐까. 예를 들어 이는 '언어'에 대하여 하루키의 작중 인물이 다음과 같이 언급한 바와 대응시킬 수 있을지도 모른다.

> 레이코 씨는 눈 끝의 주름을 깊게 잡으며 얼마 동안 내 얼굴을 바라보았다. "당신 말투는 왠지 모르게 이상하네요"라고 그녀는 말했다. "『호밀밭의 파수꾼』[6]의 남자아이 흉내를 내는 건 아니겠죠?"
>
> "설마"라고 말하며 나는 웃었다.
>
> 무라카미 하루키 지음, 『노르웨이의 숲』, 고단샤, 2004

『노르웨이의 숲』의 '나'는 미도리에게도 '말투'가 '험프리 보가트 같다', '깨끗하게 벽토를 바르는 것 같다'라는 말을 계속 듣는데, 이는 말투가 번역소설 같은 무국적스러움과 굴곡 없이 평평한 느낌을 풍긴다는 의미이다. 요컨대 '표층밖에 없는 언어'가 이 작가의 이상이 아닌가 싶은 느낌도 든다.

나는 하루키보다 약간 연하인 간사이關西 출신의 전문 필자가 하루키가 등장하기 이전에 쓰던 문체와 하루키의 문체가 비슷하다는 점도 지적한 바 있다. 이는 '도쿄어'라는 지역어가 아니라 도쿄 출신은 오히려 느끼기 힘든 '표준어'라는 이름의 가상 언어를 가리키는데, 내가 보기에 하루키는 어딘지 모르게 자기는 가상 언어를 통해 가상의 이야기를 하는 것뿐이라고 시치미를 뚝 떼는 듯하다. 그런 의미에서 보자면 하루키의 문학이 (오에의 세 가지 분류에 따르자면) 문학에서 성숙한 서구형 문학으로 나아간 것이라는 식의 판단에는 동의하기 어렵다.

여기에서 나의 결론을 먼저 언급하자면, 하루키의 소설이 세계화된 배경에는 오에가 느낀 '문학의 세계화'가 있고 우리는 이 점을 염두에 두어야 한다는 것이다. 한편으로, 여기에 작용한 원리가 오에나 가와바타의 문학을 세계화한 원리와 어느 정도 겹치고, 하루키는 이를 철저히 시행했다고 보는 편이 정확할 것이다. 바로 '이야기 구조'다. 가와바타와 오에 모두 근대 일본문학가 중에서 이야기 구조가 선명한 작품을 창작한 소설가이고, 세계화된 근대소설은 대체로 이야기 구조가 선명하다. 언어의 번역을 넘어 이해하기 쉬운 것은 비非언어 영역인데, 그중 하나는 시각 이미지이고 또 하나는 이야기 구조이다. 중요한 점은, 하루키에게는 '철저한 이야기 구조화'라고 할 만한 현상이 일어났다는 것이다. 따라서 1980년대 일본 서브컬처의 세계화는 문학이나 애니메이션의 형식이 글로벌스탠더드에 접근하게 된 결과일 뿐이다.

15년전쟁 때와 동일한 '일본'의 전달 방식

이러한 서브컬처의 세계화로 인하여 '일본적인 것'이 세계에 알려졌다는 착각이 일반화되어 버렸다. 오에는 가와바타가 그런 '일본적인 것'의 발신자라고 말했지만, 오늘날에는 애니메이션과 같은 서브컬처가 동일한 역할을 하고 있다. 그렇게 세계화된 일본 서브컬처의 배후에서 '일본'을 찾아내려는 시도, 혹은 '일본 문화'의 표상이 서브컬처 형태로 세계에 알려졌다는 주장은 만화·애니메이션의 세계화에 문부과학성과 경제산업성, 외무성, 혹은 자신을 세계에 알리고 싶어하는 사상가나 현대미술가가 구차스럽게 편승하는 상황 속에서 반복되었다.

하지만 이런 주장의 기묘한 점은, 예를 들어 실제로는 가이요도海洋堂[7]의 원형사[8]인 BOME[9]가 만들고 무라카미 다카시村上隆[10]는 '프로듀스'했을 뿐인 '작품'[11]인 미소녀 피규어figure[12]의 낙찰가가 몇 억 엔에 이르렀어도, 이 작품을 통해 해외에 알려진 '일본'이 무엇인지는 제대로 설명해내지 못하고 있다는 것이다. 다카시 본인이 현대미술적 논고를 내놓았을 뿐이다. 아니 애당초 이런 논의는 불문에 부쳐져 있다고 해야 할 것이다. 이른바 애국자들은 거대한 유방에서 젖을 내뿜고 있는 미소녀 속에 어떠한 '일본'이 반영되고 있다고(혹은 무엇을 상징한다고) 생각하는 것인가. 거기에는 '외국의 권위 있는 어딘가에 알려졌다'라고 하는 사실뿐이고, 무엇이 어떤 식으로 알려졌는지는 불문에 부쳐지는 것이다.

서브컬처의 소구력訴求力에 편승하여 '일본'을 전달하려는 발상 자체는 15년전쟁[13] 시기 애니메이션 진흥 정책이 추구했던 바와 동일하다. 현재의 저패니메이션론은 '프로파간다로 삼으려는 것이 부재不在한 프로파간다'라는 점이 특징이다. 15년전쟁 당시 애니메이션의 국책화를 주장했던 이마무라 다이헤이今村太平[14]는 타당성은 일단 제쳐두더라도 적어도 애니메이션의 보편성을 통한 전달력에 편승하여 '대동아공영권'이란 이름의 보편성을 구현할 수 있다고 주장했다. 물론, 이런 '보편성'은 전적으로 디즈니의 방법론에 기댄 것이다.

그것은 아소 다로의 소프트파워론이었던 저서 『엄청난 일본』[15]이 시종일관 일본 문화의 힘이 얼마나 '엄청난'가를 주장하는 내용만으로 채워져 있는 것과는 아주 대조적이긴 했다. 이는 일본의 창작물이 세계에서 팔린다는 사실이 곧 일본이 세계에서 인정받고 있음을 증명해준다고 말하는 데 불과하다. 한마디로 이 나라의 문화 전략은 지극히 유치한 인정 욕구로 지탱되고 있는 것이다. 무엇이 어떤 식으로 전해졌는지는 완전히 불문에 부쳐지고, 그냥 '일본 문화의 훌륭함'이나 '엄청남'이 세계에 알려졌다고 순진하게 믿고 있는 느낌이다.

이런 주장 혹은 인상론의 배경에는 일본 서브컬처의 세계화는 곧 일본의 '국력'을 증명하는 것이라는 분위기가 있다. 반복하지만, 하루키의 문학이든 저패니메이션이든 무엇이, 왜, 세계에 알려졌는지는 불문에 부쳐진 채로, 그저 '일본'이 세계에 알려졌다면서 기뻐하고 있다는 것이다. 나는 국가주의자가 아니기에, 애국자들이 서브컬처에 편승하여 무언가를 자랑스럽게 생각하든 말든 알 바가 아니지만, 정작 애국자들에게 '일본'이 부재不在하다는 점을 생각하면 약간 기묘하다는 느낌은 받는다.

'구조'만이 세계화된다

그렇기에 이런 서브컬처 문학 혹은 저패니메이션의 세계화라는 현상에 대해서 내가 유일하게 설득력이 있다고 느꼈던 비평은 가라타니 고진柄谷行人의 간단한 언급이다. "구조밖에 없기 때문이다."

가라타니 고진은 재패니메이션, 하루키, 요시모토가 쉽사리 세계화되는 이유는 구조밖에 없기 때문이라고 지적했다. 이는 곧 아무런 어려움 없이 해외에 전해질 수 있는 것은 '구조'뿐이라는 이야기이기도 하다. '구조' 이외의 것들이 아예 전해지지 않는 것은 아니나 이 경우 엄청나게 까다로운 소통의 장애물을 넘어서야만 한다. 쉽게 전달되는 것은 '구조'뿐이다. 그렇기에 세계에 전해지는 표현은 대개 구조에 특화되어 있는 표현이다. 나는 이 가라타니의 주장을 하루키와 하야오[16]의 작품에 적용하면서 알기 쉽게 해설하려 한다.

여기에서 조금 비아냥거려보자면, 예를 들어 일본의 수많은 뮤지션들이 세계시장을 목표로 했지만 실제로 세계화된 것은 사카모토 큐[17]의 〈스키야키スキヤキ〉를 제외하곤 애니메이션 송[18]뿐인 데 반하여, 세계화된 저패니메이션 작품 중엔 정작 '세계'시장을 목표로 한 것이 없다. 전 세계에 일본이 얼마나 훌륭한지를 애니메이션이나 만화를 통해서 알려주자는 식의 목표를 가진 '오타쿠'는 내가 활동하

던 시절엔 전혀 없었다(지금은 있기 때문에 어이가 없는 상황이지만). 아무튼 그런 야심과는 상관없이 우리의 표현(작품)은 서로 다른 문화권 안에서 단순한 소비재, 단순한 서브컬처로 소구되었다는 점이 특징이다. 이 '전달되기 쉬움'의 본질이 바로 '구조'라는 점을 가라타니가 발견해낸 것이다.

세계화된 일본 문화에는 구조밖에 없다고 하는 가라타니의 지적에서 흥미로운 점은 절대 '일본 문화'나 '국력'을 근거로 삼지 않는다는 것이다. 그런 문제들과 '알려진다는 것'은 서로 다른 얘기다.

그렇다면, '구조밖에 없다'는 것은 과연 어떤 표현 방식을 가리키는 걸까. 가라타니가 말한 '구조'는 주로 이야기 구조를 뜻한다고 보면 된다. 1920년대 러시아 형식주의formalism를 통해 발견된 이야기 구조론은, 표면적으로는 서로 다른 캐릭터와 이야기로 구성된 민담 등이 특정 문화권 혹은 인류 보편의 영역에서 공통된 구조로 이루어져 있다는 입장을 취한다. 그런 의미에서 '보편성'이란 '구조'의 영역에서 먼저 성립되는 것이 아니냐는 가라타니의 지적은 올바르다. 예를 들어 일본 신화의 이자나기·이자나미[19] 이야기와 그리스 신화의 오르페우스[20] 이야기가 모두 남편이 저승의 나라로 죽은 아내를 찾으러 간다는 이야기라 하더라도, 애당초 이야기란 공통 구조를 갖고 있게 마련이라 그럴 뿐이지 일본 신화나 그리스 신화의 고유한 문화 전달력이 '보편성'을 창출한 것은 아니다.

가라타니는 어디까지나 '구조'를 이야기라는 차원에서만 논했으나 이에 덧붙여 만화와 애니메이션에서 이 주장을 좀 더 음미해 보자. 만화와 애니메이션은 이야기(스토리)라는 차원의 '구조화'뿐만 아니라 다른 차원에서도 '구조화'가 이루어질 수 있다. 즉 '작화作畵', '연출', '동작'이란 세 가지 차원이다. 예를 들어 '작화'라는 차원에서의 '구조'란, 데즈카 오사무[21]가 자신의 그림을 "기호에 지나지 않는다"고 단언했던 점과 깊이 관련된다. 또 '연출'이란 차원에서의 '구조'라면 일본의 전후戰後 만화에서 기본적 연출론이었던 '영화적 수법'이 그에 해당한다. 이들 차원의 '구조'는 '구성'이라고 바꿔 말해야 하는데, 이는 '이야기'가 '구조'라는 사실을 발견했던 1920년대 러시아혁명 직후의 소비에트에서 발생한 예술 이론에 준거하고 있다. 일본의 만화·애니메이션은 '이야기', '작화', '연출', '동작'이란 네 가지 차원에서 고도로 '구성'화돼 있었기에 '구조밖에 없는 표현(작품)'으로 세계화될 수 있었던 것이다. 또한 서브컬처 문학의 보편화는 이야기 측면의 '구조화'를 통하여 이루어졌다고 할 수 있다.

'구조밖에 없는 이야기' 속에서 그들은 무엇을 말했는가

이 책에서는 우선, 일본문학이 1980년대에 '구조밖에 없는 문학'으로 변용된 상황을 하루키의 작품을 사례로 들어 설명한다. 그리고 이것이 일본문학보다 좀 더 넓은 영역에서 '구조밖에 없는 이야기'가 생겨나던 도중에 벌어졌다는 점도 검증하겠다. '구조'라는 문제를 우선은 이야기라는 차원으로 국한해 생각하기로 한다.

이어 하루키와 하야오라는 세계화된 작가의 작품 속 이야기 구조를 검증하여, 반복되는 구조로부터 과연 어떠한 문제를 읽어낼 수 있는지를 생각해보겠다. 구체적으로는 하루키의 『태엽 감는 새』[22]에서 실종된 아내 구미코는 어째서 귀환하지 않았는가, 혹은 하야오의 〈벼랑 위의 포뇨〉에서는 어째서 사태 수습에 포뇨와 소스케의 어머니가 나섰고 이야기가 모두 종결된 다음에도 해변 마을의 홍수는 물러나지 않았는가에 대한 답을 내놓을 것이다. 이는 하야오의 아들 미야자키 고로[23]의 〈게드 전기〉는 왜, 어떻게, '실패'했는가. 하루키의 『해변의 카프카』에서 카프카 소년은 어째서 모험을 떠났으면서도 섹스밖에 하지 않는가, 이런 것들에 관한 설명이기도 하다(전부 다 아무래도 상관없는 내용이지만).

마지막으로 나는 하루키와 하야오가 이야기 구조를 특화시키는 와중에 '구조밖에 없는 이야기'에서 무엇을 말하고 무엇을 회피하며 어떤 어려움을 겪었는지, 또 거기에 또 다른 가능성은 없었는지를 논할 것이다. 그다음으로 거기에 어떠한 '일본'이 드러나는가, 아니면 드러나지 않는가의 문제(나에게는 아무래도 상관없지만)에 대한 결론을 내리겠다.

차례

1장

1980년대 '문학'의 〈스타 워즈〉화에 관하여

하스미 시게히코의 분노

1980년대 말에 하스미 시게히코蓮實重彦[1]는 얼마 전에 발표된 순문학과 대중소설 등을 예로 들면서 다음과 같이 지적했다. 길지만 전체를 인용한다.

> 말 그대로 완전한 고독이란 표현이 어울릴 남자가 갑자기 허둥지둥 여장旅裝을 준비하기 시작한다면, 일단은 경계하는 편이 좋다. 누군가한테 어떤 용건을 '의뢰'받아서 잠깐 여행에 나선다는 식의 말이라도 흘린다면 한층 더 경계해야 할 것이다. 그는 아마추어이면서도 탐정 흉내를 내기 시작하는 것이 틀림없고, 세상에서 탐정 흉내를 내는 아마추어만큼이나 애물단지에 성가신 존재는 달리 없기 때문이다.
>
> 이 아마추어 탐정은 타인이란 존재를 아예 믿지 않는다. 오로지 나만이 수수께끼를 해결할 수 있다고 확신하고 선택받은 자의 특권을 만끽하며 남몰래 긍지를 느끼기까지 한다. 이 모험에 도움을 줄 수 있는 이는 피를 나눈 형제자매에 국한되어 있다. 그렇게 중얼

거리면서 몰래 연락을 주고받는 이 둘은, 완전한 남남이 아닌 만큼 협력 관계도 긴밀하여 외부자는 절대 끼어들 여지가 없는 듯하다.

당신들은 우리의 모험에 가담할 권리가 없다, 그렇게 아마추어 탐정은 내뱉는다. 이는 철저히 개인적인 이야기인 것이다. 앞으로 시작되려고 하는 모험에서 의미 있는 역할을 맡을 수 있는 것은 우리 두 사람뿐이고, 나중에 목적이 달성된 다음 순조롭게 생환한 자의 권리로 내가 들려줄 이야기에 귀를 기울이는 것만이 당신들한테 허락된 유일한 낙이다. 하지만 이를 단순히 오락이라고 생각해서는 안 된다. 이 '보물찾기'는 오로지 개인적인 동기로 인한 모험이라 해도 당신들이 모두 붙잡혀 있는 세계의 은유라는 의미가 있으므로 주의 깊게 듣는 편이 좋다. 그저 문득 떠오른 생각이나 엉터리 거짓말이 아니라 현실감을 띠고 있는 교훈적 이야기인 것이다. 실제로, 그렇지 않은가 하고 그는 중얼거린다. 사람들이 평안한 일상을 보내고 있는 이 세계에도, 나름의 권력기구가 갖춰져 있어서 정치 제도의 그림자에 숨어 사람들의 생활을 규제하고 있다. 거기엔 '흑막'에 싸인 책략가도 있고 빨치산이라 부를 만한 투사도 있는데 이들은 평소에는 남의 눈에 띄지 않는 물 밑에서 치열한 투쟁을 벌이고 있는 것이다. 내가 선택받은 자의 특권으로서 '보물찾기' 여행에 나서는 것은 눈에 보이지 않는 투쟁이 결정적 국면에 이르러 기존 권력을 유지하려는 쪽에 중대한 위기가 발생했기 때문이다.

하스미 시게히코 지음, 『소설로부터 멀리 떨어져』, 니혼분게이샤, 1989

하스미는 여기에서 하루키의 『양을 쫓는 모험』, 무라카미 류[2]의 『코인로커 베이비즈』, 마루야 사이이치丸谷才一[3]의 『가성으로 불러라 기미가요』, 이노우에 히사시井上ひさし[4]의 『기리키리 인吉里吉里人』 등의 소설이 전부 동일한 이야기 구조로 만들어져 있다는 사실에 크게 분노한다. 앞서 인용한 부분은 바로 이들 소설에서 공통된 '이야기 구조'이다. 주인공이 누군가한테 임무를 '의뢰'받고 이를 수행하는 형태로 이야기가 시작된다거나, '도움'을 주는 특별한 인물이 등장하는 흐름은 분명 블라디미르 프로프[5]의 『민담 형태론』의 영향 하에 있다.

'거대한 이야기의 종언'을 맞이한 1980년대

하스미의 비평이 쓰였던 1980년대보다 앞서, 1920년대 혁명 직후의 소비에트에서 성립된 러시아 형식주의는 1970년대에 유행했던 구조주의[6]와 기호론 등의 사상사적 '기원'으로 주목받은 바 있다. 그 중에서도 클로드 레비스트로스가 재발견한 프로프의 『민담 형태론』은 수많은 러시아의 '마법민담'을 서른한 가지 최소 단위의 규칙적인 조합으로 이루어진 '구조체'로 간주했다는 점에서 이야기 구조론에 대한 선구적 연구로 인식되었다. 이것은 이야기 구조론을 신화와 민담, 혹은 문학과 영화에 적용함으로써 특정 문화권이나 장르에 공통되는 몇 가지 구조가 있다는 사실을 밝혀냈다. 하지만 누군가 야유했듯이 이는 "마치 긴타로 사탕[7]"처럼 항상 비슷비슷한 구조밖에 추출하지 못했기 때문에 금세 사그라들고 말았다.

하스미의 비판은 문학이란 본래 평범한 구조에서 해방되거나 이를 무화시키려 노력하는 것인데, 소위 순문학에서 엔터테인먼트 문학에 이르기까지 모든 소설이 경쟁적으로 단일 구조로 회귀해야만 하는 이유가 도대체 무엇이냐는 짜증 섞인 의문에 가깝다. 기억하기로는 당시엔 '반反이야기' 같은 구호가 유행하기도 했다. 실제로 하스미의 평론이 쓰인 직후, 냉전 구조가 끝나고 베를린 장벽이 붕괴했으며 일본에서도 마치 타이밍을 맞춘 듯 쇼와 덴노[8]가 사망했다. 이러한 역사적 현실은 마치 장 프랑수아 리오타르가 말했던 '거대한 이야기의 종언[9]'이 구현된 것처럼 보였고, 장 보드리야르가 『소비의 사회』에서 주장했듯이 모든 이가 '단편화'된 기호와 기호가 만들어내는 차이와 장난을 치는 와중에 이젠 '거대한 이야기', 다시 말해 '역사'나 '근대적 개인' 같은 담론이 불필요한 시대가 도래했음을 확신하기에 충분한 상황이었다. 이전 세대가 '신인류新人類[10]'라 불렀던, 몇몇 사람은 적극적으로 자칭했던, 당시 '젊은이'를 대표하고 있던 우리 세대는 '근대의 종언' 이후의 문화를 짊어질 것이란 기대를 받기도 했다.

내가 서른이 되고 조금 지난 후에 썼던 『이야기 소비론』 역시 이와 같은 '근대'와 '역사'의 종언이 논의되던 분위기에서 두 가지를 주장했다. 즉 '거대한 이야기'가 사라져가고 있다면, 그런 흐름을 타고 책임의식 없이 각자 자신의 이야기를 써나가는 시스템이 어떤 형태로든 생겨나지 않을까, 또 이야기는 이야기론적 구조를 통해 유지될 수도 있지 않을까 하는 점이다.

인터넷 등장 이전의 '이야기 소비'라는 개념

당시엔 인터넷은 존재하지 않았으므로, 특정 만화나 애니메이션에 내포된 '세계관'을 기반으로 '2차 창작[11]'(당시엔 이런 단어도 없었다)을 하는 코믹마켓[12]의 동인지[13]라든가 잡지의 독자투고란을 통해 성장했던 도시전설, 아니면 초기 컴퓨터게임의 RPG[14] 등이 '거대한 이야기'를 대체하는 문화 현상의 예시가 되곤 했다. 자기 이야기를 만들어내는 이런 현상을 보고 나는 '누구나 작가가 될 수 있는 시대'가 오고 있다는 징후라고 생각했다.

나는 '주어진 미디어 환경에서' 자기 이야기를 만들어내는, 말하자면 일종의 '이야기를 둘러싼 자급자족'이라고 할 수 있는 현상을 '이야기 소비'라고 이름 붙였다. 이는 주어진 이야기를 수용자로서 '소비'한다는 말이 아니라, 소비 및 미디어 환경 자체가 '이야기를 만든다'는 '유사 창작 행위'를 가능케 한다는 주장이었다. 마침내 인터넷이 등장했을 때 나는 '아, 그렇구나. 이것이 그때 내가 예감했던 현상이구나' 하고 느꼈다. 참고로 '이야기 소비'라는 현상을 당시 나는 이와 같이 정의했다.

① 발신자는 '이야기'의 전모를 보여주지 않고 어디까지나 미분화한 형태로만 제시한다. 여기에서 '미분화微分化'라 함은, 하나의 이야기를 한 구절씩 조각낸다는 뜻이 아니다. 단편을 그냥 순서에 맞춰 늘어놓기만 하면 이야기가 되는 식으로 제시하는 게 아니라, 어디까지나 이야기를 상기시키기 위한 상황이나 캐릭터에 관한 정보를 무질서하게 (종합하는 것만으로는 이야기를 구성할 수 없는 정보로) 제시하는 것을 말한다.

② 수용자는 이 미분화된 정보를 실마리로 '이야기'를 재구성하는데, 이를 유사 창작이라고도 할 수 있다. 정보가 불완전하기 때문에 결락缺落된 부분을 포함한 전체를, 주어진 단편만을 근거 삼아 상상(= 창조)해야만 한다.

오쓰카 에이지 지음, 『보이지 않는 이야기 '속임수'와 소비』, 유다치샤, 1991

단편화된 정보군群—당시엔 '데이터베이스'란 단어도 보편화되지 않았다—에서 임의로 일부 정보를 추출하여 '이야기 구조'에 따라 재구성함으로써 자기 이야기를 준비한다. 즉 '거대한 이야기' 안에서 각자 준비할 수 있게 되는 상황을 가리켜 '이야기 소비'라고 부른 것이다. 이야기를 '단편', 즉 최소 단위의 구성이라고 간주한다는 점에서 '흔해 빠진' 러시아 형식주의적 문학관이 반영되어 있음은 말할 나위도 없을 것이다. 이러한 주장을 하면서 나는 만화나 애니메이션에서 '세계관'이라는 가상의 개념을 취한 '거대한 이야기'가 부흥復興하고 있다는 지적을 한 적이 있다. 〈기동전사 건담〉[15](1979)이나 초창기의 컴퓨터게임은 전부 '역사'의 모조품인 '거대한 이야기'를 내포하고 있었던 것이다.

1920년대 구성주의로 지탱되는 1980년대 포스트모더니즘

이전 세대는 '이야기 소비론'을 현실에 존재하는 '정치'나 과거에 존재했고 지금도 계속되는 '역사'에서 도피하는 논리가 아니냐고 비판했다. 미야자키 쓰토무[16]의 재판에 관여하면서 나는 구체적인 현실과 부대끼며 이야기를 만들어내는 작가라는 입장을 선택하였고, 동시에 '근대'와 '전후戰後'라는 틀에 대한 재평가 및 부흥을 지향하는 비평을 하게 되었다. 나 자신은 '가짜 포스트모더니스트'에서 그래도 최소한 이치에 맞게 사고하고 행동하려 노력하는 근대주의자로 '전향'했다고 생각한다. 그런 의미에서 아즈마 히로키의 『동물화하는 포스트모던』을 통해 '재발견'된 '이야기 소비론'에 대해서는 더 이상 관심을 갖지 않게 되었다. 동시에 나는 아즈마가 1990년대 이후에 일어났다고 주장하는 서브컬처의 '이야기 소비'에서 벗어나 '데이터베이스 소비'로 변모하는 현상을 그리 결정적인 변화라고는 생각하지 않는다.

> '데이터베이스 소비'는 소비재의 원천이 하나의 '이야기'로부

터 오타쿠들이 공유하는 공유물로 바뀌었다는 의미이다. 하지만 이는 '데이터베이스', '단편화된 최소 단위'로부터 임의로, 혹은 무작위로 추출한 것을 '구성'한다는 점에서는 다를 바 없다. 이것이 결정적인 차이라거나, 역사를 가르는 분기점이라고는 생각하지 않는다. 아즈마는 데이터베이스형 소비의 사례로, 애니메이션과 만화의 캐릭터를 각자 구성 요소로 분할 가능하다는 인식이 나타나고 그런 재구성을 통해 캐릭터가 '자동 생성'되는 것처럼 보이는 상황을 제시했다. 확실히 그런 측면에서 보자면 그것은 '나'라고 하는 고유성에 대한 본질적인 비판이나 해체처럼 보일 수도 있겠다. 이런 식의 캐릭터론에 앞서 데즈카 오사무는 본인의 캐릭터에 대해 '임의의 기호를 순열 조합한 데 지나지 않는다'고 말했던 소위 '만화기호설'을 제시한 바 있다. 그리고 데즈카가 말한 만화기호설이 쿨레쇼프[17]나 에이젠슈타인[18] 등 1920년대 영화론, 즉 러시아 형식주의와 동시대의 '구성주의'적 예술관에 기반을 둔 사상에서 나왔다고 주장했던 적이 있다.

오쓰카 에이지, 「만화기호설의 성립과 전시 영화 비평—쿨레쇼프와 데즈카 오사무에 관하여」, 『신현실』 Vol. 5

고도 소비 사회의 반영이라고 일컬어지던 (혹은 당시에 내가 그런 식으로 발언했던) '이야기 소비론'도, 포스트모더니즘적 문화 상황의 산물이라는 '데이터베이스 소비'도, 사실은 '구성주의'라는 모더니즘 사상의 부흥, 혹은 모더니즘 사상을 보다 철저히 밀고 나간 것에 불과하다는 말은 꼭 강조해두고 싶다. 내겐 일본이 "지금도 여전히 모더니즘을 추구하고 있는걸?" 하는 느낌이 강하게 든다.

'나'의 부흥이 초래하는 인터넷상의 '애국'과 '일본'

아무튼 나와 아즈마가 말한 두 가지 구성주의적 문화 소비 형태의 차이점은 무엇인가. 즉 재'구성'되는 것이 주로 '이야기'인가 아니면 '캐릭터'인가. 굳이 이야기하자면 '이야기론'에 입각한 '거대한 이야기'의 부흥은 의외로 일찍 달성되었고, 이제는 모든 관심이 '나'의 부흥으로 옮겨갔다는 데서 의미를 찾을 수 있을지도 모른다. '거대한 이야기'가 부흥하고 있다는 점은 근 10년 사이의 자유주의 사관에 기반을 둔 역사의 부흥이니 애국이니 하는 담론에서 충분히 실감하고 있는 바이다. 일본은 이제 와서야 '국민국가國民國家' 건설을 지향하고 있는 것이다.

이제 관건은 이러한 이야기 속에서 어떻게 '나'를 부흥시킬 것인가에 달려 있다. 『혐한류』[19]를 필두로 하여, '애국'이나 '일본'이란 표상으로 '데이터베이스 소비'의 캐릭터가 이용되는 현상에는 그런 흐름이 반영되어 있다고 할 수 있다. 벌써 예전에 끝나버린 '국민국가'의 '이야기'인 '애국'이 인터넷에 넘쳐흐르는 현상을 보면, 도대체 무엇을 근거로 이 나라에서 '대문자 역사'[20]나 근대적 개인이 종언을 맞았다고 주장하는 것인지 이해가 안 된다. 인터넷에서 '애국'에 가담하는 행위를 가지고 포스트모더니즘 서브컬처론이라며 뒤틀린 해석을 늘어놓는 것도 도무지 이해할 수 없지만, 그런 해석을 억지로 끼워맞추려는 시도나 구제불능으로 단편화된 사고 같은 것들을 그나마 '포스트모던의 구현'이라고 볼 수 있을지도 모르겠다.

창작에 적용된 이야기론

그럼 다시금 하스미의 분노로 돌아가보자. '문학'이 한결같이 동일한 구조를 지향하기 시작했다는 사실 자체가 일종의 '이야기 소비'라고 할 수 있을 것이다. 당시의 나는 '문학' 자체가 '이야기 소비'화되었다는 말은 하지 못했으나, 지금에 이르러서는 그랬다고 말할 수밖에 없다. 이제 다시 생각해보면 이노우에 히사시의 『기리키리 인』은 도호쿠 지방의 작은 마을이 '국가'로 독립한다는 '거대한 이야기'를 흉내 낸 '놀이'를 부흥시켰고, 무라카미 류는 코인로커에 버려진 소년들을 주인공으로 등장시킴으로써 귀종유리담貴種流離譚[21], 버려진 아이 이야기를 부흥시킨 것이라고 볼 수 있다.

하지만 여기에서 무엇보다 주의해야 하는 것은 블라디미르 프로프로 대표되는 형식주의적인 이야기론이 1980년대 내내 소설 혹은 문학의 분석 이론이 아니라 창작론으로 사용되는 경향이 있었다는 점이다. 선구적 역할을 한 저서가 오에의 『소설의 방법』(1978)이다.

이 책이 조지 루카스의 〈스타 워즈〉 제1편 개봉과 같은 해에 출간된 것은 우연이라 하더라도, 이 둘을 하나의 문맥에 두어야 한다는 사실은 이 책을 좀 더 읽어가다 보면 더욱 선명하게 드러날 것이다.

오에는 '이화작용異化作用'과 '그로테스크 리얼리즘' 같은 미하일 바흐친 등이 말했던 러시아 아방가르드 문학 이론의 원용援用을 시도했는데, 찰스 디킨스의 소설을 읽어가면서 이세계를 여행하는 소년의 여행담이자 일종의 교양소설[22]인 『퀼프 군단』(1988)은 오에가 '구조화된 소설'을 자각했다는 증거이다. 참고로 이토 세이코いとうせいこう의 『노 라이프 킹』(1988), 나카모리 아키오中森明夫의 『멋쟁이 도둑』(1988)은 『퀼프 군단』을 비롯하여 당시에 '이야기론적 이야기'의 전형 중 하나로 일컬어지던 마크 트웨인의 『허클베리 핀의 모험』의 구조를 의식적으로 이용한 거라고 본다. 다음 문장에서도 드러나듯이 오에는 문학을 구조론적으로 논할 수 있다는 사고방식을 상당히 일찍 제시했다고 할 수 있다.

> 개인의 죽음에 대해서도, 국가·국민 규모의 거대한 죽음에 대해서도, 문학 표현의 언어로 파악할 경우 이는 결국 '재생'에 관한 생각에 도달한다. 현대 세계에서 살아가는 표현자表現者인 이상 단순한 '재생' 수준으로 생각할 수는 없다. 전 세계 여러 지역에서 서로 다른 문화적 배경을 바탕으로 하는, 의심할 바 없이 동시대인인 표현자들이 각자 독자적인 형태의 '재생'을 지향하며 문학 표현의 언

> 어로 말을 이어간다. 그것을 읽어내는 경험을 통해 '재생'의 신화적인 원형을 거듭 생각하게 되고, 다시금 현대 세계의 다양한 현실 속으로 돌아가게 된다.
>
> 오에 겐자부로 지음, 『소설의 방법』, 이와나미쇼텐, 1978

오에가 말한 '재생의 신화적인 원형'이란, 뒤에서 기술할 칼 구스타프 융[23] 학파의 영향을 받은 신화학자 조지프 캠벨[24]의 '단일신화론'과 똑같은 이야기이다. 오에는 이야기론에 입각해 이야기를 지음으로써 신화적인 영역에서 부흥할 수 있다고 생각한다. 그리고 신화 수준의 문학에 대하여 '이화異化'한 언어, 즉 '개個'의 언어를 부흥시킬 수 있다고 생각하는 것이다. 같은 책에서 다시 인용한다.

> 일단 둑을 터뜨리고 나면 끝없이 분출하는 언어의 양은 우리를 근대적인 혼돈에 직면하게 한다. 게다가 현대의 컴퓨터와 매스커뮤니케이션은 '타인의 언어'를 대규모로 조직화하기에 이르렀다. '개個'의 언어는 그 위세에 짓눌리게 마련이다. '타인의 언어'는 우리 개個의 내면에도 침투한다. 우리는 어느 날 내면의 목소리가 컴퓨터를 통해 건너온 '타인의 언어'를 발화하고 있음을 깨달을 것이다. 르 클레지오가 자신을 치유하는 수단을 찾아 프랑스어 문화권을 떠나 작은 인디오 부족의 독자 언어 문화권으로 여행을 한다. 그 내적인 충박衝迫[25]의 기원은 여기에 있다.

> 따라서 오늘의 위기 속에서 인간의 표현이란 과제는, 세계를 새로운 혼돈으로 몰아간 컴퓨터로 조직된 '타인의 언어'라는 지배 구조 속에서 어떻게 '개個'의 '자기 언어'를 떼어낼 것인가에 달렸다. 어떻게 하면 인간의 언어, 인간적인 표현을 자신의 '개個'에 회복시킬 수 있을까.
>
> 『소설의 방법』

하지만 이야기론을 이용하여 이야기를 쓰는 행위는 오에의 생각과는 정반대로, 작가가 마치 컴퓨터처럼 이야기를 쓰는 방법에 접근하게 되는 결과를 낳는다. 실로 얄궂은 일이다.

의도적으로 이야기론에 입각해 이야기를 쓰는 나카가미와 하루키

이와 같은 '이야기론에 입각해 이야기를 쓴다'는 발상, 즉 이야기로부터 이야기 구조를 추출하는 게 아니라, 구조라는 뼈대에 살을 붙이는 방식으로 이야기를 쓰는, 혹은 단편적인 문장을 이야기론에 입각해 재배치하여 '이야기'의 모습을 갖추게 한다는 발상은 내가 최근 10여 년간 『이야기 체조』를 비롯한 창작론 서적에서 주장해 온 내용이다. 이야기론에 입각해 이야기를 쓴다는 아이디어 자체는 프로프가 재평가한 직후에 프랑스의 교육 현장에서 이미 구현된 바 있다.

> 프로프의 방법을 교육에 응용하려는 시도는 아주 많다. 그중에서도 가장 재미있는 것은 F. 드비제르의 케이스다. 그는 단순한 분석에 머무르지 않고 창작에도 이를 적용했다. 학생한테 이야기를 제시한 뒤 기능에 따라 분해하게 하지 않고, 자유롭게 변주하게 하여 창작하도록 했던 것이다. 주어진 기능의 목록이 제한돼 있는 반면 변주의 가능성과 개수는 이론적으로 무한하다.
>
> 미셸 시몬센 지음, 히구치 아쓰시·히구치 히토에 옮김, 『프랑스의 민담』, 하쿠스이샤, 1987

이는 간단히 말해서 '구조'에 표층을 대입시켜 이야기를 무수히 변주하는 워크숍에 대한 설명이다. 어린이나 초보자도 할 수 있을 정도로 어렵지 않다. 나카가미 겐지中上健次[26]와 하루키는 의도적으로 이런 식의 '이야기론에 입각해 이야기를 쓴다'는 방법을 택한 것으로 보인다.

컴퓨터게임과 이미지의 공통점

나카가미가 이 이야기론적 방법, 프로프의 이론을 가져다가 이야기를 생성하는 방식을 의도적으로 사용했다는 사실은 다음과 같은 증언에서 확인할 수 있다.

> 만약 소설 창작 교실에서라면, 제가 주제를 정하고 여러분한테

10장 정도 글을 쓰게 한 다음 치밀하게 분석하고 줄거리 전개나 플롯 설정 방법 등을 설명할 수 있습니다.

예를 들어 러시아 형식주의인가요. 그야말로 사회주의 리얼리즘에 질려 러시아 소설을 혁신하기 위해 소설이란 무엇인가, 문학이란 무엇인가를 묻고 체제의 억압 속에서도 다양한 생각을 하고 시도했던 사람들이 컴퓨터에 입력하는 형태로 데이터를 만들고 이론을 구축한 것입니다. 그런 흐름이 나타나고 기호학이 출현하던 시대가 있었기 때문에 이런 말도 할 수 있는 거죠.

나카가미 겐지 지음, 다카자와 슈지 엮음·해설, 『현대소설의 방법』, 사쿠힌샤, 2007

이 발언은 1984년에 했는데, 프로프의 이야기론은 그때까지 블랙박스 속에 담겨 있던 소설의 방법론을 어떤 의미에선 '매뉴얼화'한 것이라고 말한 셈이다. 실제로 나카가미는 소설의 기술에 대해 '텍스트(교재)를 보고', '그대로만 하면, 어느 정도는 가능하고', '공개해도 되는 것'이라면서, '공개하자마자 바로 응용할 수 있다'고까지 단언했다. 나는 그것을 '교본'으로 '공개'했고, 이 역시 나카가미의 발언을 인용하겠지만, 문학의 방법 전부를 '일본의 해괴한 전통 기예 같은 것에 감춰놓고' 싶어 하는 문단 사람들의 화를 돋우었던 것이다. 아무튼 나카가미의 작품에서 러시아 형식주의와 '컴퓨터'가 동일한 맥락에서 다루어지고 있다는 사실은 중요하다. 사실 형식주의적 이야기론이 이 시점에서 새롭게 느껴졌던 이유는 문학과는 다른 맥락에서 초기의 컴퓨터게임이 제시하는 이미지와 공통성이 있는 듯했기 때문이다. 실제로 나카가미가 이 발언을 했던 1980년대 중반 이후 이야기론은 컴퓨터를 통한 이야기의 자동 생성이 가능한가 하는 쪽으로 옮겨간다(예를 들어 마리 로르 라이언의 『가능 세계·인공지능·이야기 이론Possible Worlds, Artificial Intelligence, and Narrative Theory』 등에 상세히 서술돼 있다). 나카가미는 이런 '이야기'의 러시아 형식주의화가 일본만의 현상이 아니라(게다가 '문학'이라는 제한된 영역에서만 일어나는 것이 아니었다) 세계적인 현상임을 자각하고 있었다. 그것은 다음 발언으로 증명된다.

> 실제로 이야기를 계속해서 쓰다 보면 고양감이 듭니다. 신비로운 느낌이 들게 하려고 이런 말을 하는 게 아니라요. 신이라든지, 자연이라든지, 아니면 매우 사악한 것까지 포함해서 전부 다 이야기라고 나는 생각합니다. 이야기를 컨트롤하는 것이 바로 이야기죠. 〈스타 워즈〉는 그런 정도까지 도달했다는 느낌이 듭니다.
>
> 『현대 소설의 방법』

스스로 〈스타 워즈〉화한 나카가미

나카가미는 이야기를 컨트롤하는 이야기가 자신의 내면에 작용하는 것을 초현실주의자들의 자동기술[27]에 비유하는데, 이를 신비적으로 독해해서는 안 된다.

그렇게 되면, 소설 속에서 자동기술을 한다는 것은 동어반복 같다고 할까요. 이야기 속에서 자동기술을 하려는 것은 동어반복입니다. 이는 불가능한 일, 즉 자동기술이 아니라는 반박이 나올지도 모릅니다. 하지만 나는 이야기의 자전운동, 무엇과 무엇을 확보해 두면 이야기가 자전운동한다는 이야기를 하는 것입니다.

『현대 소설의 방법』

나카가미가 말하는 바는 이야기를 쓰다 보면 무의식적으로 이야기론적 문법이 작용한다는 것을 느끼는 순간이 있다는 뜻이다. 그렇기에 나카가미가 〈스타 워즈〉를 언급한 것은 이 작품이 흥행했다는 사실은 제쳐두고, 좀 더 큰 의미가 있다. 조지 루카스는 〈스타 워즈〉 시나리오를 쓸 때 신화학자 조지프 캠벨의 '단일신화론'을 참조했던 것이다. 캠벨은 프로프의 흐름을 잇는 구조주의적인 신화학과는 조금 다른, 프로이트나 융과 같은 정신분석 혹은 심리학적인 신화론에 조금 더 중점을 두고 있다. 바로 그렇기 때문에 이야기 구조에서 세계성, 보편성을 보다 선명하게 추구하는 경향이 있다. 다시 말해 동서고금의 신화를 역사적·문화적 배경을 반쯤 묵살해버리고 '원질신화原質神話', 혹은 '단일신화'라는 일종의 이념형으로 환원하는데, 이는 이야기에 있어서 융 학파 쪽의 '원형[28]론元型論'에 가깝다. 이러한 캠벨의 사고방식은 세계화, 즉 글로벌화를 철저히 지향하는 할리우드 영화에는 매력적이었다. 그리하여 루카스는 캠벨의 '가장 우수한 학생' 중 한 명이 되었다. 루카스는 세계시장에서 통하는 영화를 만들기 위해 시나리오 단계에서 단일신화 구조에 준거하는 요소를 통해 가능성을 찾아냈다고 할 수 있다.

이미 이 자체가 비유적인 의미에서 하나의 '신화'가 되어버린 신화학자 캠벨과 루카스, 혹은 신화학과 할리우드 영화의 '야합'임을 나카가미는 물론 알고 있었을 것이다. 나카가미가 말한 '이야기가 이야기를 컨트롤하는 상황'을 루카스는 오컬트적 자동기술 대신 캠벨의 이론을 '교본' 삼아 실행에 옮긴 것이다.

초기에는 『19세의 지도』에서 신문배달을 하는 소년이 집집마다 × 표시를 해놓은 지도를 그렸듯이, 극히 작은 세계를 그리는 데 능숙했던 나카가미가 기슈紀州 지역을 무대로 삼은 '사가saga'의 작가로 변신한 데는 이야기론에 입각해 이야기를 집필하는 기술이 기여했다. 더불어 나카가미는 단순히 방법론의 문제만이 아니라 소설을 포함한 '이야기'가 차후의 모습을 제시한 느낌을 받지 않았을까 생각된다. 그렇게 생각하지 않으면 나카가미가 만년에 극화[29] 원작[30]을 집필했던 것을 그저 '부업'의 일환으로밖에 볼 수 없기 때문이다.

나카가미가 집필한 마지막 장편소설이라고도 할 수 있을 이 극화 원작 『남회귀선南回帰船』—실제로 이 '원작'은 소설 형식으로 집필되어 있다—이 귀종유리담 계열의 신화 구조를 정확하게 답습하였고, 일반적인 RPG같이 보이는 이유는 나카가미가 의도적으로 이야기론에 입각해 이야기를 창작했기 때문이다(오쓰카 에이지 지음, 「『남회귀선』 극화 원작에 관하여」, 『신현실』 VOL. 3, 가도카와쇼텐, 2004). 게다가 나카가미는 '덴노'나 '아시아주의', '대동아공영권' 같은 장치를 사용하여, 나카가미의 사후에 부흥하는 자유주의 사관史觀을 예견한 듯한 '거대한 이야기'를 부흥시키려 했다.

『남회귀선』에서는 당시에는 완전히 효용이 다하여 '정크junk'가 되어버린 국가주의적 장치의 조각을 마치 '이야기 소비'하듯 구조화했다. 혹자는 나카가미가 진부할 정도의 구조화를 통하여 '이야기' 자체를 비판했다고 보기도 한다. 하지만 오히려 나카가미는 1980년대에 진행되었던 '이야기 소비'적인 의미를 지닌 '거대한 이야기'의 부흥을 거의 작가적인 본능으로 감지하여 여기에 투신하지 않았나 싶다. 나카가미는 어떤 의미에서 본인의 문학을 기꺼이 〈스타 워즈〉화했다고도 할 수 있다. 더불어 나는 하루키가 나카가미 이상으로 이야기론적 창작을 적극 시도함으로써 자신의 문학을 세계화했다고 생각한다.

옴진리교라는 거울상

하루키는 작중에서, 혹은 인터뷰 등에서 여러 작가의 이름을 언급했고, 이런 이름들은 그의 소설 이미지와 일체화되어 있다. 즉 하루키의 소설이 마치 피츠제럴드, 혹은 샐린저의 소설처럼 느껴지는데 이는 하루키 본인이 연출한 자아상이라는 말이다. 따라서 하루키의 자기 언급은 (하루키만이 아니라 모든 작가의 자기 언급이 다 마찬가지지만) 조금은 의심하면서 바라볼 필요가 있다. 하지만 옴진리교가 저질렀던 지하철 사린가스 살포 사건[31]을 계기로 하루키가 자성하며 쓴 글에 녹아든 진심은 어느 정도 믿어도 될 듯하다.

> 옴진리교라는 교단의 존재는 그때 처음 알았는데, 그들의 선거 캠페인 광경을 보았을 때 무심코 눈을 피하고 말았다. 내가 가장 보고 싶지 않은 것 중 하나였기 때문이다. 주위 사람들도 나와 마찬가지 표정을 짓고는 신자들의 모습이 전혀 보이지 않는 척하면서 걸어가고 있는 듯했다. 나는 무엇보다 형용할 수가 없는 혐오감, 그리고 이해의 범주를 넘어선 섬뜩함을 느꼈다. 하지만 이 혐오감이 어디에서 왔는지, 왜 '가장 보고 싶지 않은 것 가운데 하나인지'는 깊이 생각하진 않았다. 적어도 당시에는 깊이 생각할 필요성을 느끼지 못했던 것이다. '나하고는 무관한 것'으로 치부하고 즉시 기억 저편으로 내버리고 말았다.
>
> 무라카미 하루키 지음, 『언더그라운드』, 고단샤, 1999

하루키가 옴진리교를 가장 보고 싶지 않은 대상으로 느낀 이유는 옴진리교 본연의 모습이 우리 앞에 '맞세워진 거울상'이었기 때문이다. 다시 말해 시민사회 일반에 대한 거울이라기보다는 작가로서 하루키의 방법론에 대한 거울이기 때문이라고 할 수 있다.

> 그런 관점에서 보자면 아사하라[32]는 한정된 의미에 국한해 표현하자면, 지금 이 '현재'라는 공기를 붙잡을 수 있었던 희귀한 이야기꾼이었는지도 모르겠다. 내면에 있는 아이디어와 이미지가 '정크'라는 인식을—설령 의식했든 그렇지 않았든—두려워하지 않았다. 그는 주변에 있는 정크의 부품을 적극적으로 끌어모아(영화에서 E.T.가 창고에 있는 잡동사니를 사용하여 고향 행성과 교신하는 장치를 조립했던 것처럼) 하나의 흐름을 만들어낼 수 있었다.
>
> 『언더그라운드』

하루키는 아사하라 쇼코麻原彰晃가 말한 이야기를 '정크'라는 단어로 거듭 형용한다. '자신의 세계 인식이 거의 다 정크로 구성되어 있었을 것이다'라고까지 기술하는데, 이는 하루키의 소설이 독자들에게 제시해왔던 세계 인식이기도 했다. 하루키의 소설, 특히 초기 작품에서는 불필요할 정도까지 고유명사가 인용되어 있을 뿐 아니라 문학적 정크가 한데 모여 있었다. 말하자면 '문학'이 데이터베이스화된 '데이터베이스형 소비'의 '문학'이고 그것이 하루키의 '문학스러움'을 지탱하고 있다.

하지만 중요한 것은 하루키가 항상 그 데이터베이스를 암시했다는 점이다. 실제로 하루키의 소설을 읽으면 자신이 직접 번역한 피츠제럴드나 레이먼드 카버의 소설보다 하워드 러브크래프트Howard Lovecraft나 래이 브래드버리Ray Bradbury 같은 펄프픽션Pulp Fiction 쪽의 호러소설이나, 라프카디오 헌Lafcadio Hearn[33]이 미국에 살던 시절 쓴 소품이 출전인 작품(대표적인 작품이 「렉싱턴의 유령」)이 더 많다는 점을 알 수 있다. 〈양들의 침묵〉 등 할리우드의 사이코 서스펜스에서 이미지를 차용했다고 지적하는 연구자도 있다. 하루키가 의식적으로 이들 작품을 '인용'했는지는 제쳐두고, 이 작가가 '정크'스러운 이미지의 조각을 구성하는 방식으로 소설을 써왔다는 점은 사실이다. 대부분의 독자들이 그런 '정크' 중 한두 가지 정도는 출전을 알아맞힐 수 있을 정도이다.

이처럼 독자 혹은 비평가는 하루키의 데이터베이스 소재를 확인하고 출전을 일일히 대조해보지 않더라도, 또 반대로 출전을 직접 찾아보는 '위키피디아'스러운 행동을 통해 그의 '문학'을 이해한 기분을 맛볼 수 있다. 작가와 독자를 데이터베이스의 공유 의식이 연결한다는 점에서는 라이트노벨[34]과 아무런 차이가 없다. 문제는 대체 무엇이 그러한 '조각'을 소설같이 만드는가 하는 점이다.

초기작 『바람의 노래를 들어라』와 『1973년의 핀볼』, 두 작품에서는 이런 '조각'이 가공이거나 무의미한 연대기, 즉 데릭 하트필드라는 '마치 진짜 있을 법한' 펄프픽션 작가의 경력(이 자체가 픽션이다), 혹은 핀볼 머신을 둘러싼 역사(이쪽은 사실에 기반을 둔 것 같다) 위에 배치되어 있다. '정크'인 조각은 우선 연대기를 통해 '구조'화되었고 하루키의 초기작이 간신히 소설의 형태를 갖추게 해주었다고 말할 수 있다. 나카가미의 소설이 '기슈 사가'화된 것과 마찬가지 상황인 셈이다.

이질적인 무라카미 작품의 연대기

나는 이전에 『서브컬처 문학론』이란 책에서 하루키의 작품은 초창기부터 마치 '연대기'가 내포되어 있는 것처럼 읽힌다는 지적을 한 바 있다. 상당히 이른 시점에 출판되었던 하루키의 팬북fan book 같은 '수수께끼 책謎本'[35](사실 이 책을 포함하여 하루키론을 펼친 저서 중에서 '수수께끼 책' 수준을 넘어서는 책은 거의 없지만, 이는 그의 문학이 일종의 〈스타 워즈〉일 뿐이므로 당연한 일이기도 하다)에 '연표'가 첨부되어 있음을 보더라도 명백하다. 해당 연보의 일부를 인용해보겠다.

> 1937
>
> · 쇼와 12년(1937년) 즈음에는 양羊 박사의 기사도 있었다. 농림성 기술관으로 조선 및 만주에서 많은 연구를 했다. … 그(32세)는 어떤 이유로 퇴직하여 주니타키 초十二滝町 북쪽 산 위의 분지에 면양 목장을 열었다고 한다. 양 박사에 관한 기사는 이전이나 이후를 통틀어 이것뿐이었다.(H278)
>
> · 양 박사는 농림성을 사임하고 과거 자신이 핵심 역할을 하던 일만몽日滿蒙(일본, 만주, 몽고—옮긴이)의 면양 300만 마리 증식 계획을 세우고 농림성의 민간 대부금을 받아 홋카이도로 넘어가

양치기가 되었다. 양 56마리.(H248)

1938

· 1938년 6월 어느 맑은 일요일 아침, 오른손에 히틀러의 초상화를 들고 왼손에 우산을 든 채로 엠파이어스테이트 빌딩 옥상에서 뛰어내린 것이다.(K6)

1939

· 양 박사 결혼. 양 128마리.(H248)

1942

· 장남(현재의 이루카 호텔 지배인) 탄생. 양 181마리.(H248)

1946

· 양 박사의 면양 목장, 미 점령군의 연습장으로 접수됨. 양 62마리.(H248)

· 그 혈류血瘤를 맨 처음 발견한 사람은 A급 전범의 건강검진을 하던 미군 의사였는데, 1946년 가을의 일이었다. 도쿄재판이 있기 조금 전이었다. 혈류를 발견한 의사는 뢴트겐 사진을 보고 엄청난 충격을 받았다. 뇌에 그렇게 엄청난 혈류가 들어 있는데도 살아 있다 — 그것도 보통 사람보다 훨씬 더 활동적으로 살고 있다 —

는 것은 의학 상식을 훨씬 뛰어넘는 일이기 때문이다.(H159)

1947

· 홋카이도 면양협회 근무.(H249)

1948

[쥐 탄생]

1949

[나 탄생]

· 폐결핵으로 부인 사망.(H249)

1950

· 홋카이도 면양회관 관장 취임.(H249)

1952

· 핀볼 1호기는 1952년에 완성되었습니다. 나쁘진 않았어요. 이주 튼튼했고, 싸기도 했거든요.(P146)

다카하시 도미코, 『HAPPY JACK 쥐의 마음: 무라카미 하루키의 연구독본』, 호쿠에이샤, 1984

항목 뒤에 있는 'H'는 『양을 쫓는 모험』, 'K'는 『바람의 노래를 들어라』, 'P'는 『1973년의 핀볼』을 의미한다. 즉 '연대기'란 복수複數의 작품을 횡단하는 형태로 독해된다는 점을 알 수 있다. 나카가미의 모든 작품 배후에서 비평가들이 '사가'를 찾아낸 것과 똑같은 상황이다.

하지만 일본의 근대소설 독해 방식에서 이것은 상당히 기이한 일이기도 하다. 물론 사가 스타일의 소설은 해외에선 그리 드물지 않고, 일본에서도 대개 한 작가의 작품이 독자(비평가나 연구자도 포함)에 의해 어떤 시계열에 반영되어 읽힌다. 하지만 작가의 평전이라는 문학사적 연대기 안에서만 그렇다. 예를 들어 다야마 가타이田山花袋[36]의 『이불』과 『연緣』의 여제자 묘사에서 다야마와 나가요 미치요永代美知代 사이의 전기傳記적 사실의 단편을 읽어내는 것이 '문학 연구'이고, 이는 어디까지나 현실의 시간축 위에서 재구성된다.

그에 비해 하루키 작품의 연대기적 독해는 약간 성향이 달라서 이는 어디까지나 허구의 세계에 날조되어 있는 연대기이다. 말하자면 다음과 같은 '연대기'와 가장 비슷하다.

> 0071
>
> 12월 : 사이드 7을 건설하기 위해 루나Ⅱ를 달의 뒷면 궤도로 이동시킴.
>
> 공국군, 미노프스키 입자 산포하에서 가동되는 신병기 개발에

착수.

소형 열핵반응로 완성.

기렌 자비, 우성 인류 생존설을 발표.

0072

지온공국, 소행성 기지 액시즈 건설을 개시(이 시기에 이미 완성했다는 설도 있음).

0073

공국군, 신형 병기 1호기 완성. 모빌슈트Mobile Suit, (MS)라 명명.

0074

2월 : 공국군, 소형 열핵반응로를 탑재한 시험 제작형 자크Ⅰ 출시

12월 : 제1차 목성 선단 귀환(승무원 다수가 조난을 당하거나 정신장애를 겪음).

0075

7월 : 공국군, 자크Ⅰ 양산 결정.

8월 : 공국군, 자크Ⅰ의 실전형 출시.

11월 : 공국군, 교도기동대대 편제.

미나카와 유카 지음, 『건담 사전』, 선라이즈 감수, 고단샤, 2007

이것은 1960년대 말의 정치 운동으로부터 도망친 두 사람, 즉 도미노 요시유키와 야스히코 요시카즈가 만들어낸 텔레비전 애니메이션 〈기동전사 건담〉 시리즈에서 독해해낸 연대기이다. 당시 학생들에겐 로봇 애니메이션 제작자가 지난날 정치 운동을 했다는 사실은 전혀 낯설지 않았다. 도미노와 야스히코의 친구 중에 저명한 좌익 활동가가 있었다는 사실은, 말하자면 우리 세대의 필자라면 친구의 친구 가운데 옴진리교 신도가 흔히 있다는 사실과 별 다르지 않은 상황이다. 그들은 본인 및 주위 증언으로 보더라도 열심히 활동하지도 않았다. 아니 애당초 활동가도 아니었다고 해야 할 터이다. 내가 그들의 어정쩡한 정치 활동 경력을 굳이 문제 삼는 이유는 전공투 운동이 종결된 다음 이 세대가 내보였던 문화 현상 중에 '가공의 연대기 만들기'가 있었기 때문이다.

극단적인 사례를 들어본다면 좌익 운동에서 출발하여 오컬트적 위사僞史 연구가가 된 오타 류太田竜나 좀 더 스마트한 사례인, 신좌익新左翼 이론가였다가 전기伝綺소설[37] 『뱀파이어 워즈』 작가가 된 가사이 기요시笠井潔[38]가 있다. 미국에서 학생운동이 좌절한 다음 J.R.R. 톨킨의 『반지의 제왕』 붐이 도래했던 것과 비슷한 상황일지도 모르겠다. 실제로 좌익 운동의 종결과 동시에 환상문학의 붐이 작게나마 일어나기도 했다. 1980년대 이후 〈건담〉에 뒤이어 가공의 연대기에 기반을 둔 창작이 로봇 애니메이션 및 게임 계열 판타지에서 일종의 정석이 되었는데, 특징은 그러한 연대기에 기반을 두고 여러 시리즈물이 '이야기 소비' 방식으로 만들어졌다는 것이다.

물론 〈스타 워즈〉 역시 시리즈가 에피소드 Ⅳ부터 시작되었으니, 작품 내부에 가공의 연대기가 포함돼 있다는 점이 명시되어 있었다. 문학이든 서브컬처든, 1980년대에는 우선 가공의 연대기를 담아놓으려 했다. 그것은 내겐 '거대한 이야기의 종언'을 대체하는 현상처럼 보였다. 이러한 허구의 연대기를 다시금 '현실'에 억지로 접붙이려고 했던 것이 옴진리교 사건이었다고도 할 수 있다. 나는 이전에 옴진리교 간부이자 사린가스 개발자로 일컬어지는 쓰치야 마사미의 소위 '쓰치야 노트'에 교주인 아사하라가 구술한 연대기가 적혀 있다는 점을 문제시했던 바 있다(오쓰카 에이지 「아사하라 쇼코는 어떻게 역사를 논했는가: 쓰치야 노트를 읽다」, 『전후 민주주의의 리허빌리테이션戦後民主主義のリハビリテーション』, 가도카와쇼텐, 2001). 최종 결전에 이르는 과정이 언급되는 오컬트적 허구의 역사로 구성된 근미래 연대기였다. 쓰치야는 이 연대기 안에 작중 인물로 반복해서 등장한다. 컴퓨터게임이나 라이트노벨과 비교해도 결코 수준 높은 내용은 아니었는데, 그런 진부한 이야기를 신도들이 믿었던 이유는 이 '연대기(=역사)' 속에서 간부들 한 사람 한 사람이 '역사'를 써가며 해야 할 역할을 교주에게 부여받았기 때문이다.

나는 또한 이야기 소비론을 오모토大本교 등 신흥종교의 예언과 연관 지어 논했는데, 옴진리교의 경우도 '이야기 소비론'을 아주 일반적인 방식으로 '실천'한 사례였다고 보면 된다. 그런 측면에서 보자면 옴진리교나 수많은 텔레비전 애니메이션이나 하루키나 나카가미의 작품이나 다 비슷비슷하다고 할 수 있다. 옴진리교 사건은 가공의 연대기를 현실화하려 했던 운동이었는데, 1980년대 이후에 일어난 이야기의 부흥에서 '연대기적 성격의 부흥'이라는 흐름이 막다른 골목에 이르렀음을 의미한다. 옴진리교라는 사건이 나타난 직후, 자유주의 사관이라 칭하는 '거대한 이야기'의 (마찬가지로 전혀 진짜 같지 않은) 부흥 운동이 보수 논단에서 일어났다는 사실은 다들 생생히 기억할 것이다.

이런 식으로 연대기(=연표)를 문학 분야에선 하루키나 나카가미가, 애니메이션 분야에선 〈건담〉 시리즈가, 할리우드 영화에선 〈스타 워즈〉가, 그리고 시리즈가 계속 이어지는 컴퓨터게임 분야에서는 판타지 RPG가 품어왔고, 마침내 옴진리교에 최종 도달했다고 볼 수 있다.

또한 이러한 '연대기', 즉 가상의 역사가 재생되었을 때 이 연대기 안에서 이야기론에 입각해 이야기를 만드는 일을 준비할 필요가 있다. 하루키는 아사하라에게서 그러한 방법을 보았을 것이다.

희귀한 남성의 자아실현 이야기

다시 하루키 이야기로 돌아가겠다. 하루키의 첫 두 소설에선 문장이 그저 연대기적 문맥 안에서 지탱되어 있었다. 이에 반해 세 번째 작품인 『양을 쫓는 모험』에서는 이야기론에 입각해 스토리라인이 구성되어 있다. '조각'이 이야기의 문법에 맞추어 재배열되어 있다는 말이다. 오에가 『소설의 방법』에서 러시아 형식주의적으로 만들려 했던 이야기는 그가 즐기던 '이화異化'작용으로 상징되는 다양한 이론의 견본집처럼 보인다. 하지만 하루키는 『양을 쫓는 모험』을 마치 〈스타 워즈〉처럼 논하고 있다.

하지만 그것은 비유가 아니다. 두 번째 작품이 하트필드나 핀볼의 연대기를 통해서 간신히 완성된 데 반해, 『양을 쫓는 모험』은 지극히 할리우드적인 이야기 구조에 맞춰서 집필되어 있다.

나카가미는 작가가 이야기의 구조에 '맞춰서' 글을 '쓰는' 존재라는 사실을 충분히 자각하고 있었다. 하루키 역시 그렇다는 사실은 다음 문장에서 읽어낼 수 있다.

> 당신은 이야기를 만드는 '메이커maker'이자 동시에 이야기를 체험하는 '플레이어player'이다.
>
> 『언더그라운드』

앞서 언급했던 『언더그라운드』의 지은이 후기 중 한 구절이다. 사람이 이야기를 만드는 장치라는 언급은 거듭 말하지만 단순한 비유가 아니다. 이야기를 창작한다는 행위에 체계적으로 작용하는 영역이 있다는 사실을 하루키 또한 깨닫고 있었다. 야스다 히토시는 『신화 제작 기계론』에서 컴퓨터게임 여명기에 게임 디자이너들이 이야기를 자동 생성하는 프로그램을 상상했다고 지적했는데, 나카가미도 하루키도 작가 안에 '신화 제작 기계'가 내장되어 있다는 말을 하고 있는 것이다. 두 사람은 이를 각각 '자동기술법'(나카가미), '이야기 메이커'(하루키)라고 표현한 셈인데 이것들은 바로 '이야기 구조'를 가리키고 있다는 점을 놓치면 안 된다.

그렇다고 하루키가 돌발적으로 『양을 쫓는 모험』를 구조적인 이야기로 쓴 것은 아니다. 『바람의 노래를 들어라』와 『1973년의 핀볼』, 그리고 『양을 쫓는 모험』은 구조화 수준이 매우 다르고, 앞의 두 작품과 후자 사이에서는 그야말로 극적인 '진화'가 일어났다. 마치 하야오 내면에서 〈모노노케 히메〉를 기점으로 이야기가 고도로 구조화된 것과 대비해볼 수 있는 현상이다.

하루키의 초기 두 작품은 연대기로 지탱되었기 때문에 간신히 소설이란 형태를 갖출 수 있었다 해도 과언이 아니나 그래도 최소한의 '이야기(줄거리)'가 존재한다. 매우 단순한 구조라고 할 수 있다. 말하자면 『바람의 노래를 들어라』는 '나'란 인물이 고향인 고베神戸라고 여겨지는 도시에 가서, 예전에 관계를 가졌으나 죽어버린 소녀라든지 또 손가락이 네 개밖에 없는 여자가 임신 중절을 하는 일, 옛 친구인 쥐가 일종의 교착 상태에 빠지는 일 등 '죽은 자들과의 해후'를 겪은 다음에 '이쪽'으로 돌아와 결국 '작가'가 되었다고 요약할 수 있다. 그야말로 아주 흔한 교양소설일 뿐이다.

굳이 설명할 필요도 없겠지만, 『바람의 노래를 들어라』는 논픽션인 『언더그라운드』나 번역물을 제외하면 하루키의 장편소설 중에서는 드물게도 '지은이 후기'가 실려 있다는 점이 특징이다. 예를 들어 『바람의 노래를 들어라』의 고단샤 문고판에는 '지은이 후기', '하트필드, 또다시…(지은이 후기를 대신하여)'라는 꼭지가 본편 '바람의 노래를 들어라'와 별도로 자리를 차지하고 있다. 이 두 꼭지까지 포함해서 전체가 한 편의 소설로 구성되어 있다. 즉 '지은이 후기'에서 하트필드란 가공의 작가를 '나'란 인물이 회상하고 있음을 볼 때 '나'는 작중의 '나'이고, 거기에서 '나'는 작가가 된 것이다. 이 '지은이 후기' 자체가 주인공의 성장이 '교양소설처럼' 완성되었음을 나타내는 장치로 작용하는 것이다.

물론 형식상의 본편에서도 죽은 이는 그대로 죽어 있고 네 손가락 여자는 행방을 알 수 없으며, 쥐는 아무도 읽지 않는 소설을 계속 쓰고 하트필드의 죽음이 서술되어 있음에 반해, '나'는 '결혼'을 했고 도쿄에서 평온하게 살고 있다는 점으로 미루어 오직 '나'만이 사회화에 성공했음을 알 수 있다.

그리고 또 한 가지 지적해두고 싶은데, 『바람의 노래를 들어라』는 하루키 작품 중에서도 지극히 소수인 '남성의 자아실현 이야기'이다. 주인공이 '작가가 된다'는 구체적인 형태로 결말이 제시돼 있고, 이 결말은 가공의 '지은이 후기', 즉 소설의 '바깥'에 배치되어 있는 것이다. 이처럼 결말이 교양소설같으면서도 이를 소설 내부에서는 애매하게 회피하고 있다는 하루키의 문제점이 명확히 드러나 있다.

'갔다가 돌아오는 이야기' 구조

다시 이야기를 전환하자. 『바람의 노래를 들어라』는 '나'란 인물이 고베에서 죽은 자들과 해후한 다음 귀환하는 구조다. 그리고 『1973년의 핀볼』에서는 대학 시절 여자친구의 자살을 먼저 다루고, 이어 전설처럼 전해져 내려오는 핀볼 머신 '3(스리) 플리퍼의 스페이스십'을 찾아나서는 성배聖杯 탐색 같은 여행담이 등장한다. 『바람의 노래를 들어라』에서 불충분했던 죽은 자의 혼을 위무하는 여행이라고 할 수 있을 것이다. 왜냐하면 핀볼 머신 앞에서 '나'는 죽은 자인 '여자'와 재회하기 때문이다. '나'의 귀에 계속 들려오는 핀볼 머신의 진동음은 말하자면 저승에서 들려오는 죽은 자의 목소리이다. 그러므로 여행의 결말은 다음 문장처럼 핀볼 머신의 진혼 같은 묘사로 '상징'되고 있다.

> 이제 가도록 해, 라고 그녀가 말했다.
>
> 확실히 견디기 힘들 만큼 냉기가 강해져 있었다. 나는 몸을 부르르 떨면서 담배를 밟아 껐다.
>
> 만나러 와줘서 고마워, 라고 그녀는 말했다. 이젠 못 만날지도 모르지만 잘 지내.

고마워, 라고 나는 말한다. 안녕.

나는 열列을 짓고 있는 핀볼을 빠져나와 계단을 올라가 스위치를 내렸다. 마치 공기가 빠져나가는 것처럼 핀볼의 전기가 차단되었고, 완전한 침묵과 잠이 주위를 덮었다. 다시금 창고를 가로질러 계단을 올라 전등 스위치를 내리고 문을 닫기까지의 긴 시간 동안 나는 뒤를 돌아보지 않았다. 한 번도 돌아보지 않았다.

무라카미 하루키 지음, 『1973년의 핀볼』, 고단샤, 2004

이리하여 '나'는 죽은 자의 나라에서 귀환한 것이다. 사실 많은 사람들이 이렇게 신화적 구조를 추출하는 방식으로 하루키의 소설을 해석해왔다. 참고로 이 두 편에 제시되어 있는 죽은 자의 나라로 떠나는 여행과 죽은 자의 위무라는 틀은 이자나기イザナギ·이자나미イザナミ 전설에서 산 자인 남자가 죽은 자인 아내를 찾아가는 이야기와 동일한 구조이다. 『노르웨이의 숲』에서도 정확하게 반복되고 있고, 이러한 견해는 왕년에 하루키의 전속 평론가처럼 활동했던 가와모토 사부로川本三郎 등이 지적한 바 있다. 현대문학에서 신화와 구조적으로 유사한 점을 지적하기만 해도 왠지 모르게 해당 소설이 인간 혼의 원초적인 영역에 도달한 것처럼 여겨지며, 최소한 무슨 의미가 있는 듯한 인상을 줄 수도 있다. 처음 두 작품의 경우 구조가 이자나기·이자나미 신화를 방불케 한다는 식으로 논한다면 왠지 하루키의 작품 배경이 극동의, 그것도 사이버펑크 SF세계로 보이기도 한다. 즉

고도 소비 사회적인 기믹gimmick[39]과 노스탤지어가 공존하는 세계가 묘사되면, 극동의 마술적 사실주의 소설처럼 보이기도 한다. 하지만 내가 여기서, 그리고 이 책 전체를 통하여 말하고자 하는 바는 하루키 작품이 신화와 구조가 동일한 이유는 구조로부터 소설 작품을 유도해내고 있기 때문이라는 것이다. 따라서 하루키의 소설에 신화적 구조가 담겨 있다는 지적이 쉬이 나오는 이유는 말하자면 가라타니가 말한 '구조밖에 없다'는 주장과 일맥상통한다.

그렇지만 하루키의 초기 3부작 중 첫 두 작품에서 볼 수 있는 신화적 구조와 『양을 쫓는 모험』의 구조는 질적으로 다르다. 초기 두 작품에서 사용된 이자나기·이자나미 설화와 같은 구조는 이야기를 최소한 이야기스럽게 만들어주는 장치에 불과하다. 이 장치란, 톨킨의 『반지의 제왕』의 번역가로도 알려져 있는 세타 데이지瀬田貞二가 『반지의 제왕』의 전편인 『호빗』의 오리지널 타이틀 『호빗: 갔다가 돌아오다The Hobbit: Or There and Back Again』에서 아이디어를 얻어 '갔다가 돌아오는 이야기'라고 불렀던 것이기도 하다(세타 데이지 지음, 『어린아이의 문학幼い子の文学』, 주오코런신샤, 1980).

세타는 마저리 플랙의 그림책 『앵거스와 두 마리 오리』를 예로 들면서, 앵거스란 이름의 검은 스코티시테리어 강아지가 울타리 저편에서 들려오는 소리가 신경 쓰여서(〈그림1〉) 그 소리를 확인하려고 울타리 저편에 갔다가(〈그림2〉) 도망쳐서 돌아오고(〈그림3〉) 소파 밑으로 숨는(〈그림4〉) 내용을 통해 '갔다가 돌아오는 이야기'가 상징적으로 구현되어 있다고 설명한다. 그리고 이런 '갔다가 돌아오는 이야기'는 '어린아이에게는 발달 중인 두뇌와 감정의 작용에 딱 맞아 가장 받아들이기 쉬운 형태'라고 결론지었다. 세타의 지적을 염두에 두고 본다면 하루키의 초기 두 작품은 유아도 아주 쉽게 받아들일 수 있는 형태를 갖추고 있다. 바로 '갔다가 돌아오는 이야기' 구조 말이다.

울타리 저편을 '현실'로 받아들일지 '죽은 자의 나라'로 받아들일지는 문제가 아니다. '저쪽'과 접촉하고 '이쪽'에 있다는 사실에 안심하고 확인하는 절차가 이 이야기 구조에서 '엄마 없다 놀이'[40]나 '술래잡기'와 유사한 경험을 유아에게 제공한다는 것이다. 이자나기·이자나미 설화가 죽은 자의 나라에 갔다가 죽은 자가 된 아내를 보고 도망치고, 생과 사 사이에 경계가 놓이고, '생生'을 확인하는 여행이었듯이 '갔다가 돌아오는 이야기'는 바로 '여기'를 확인하기 위한 수단이 된다. 따라서 교양소설 같은 주인공의 성장담이 꼭 필요한 것은 아니다. '갔다가 돌아오는 이야기'가 유아 대상의 이야기인 경우 '여기'를 확인하는 것이나 '여기'가 안전하다는 사실을 입증하는 무언가가 필요한 것이다. 『앵거스와 두 마리 오리』가 소파 아래 어두운 공간으로 도망쳐 들어가서 안심하는 앵거스를 보여주면서 끝나는 것이 상징적이다.

대단원을 그려버린 『양을 쫓는 모험』

'갔다가 돌아오는 이야기'라는 기본 포맷은 『양을 쫓는 모험』 이후의 명확하게 구조화된 작품에서도 답습되어 있다. 하루키의 소설은 기본적으로 '갔다가 돌아오는 이야기'인데, '나'는 어느 시점에서 이런 행동을 그만둔다. '나' 이외의 누군가의 '갔다가 돌아오는 이야기'가 되어버린다. 그렇지만 '갔다가 돌아오는' 요소가 강조되어 있기 때문에 아동문학, 아니 그보다도 '유년문학'이라고 해야 할 만큼 알기 쉬운데, 사실 '유년문학'스러운 주제야말로 하루키 작품을 근본적으로 규정하고 있다. 유아에게 필요한 것은 '여기'의 안전함이고 이는 앵거스에게 소파 밑이 그렇듯 지극히 쉽게 알 수 있는 '태내 회귀胎內回歸' 이야기이다. 요컨대 하루키는 교양소설, 혹은 할리우드에서 자주 사용되는 히어로스 저니Hero's journey, 즉 주인공이 자아실현하는 이야기 구조를 채용해놓고는 정작 '주인공의 성장'은 미루어놓는다는 것이다.

하루키가 처음부터 이야기론을 이용해서 '갔다가 돌아오는 이야기'를 내포할 수 있었던 것은 아니라고 본다. 적어도 소설을 '이야기'스럽게 만드는 뼈대 자체는 갖고 있었을 것이다. 『1973년의 핀볼』에서는 적어도 '이야기 구조'의 징후 정도는 작가의 시야에 들어와 있었다. 그렇기 때문에 하루키는 다음과 같이 쓴 것이다. 『양을 쫓는 모험』은 '간다', '온다'는 요소를 포함한 이야기 구조를 이용했기 때문에 이 점이 더욱 강하게 의식되리라 본다.

〈그림 1〉 앵거스는 '이쪽' 세계에 있으면서 '저쪽'이 신경 쓰인다.

〈그림 2〉 앵거스는 '경계'의 '저쪽'으로 간다.

〈그림 3〉 앵거스는 '저쪽'에서 오리를 만나 도망친다.

〈그림 4〉 앵거스는 '이쪽'으로 돌아와 소파 밑으로 숨어 들어 간다. 이상이 『바람의 노래를 들어라』, 『1973년의 핀볼』의 '구조'이다.

마저리 플랙 글·그림, 세타 데이지 옮김, 『앵거스와 오리』(후쿠온칸쇼텐, 1974). 한국어 번역판 제목은 『앵거스와 두 마리 오리』

> 핀볼의 소음은 내 생활에서 완전히 사라졌다. 갈 곳을 잃은 마음도 사라졌다. 물론 그것으로 '아서 왕과 원탁의 기사'처럼 '대단원'이 찾아오진 않는다. 그건 훨씬 더 나중 일이다. 말이 피폐해지고 칼이 부러지고 갑옷이 녹슬었을 때, 나는 고양이풀이 우거진 초원에 누워 조용히 바람소리를 듣겠다. 그리고 저수지 바닥이든 양계장 냉동창고든 어디라도 좋다. 내가 가야 할 길을 가겠다.
>
> 『1973년의 핀볼』

유명한 영웅 신화 '아서 왕' 전설을 언급하지만, 영웅의 자아실현은 이루어지지 않는다고 표현하는 대목에서 소설이 '이야기 구조'에 묶여 있다는 사실을 지은이가 자각하고 있으며, 이로 인해 초래되는 결말을 '보류'하려는 기본 자세를 견지하고 있다는 사실을 알 수 있다. 결국은 모험을 끝마치면서 앵거스의 소설에서 그러하듯이는 '내'가 안도하는 이야기일 뿐이라고 말하는 것처럼 보이기도 한다.

그렇지만 『1973년의 핀볼』 다음의 『양을 쫓는 모험』에서는 아서 왕 전설류의 구조를 분명히 내포했음에도 불구하고 '나'는 '대단원'을 맞이한다. 하루키는 이 작품에서 전형적인 '이야기'를 써버린 것이다.

미국 문학과 할리우드에서 일어난 이야기의 구조화와 부흥

『양을 쫓는 모험』을 쓰기 전에 하루키는 「동시대로서의 미국」(〈바다〉 1981년 7월호~1982년 7월호, 주오코론샤)에서 스티븐 킹과 프란시스 포드 코폴라, 존 어빙John Irving과 레이먼드 챈들러Raymond Chandler에 관해 논했다. 그래서 가토 노리히로加藤典洋 등은 코폴라의 〈지옥의 묵시록〉이나 챈들러의 『긴 이별』이 『양을 쫓는 모험』에 줄거리의 틀을 제공했다고 지적했다(가토 노리히로 엮음, 『무라카미 하루키 옐로 페이지村上春樹 イエローページ』, 아레치슛판샤, 1997). 하지만 하루키는 '소재가 된 책'을 밝힌 듯하면서도 약간씩 핵심에서 벗어나는 발언을 자주 한다. 문제는 하루키가 「동시대로서의 미국同時代としてのアメリカ」에서 언급한 작가에게서 직접 이야기의 틀을 빌려왔느냐가 아니다. 하루키가 언급한 작가들의 공통점이 전형적인 이야기 구조를 갖고 있으며 하루키는 이를 '동시대'적 현상으로 받아들이고 있었음을 알아둘 필요가 있다. 미발표, 미완인 이 에세이를 읽을 때 '동시대'라는 키워드에 너무 휘둘리면 하루키가 이들 작가한테서, 감각적인 느낌을 받은 것으로 착각할 소지가 있다. 실제로 가와모토가 하루키의 초기 작품을 '기분気分'이란 키워드를 설정해 자주 논했듯이, 하루키와 예의 '동시대' 작가 및 독자들이 그들만 아는 감각을 공유했다는 주장이 흔히 나온다. 하지만 예를 들어 스티븐 킹에 관해 하루키는 이렇게 적고 있다.

> 스티븐 킹의 소설은 이리저리 잘 훑어가면서 살펴보면 의외로 느껴질 만큼 보수적이고, 도식적이기도 하다. 시대착오라고까지 할 수 있을지도 모르겠다. 세상에는 선과 악이 있고, 선은 올바르고 강하며, 악은 언젠가 멸망하는 법이다. 이것이 그의 근본이념이다.
>
> 스티븐 킹이 상정하는 이 선악이원론은 말하자면 땅따먹기게임 같은 것이다. 한쪽 편에 선의 팀이 있고 다른 편에 악의 팀이 있다. 각자의 팀에는 감독과 코치가 있고, 선수는 공격자와 방어자로 나뉘어, 그 사이에 놓여 있는 말을 서로 뺏고 빼앗는 것이다. 마음 약한 자는 악으로 흘러들고, 마음이 올바른 자는 선에 다다른다. 이처럼 지극히 단순한 도식을 부조리의 세계에 가져왔다는 데 스티븐 킹의 성공 비결이 있다. 바로 이 때문에 그는 제2의 러브크래프트가 될 수 없다.
>
> 무라카미 하루키 지음, 「동시대로서의 미국 4: 반反현대라는 것의 현대성 – 존 어빙의 소설에 관하여」, 〈바다〉 1982년 2월호

즉 스티븐 킹은 에드거 앨런 포나 하워드 러브크래프트의 작품 같은 전통적인 공포소설에 '단순한 도식'을 집어넣었다는 지적이다. 이 같은 '도식'적인 작품 집필에 대해 설령 '불쾌하고 위선적인 작품'이 될지라도 '그렇게 해야만 한다고 나는 생각했다'라고 말한 킹의 언급을 하루키는 인용하기도 했다. 하루키는 이야기론에 입각한 공포소설의 부흥을 킹이 의도적으로 실행했다고 생각하는 것이다.

마찬가지로 존 어빙에 대해서도 지적했다. 하루키는 어빙이 〈스

타 워즈 에피소드 5〉의 감독인 어빈 커슈너Irvin Kershner와 함께 영화계에서 일한 적이 있다는 사실을 슬쩍 언급하면서, 어빙 소설의 특징을 다음과 같이 정리했다.

> 이 『곰을 풀다』에 포함되어 있는 어빙스러운 콘셉트를 떠오르는 대로 나열해보면,
>
> · 능란한 스토리텔링
>
> · 과장된 캐릭터와 상황 설정
>
> · 의외의 (혹은 상상을 뛰어넘는) 전개
>
> · 복잡한 (혹은 너무 단순하기 때문에 오히려 복잡한) 메타포
>
> · 그로테스크하다고도 할 수 있는 특이한 유머 감각
>
> · 감정이입을 억제한 간결한 문장
>
> · 프롤로그와 에필로그에 대한 집착
>
> 한마디로 정리하자면 어빙이 지향하는 바는 일종의 종합綜合적인 소설이다. 조각의 집적이기 이전에 종합이고, 소설의 모든 요소는 '종합'에 이르기 위해 숙명적으로 자리매김되어 있다. 어떤 것도 숙명성에서 벗어날 수 없다.
>
> 무라카미 하루키, 「동시대로서의 미국 1: 피폐 속의 공포—스티븐 킹」

여기에서도 하루키는 킹에게서 본 것을 어빙에게서 보고 있다. 특히 '스토리텔링'의 특화와 '캐릭터'의 '과장'은 하루키와 나카가

미가 이야기론에 입각한 소설을 쓰기 시작한 뒤에 평론가들이 그들에게 들이댔던 비평의 틀이기도 하다. 또한 단순한 '조각의 집적'이 아니라 '종합'이라고 어빙의 방법론을 규정하고 있다는 점도 주의할 필요가 있다. '종합'이란 이 인용문의 리스트에서 볼 수 있듯 이야기성이 특화되어 있는 방법이고, 하루키는 그야말로 '조각의 집적'일 뿐인 자기 소설을 과도한 이야기로 재구성하는 방법을 어빙에게서 찾아내고 있다. 게다가 코폴라에 관한 언급 중에는 캠벨을 감안한 듯한 부분도 있다. 이렇게 본다면 「동시대로서의 미국」을 쓴 1981~82년에 하루키는 미국문학 및 할리우드에서 이야기가 부흥한 것이 이야기의 구조화 현상이었음을 깨닫고 있었다고 보아야겠다. 그런 구조화된 이야기를 하루키 본인이 쓰려 했을 때 '교재'로 삼은 것이 캠벨의 『천의 얼굴을 가진 영웅』, 즉 조지 루카스 〈스타 워즈〉 시나리오의 토대가 된 저서였다고 생각한다.

논하지 않는 러브크래프트와 〈스타 워즈〉의 영향

이렇게 하여 하루키는 〈스타 워즈〉를 연출한 루카스와 동일하게 캠벨의 신화론에 준거하여 『양을 쫓는 모험』을 창작했다는 주제에 접어들 수가 있다. 물론 이런 주장의 기반이 되는 직접 증거, 즉 작가 자신이나 주변의 '증언'은 없다. 하지만 하루키가 이용한 소설적 기믹이 융 학파의 원형archetype 개념과 유사하다는 점, 하루키가 작품에서 〈스타 워즈〉를 언급한다는 점, 동시대 작가인 나카가미가 〈스타 워즈〉를 예로 들면서 이야기론에 입각해 이야기를 쓸 수 있다는 사실을 시사했다는 점 등 상황 증거는 있다. 가능성만 가지고 말해보자면 하루키는 캠벨의 『천의 얼굴을 가진 영웅』의 원서를 직접 보았을지도 모르고(이 책의 일본어판은 1984년 간행되었지만 하루키의 '어학 실력'을 고려한다면 그다지 문제가 되지 않을 것이다), 〈스타 워즈〉를 통해 그런 구조를 간접 이해했을지도 모른다. 아니면 코폴라를 참조했다고 보아도 문제는 없다. 왜냐하면 코폴라의 〈지옥의 묵시록〉의 구조도 〈스타 워즈〉와 크게 다를 바 없기 때문이다. 중요한 것은 하루키가 1980년의 이야기 구조론의 부흥에 확실히 호응하고 있다는 점이다.

하루키의 독자들은 하루키가 피츠제럴드나 샐린저처럼 이야기를 쓰고 있다는 평에는 수긍하겠지만, 그러면서도 하루키가 러브크래프트나 〈스타 워즈〉처럼 이야기를 쓰고 있다고 말하면 왠지 트집 잡는 것처럼 느끼는 경향이 있지 않은가? 실제로 하루키는 『게드 전기』[41]와 에토 준의 소설처럼 이야기를 쓰고 있다. 한데 피츠제럴드와 샐린저, 러브크래프트와 〈스타 워즈〉는 공히 하루키가 작중에서 언급했거나 시사한 작가, 작품인데도 어째서 하루키론을 쓰는 이들은 전자만을 참조하고 싶어 하는가. 결국 하루키의 독자 혹은 하루키론을 쓰는 이들은 그가 인용하고 언급한 '정크'들 중에서 '하루키를 읽고 논하는 독자 및 비평가로서 자신의 존엄을 잃지 않는 아이템'만을 선택하여 하루키상像을 구성하는 경향이 있다. 그러나 하루키가 피츠제럴드처럼 소설을 쓴다는 이미지를 받아들인다면 〈스타 워즈〉처럼 이야기를 쓰고 있다는 사실도 검증해야 마땅하다.

이야기의 부흥이 판타지의 일반화를 촉진한다

캠벨이 『천의 얼굴을 가진 영웅』에서 제시한 단일신화론은 다음과 같은 3막 구성으로 되어 있다.

제1막 출발
1단계 모험에 부름받다
2단계 부름에 대한 거부
3단계 초자연적 존재의 도움
4단계 최초의 경계를 넘다
5단계 고래 배 속

제2막 통과의례
1단계 시련의 여정
2단계 여신과의 만남
3단계 유혹자로서의 여성
4단계 부친과의 일체화
5단계 신격화

6단계 종국終局의 보수

제3막 귀환

1단계 귀환의 거절

2단계 주술적 도주

3단계 외부로부터의 구출

4단계 귀로歸路에서 경계 넘기

5단계 두 세계의 전도사

6단계 살아가는 자유

이처럼 연속된 이야기 구조를 캠벨은 '단일신화' 내지는 '원질신화'라고 불렀다. 간단히 설명해본다면 동서고금의 영웅 신화를 꿰매고 붙인 '이상형' 구조를 뜻한다. 따라서 캠벨이 자기 책에서 논했던 영웅 신화에 이들 요소가 하나도 빠짐없이 들어 있다는 말은 아니다. 하지만 〈스타 워즈〉의 경우, 초기 3부작인 에피소드 4, 5, 6이 각각 '출발', '통과의례', '귀환'에 대응되어 있다. 에피소드 Ⅵ의 제목이 원래는 〈제다이의 복수〉였다가 〈제다이의 귀환〉으로 수정된 점에도 주의해주기 바란다. 개별 에피소드도 한 편의 영화로서 스토리를 구성해야 할 필요성이 있어 제1막부터 제2막 사이에 들어가야 할 요소를 별도 시나리오에 집어넣는 식으로 제작되었다. 예를 들어 〈에피소드 4〉는 '제1막 출발'이 밑바탕에 깔려 있지만, 다음과 같은 대응 관계가 있다. 루카스가 캠벨을 얼마나 참조했는지를 검증하는 의미에서 설명을 해두겠다.

1단계 모험에 부름받다

주인공이 통상 '사자使者'라 불리는 인물로부터 출발할 때가 왔음을 통고받는 대목이다. 융의 심리학 같은 표현을 즐기는 캠벨의 말에 따르자면 '자아 각성'이 시작되는 것이다. 변경 행성에 사는 루크 스카이워커가 보다 넓은 세계로 나아가고 싶어 한 이유는 '자아 각성'에 이르렀기 때문이다. 눈을 뜰 때가 다가온 루크에게 '눈을 떠라'라는 메시지를 전한 것은 R2D2가 비춰준 영상 속 레아 공주였다. R2D2는 '사자' 역할을 수행하고, 여기서부터 주인공에게 '모험' '의뢰'가 들어간다.

하스미가 두 무라카미(하루키와 류)와 이노우에 히사시, 마루야 사이이치의 소설에 공히 내포된 구조를 '의뢰와 대행'이라 지적했는데, 이야기의 문법에서 주인공은 누군가에게 '의뢰'를 받고 의뢰인을 '대행'하여 임무을 수행하기 때문이다.

예를 들어 프로프는 러시아 마법민담이 31가지 요소가 규칙적으로 연속되는 식으로 구성되었다고 말했다(〈표 1〉). 프로프가 말한 '기능'이란 작중 인물이 다른 인물에게 작용하는 한 가지 행위로서 이야기 구조의 최소 단위인데, '파견', '임무의 수락'이란 두 가지 항목이 하스미 시게히코가 말한 '의뢰와 대행'에 해당한다. '주인공'에게 임

1〈부재〉— 2〈금지〉— 3〈위반〉— 4〈정보의 요구〉— 5〈정보 입수〉— 6〈책략〉— 7〈방조〉— 8〈가해 혹은 결여〉— 9〈파견〉— 10〈임무의 수락〉— 11〈출발〉— 12〈앞선 행동〉— 13〈주인공의 반응〉— 14〈획득〉— 15〈공간 이동〉— 16〈투쟁〉— 17〈표시〉— 18〈승리〉— 19〈가해 혹은 결핍의 회복〉— 20〈귀로〉— 21〈추적〉— 22〈탈출〉— 23〈드러나지 않는 귀환〉— 24〈허위 주장〉— 25〈난제〉— 26〈해결〉— 27〈인지〉— 28〈노견〉— 29〈변신〉— 30〈처벌〉— 31〈결혼 혹은 즉위〉

〈표1〉 블라디미르 프로프의 『민담형태론』 등을 참조하여 작성한 오쓰카 에이지 수업 참고자료.

무를 주고 현장에 '파견'하기 위하여 의뢰자 본인 혹은 대리인이 '의뢰'를 하는 것이다. 그리고 '임무의 수락'이란 항목에서 '주인공'은 '의뢰자'에게 '임무의 수락'을 전한다. 즉 '대행'을 담당하는 것이다. 옛날이야기에서는 사라진 공주님이나 잃어버린 왕국의 보물을 되찾기 위하여 용사가 왕에게 부탁을 받거나, 왕의 호소를 듣고 용사가 직접 나선다는 식의 판타지 계열 컴퓨터게임에서 너무나도 익숙한 도입부가 '문법'으로 사용되곤 한다.

조금 다른 이야기이지만 이쯤에서 주의를 환기시키고 싶다. 프로프든 캠벨이든 누군가의 이야기론을 설명하기 위하여 판타지스러운 서두의 흔해빠진 패턴을 이처럼 선뜻 설명하기가 1980년대 어느 시점까지는 곤란했다는 것이다. 예를 들어 일본의 만화사에서는 내가 편집자가 되었던 1980년대 초반까지만 해도 판타지는 SF 이상으로 인기가 없는 비주류 장르였다. 하야오의 『바람계곡의 나우시카』, 야스히코 요시카즈의 『아리온』 등 당시에는 일본 만화계에서 이단異端으로 취급받던 판타지 작품의 기획·입안을 초보 편집자였던 내가 목격했음을 나중에 깨달았지만 그때만 해도 이 작품들이 대체 뭘 어떻게 하려는 건지 제대로 이해하지 못했다. 판타지는 SF보다 더 비주류 장르였던 것이다. 판타지는 1990년대에 접어들어 컴퓨터게임 및 2차 저작물인 게임 계열 노벨스 등으로 시장을 넓혀갔고, 그리고 이야기가 부흥되는 최종 국면을 맞이하면서 9·11테러 이후 미국의 전쟁은 〈스타 워즈〉 유사품이 되어 이야기론적 인과율에 맞춰 진행되는 시대가 펼쳐졌다. 거기에 호응하듯 『해리 포터』 시리즈, 『반지의 제왕』, 『나니아 연대기』 등 아동문학 장르의 작품이 할리우드를 통해 세계로 퍼져나가면서 판타지는 모든 사람들이 다 알 수 있는 이야기 형식이 되었다. 이러한 판타지라는 형식의 일반화 및 세계화는 '이야기'가 연대기와 구조라는 두 가지 방향에서 다시 살아나고 있는 증거라고 나는 생각한다.

코폴라론과 캠벨의 키워드의 일치

이야기를 다시 전환하겠다. 그리하여 '의뢰'라는 형태로 모험에 '부름'을 받는다. 그런데 프로프의 31가지 기능에서는 주인공이 '파견'되는 것을 즉시 '승인'하지만, 캠벨은 그 사이에 한 가지 항목을 더 두었다. 프로프가 생각한 '기능'이란 어디까지나 인물의 '행위'를 기준으로 한 것이고, 인물의 '내면'이나 '심리'는 불문에 부쳤던 데 반하여 캠벨은 융 학파의 영향이 강해서인지 영웅의 내적인 자아실현을 신화 안에서 독해하려 했기 때문이다. 즉 주인공의 내면에서 들려오는 목소리, "눈을 떠라, 성숙의 때가 도래했다"는 소리를 듣고 주저하거나 거부하는 단계를 배치한 것이다. 누구라도 어른이 되는 것은 조금 무섭고, 어린이로 있는 시간을 더 늘리고 싶은 법이다. 그것이 바로 '부름에 대한 거부'이다.

2단계 부름에 대한 거부

그렇기에 본래대로라면 루크 스카이워커는 '부름'을 거부해야 하는데 〈스타 워즈 에피소드 4〉에서 그런 단락은 보이지 않는다. 루크처럼 여행을 떠날 생각으로 가득한 주인공의 경우 보통은 출발을 조금 더 늦추라고 권유하는 인물이 등장한다. 루크가 바깥 세계로 나가는데 난색을 표하는 양부모가 이에 해당한다.

3단계 초자연적 존재의 도움

이 항목은 〈스타 워즈 에피소드 5〉에서 하이라이트 중 하나라고도 할 수 있다. 여기에서 초자연적 존재란 캠벨의 설명에 따르자면 다음과 같다.

> 부름을 사양하지 않은 자들이 영웅으로서 여정에 나서면서 최초

로 조우하게 되는 존재는 보호자(많은 경우 왜소한 노파나 노인) 차림으로 등장하는 자이다. 이런 차림새를 한 인물이 모험을 떠난 자가 막 통과하려는 마魔의 영역에서 몸을 지켜주는 부적護符을 준다.

조지프 캠벨 지음, 히라타 다케야스·아사와 유키오 감수·옮김, 『천의 얼굴을 가진 영웅』, 진분쇼인, 1984

주인공이 출발할 때 그를 지켜줄 라이트세이버를 제공하는 오비완이 이 역할을 수행하는 '보호자'라 불린다. 하지만 그보다는 컴퓨터게임풍으로 '현자賢者'라고 부르는 편이 더 알기 쉬울 듯하다. 독자 여러분은 이 '현자'가 '많은 경우 왜소한 노파나 노인'의 모습이라는 표현을 보고 요다를 연상할 것 같다. 실제로 〈에피소드 5, 6〉에서도 이 '초자연적 존재의 도움' 장면이 반복되는데 거기에선 요다가 '현자' 역할을 맡는다. 두말할 나위도 없이 요다가 전해주는 '부적'이란 바로 '포스The Force'이다. 이와 같이 요다의 캐릭터는 캠벨의 신화론에서 상당 부분 가져온 듯한 인상을 준다.

덧붙이자면 「동시대로서의 미국」에서 하루키는 코폴라의 〈지옥의 묵시록〉을 이렇게 분석한 바 있다.

윌라드 대위도 이 두 가지 키워드를 품은 채 커츠 대령의 땅을 향하여 눙 강Nùng River을 거슬러 올라간다. 이 거슬러 올라가는 여정은 거꾸로 뒤집힌 교양소설적 여정이라고 보면 이해하기 쉬울 것

> 이다. 교양소설에서 여행이 혼돈으로부터 질서로 향하는 데 반하여 윌라드의 여행은 질서로부터 혼돈으로 향한다는 말이다. '제리'라 불리는 민간인은 이 여정이 위태롭다는 점을 이해하고 있기 때문에 'prejudice(편견)'란 키워드를 부적護符으로 준다.
>
> 무라카미 하루키, 「동시대로서의 미국 3: 방법론으로서의 아나키즘—프랜시스 코폴라와 〈지옥의 묵시록〉」, 〈바다〉 1981년 11월호

즉 부적을 주는 제리는 이야기 구조적으로 보면 윌라드 대위의 '보호자'이다. 하루키는 캠벨의 이름을 쓰진 않았지만, 이 분석과 '부적'이란 키워드가 일치한다는 점은 우연이라고 생각할 수가 없다.

'외국어'로 이야기하는 이야기

4단계 최초의 경계를 넘다

주인공은 '부름'을 받는다. 출발에 반대하던('부름에 대한 거부') 양부모가 살해당하면서 걸림돌이 사라진 셈이 되었고 주인공은 '출발'을 개시한다. 주인공은 말하자면 강아지 앵거스처럼 오리의 소리를 듣고 울타리 저편으로 출발하는 것이다. 이를 캠벨은 최초의 경계를 넘는다고 묘사한다. 이 '경계'에는 '경계 문지기', 요즘 게임 용어로는 '게이트키퍼gatekeeper'가 있다.

> 영웅은 의인화된 인도자나 보호자에게 운명을 맡기고 거대한 힘이 지배하는 권역의 입구를 지키는 '경계 문지기'에게 도달할 때까지 모험을 해나간다. 이러한 경계 문지기는 영웅의 현재 활동 영역 혹은 생生의 지평에서 한계를 나타내는 세계의 사방—심지어는 하늘과 지하 세계—에 울타리를 둘러치고 있다. 경계 문지기를 넘어선 곳에 위험을 품은 미지의 어둠이 있다. 말하자면 부모의 눈이 닿지 않는 곳에 아이에게 닥칠 위험이, 소속된 사회의 보호를 벗어난 곳에 종족 구성원이 이겨내야 할 위험이 기다리고 있듯이.
>
> 『천의 얼굴을 가진 영웅』

주인공은 어른이 되기 위해 '부모의 눈이 닿지 않는 곳'을 향하여 출발하는 것이다. 〈스타 워즈 에피소드 4〉에서 '경계'는 변경 행성의 우주 공항이고, '경계 문지기'는 거대한 제국의 가장 말단인 변경 행성을 지배하는 민달팽이 같은 괴물 자바 더 헛Jabba The Hutt인 셈이다. 그가 지배하는 자들 및 수상쩍은 우주인들이 우글거리는 술집 역시 '경계'란 이미지를 떠받치고 있다. 루크는 한 솔로Han solo 일행의 '도움'을 받아 자바 더 헛의 힘이 미치는 행성에서 떠나 '위험을 품은 미지의 어둠 속', 다스베이더가 지배하는 우주로 출발하는 것이다.

5단계 고래 배 속

디즈니 사의 〈피노키오〉에서 고래에게 삼켜지는 장면을 연상해보라.

피노키오는 고래에게 먹힌 다음에 인간으로 변하는데, 캠벨은 이렇게 적고 있다.

> 마魔의 경계를 통과하는 것이야말로 재생 영역으로 이행하는 여정이라는 생각은 세계 어디서나 고래 배 속의 이미지로 상징적으로 표현되어 있다. 그때 영웅은 경계 문지기의 반발을 극복하거나 어르고 달래는 대신 미지의 존재에게 삼켜져 얼핏 죽음을 맞은 것처럼 보일지도 모른다.
>
> 『천의 얼굴을 가진 영웅』

주인공은 새로운 모험의 세계에서 다시 태어나는데 이와 관련하여 모태를 상징하는 거대한 생물에게 삼켜질 필요가 있다고 캠벨은 본 것이다. 루크 일행의 우주선 '밀레니엄 팰컨'이 데스 스타에 끌려 들어가, 데스 스타 내부의 쓰레기통인 '가비지 슛' 속으로 날아 들어가는데 이것이 '고래 배 속' 단락에 대응된다.

〈스타 워즈 에피소드 4〉는 캠벨이 말한 '제1막 출발'에 상응하므로, 루크 일행은 다시금 데스 스타를 공격해 파괴하고 여기서 탈출하면서 스토리가 끝난다. 즉 '고래 배 속'에 다시 들어가 안쪽에서 이를 파괴하는 것이다. 루크가 이 전투를 통하여 반란군의 일원으로서 새로운 세계에서 탄생한다는 식으로 결말을 맺는 셈이다.

이 책은 〈스타 워즈〉론이 아니므로 더 이상 설명하지는 않겠으나,

〈에피소드 5, 6〉의 경우 도입부에서는 제1막의 각 항목이 반복된다. 예를 들어 〈에피소드 5〉 서두에선 루크가 눈 덮인 산에서 조난당하고 낙타 같은 생물의 배 속에서 몸을 녹여 살아남는 장면이 나오는데 이것이 바로 '고래 배 속' 항목의 반복인 셈이다.

아무튼 이런 식으로 캠벨의 원질신화론과 근대소설 이야기에 대응되는 사례는 얼마든지 뽑아낼 수 있다. 당연히 소설가도 자각하지 못한 채로 이야기의 문법에 의존하고 있기 때문인데, 이는 자신의 모국어를 말할 때 '문법'을 전혀 의식하지 않는 것과도 마찬가지다.

문제는 〈스타 워즈〉 시나리오의 경우 '문법'을 의식하고 이것에 충실하도록 이야기가 만들어져 있다는 점이다. 즉 자연스럽게 습득한 모국어가 아니라 (문법을 습득하여 배운) '외국어'로 〈스타 워즈〉의 이야기가 만들어져 있다는 말이다.

하루키 역시 전까지는 '갔다가 돌아오는 이야기' 수준, 즉 어린아이로 보자면 겨우 두 가지 단어를 간신히 나열하면서 '문장'을 만드는 수준이었는데, 나중에 모국어 문법을 자연스럽게 익혔다기보다는 외국어를 습득하는 식으로 문법을 열심히 연습해서 유창한 '이야기'를 만들 수 있게 되었다고 할 수 있다. 루카스나 하루키의 이야기는 '외국어'로 지어져 있다. 무엇보다 바로 그 점이 신선하게 느껴졌던 것이다. 『노르웨이의 숲』에서 하루키가 창조한 주인공의 캐릭터에 대하여 사람들이 마치 번역서를 보는 듯하다고 계속해서 말하는 이유는 하루키 자신이 글을 쓸 때 바로 그런 감각에 둘러싸여 있기 때문이다.

만약 이야기를 모국어에 비유해본다면, 예를 들어 일본어가 모국어인 사람만이 일본문학 작품을 쓸 수 있다는 주장이 언뜻 보기에 성립하듯이, 문법을 습득하여 지어낸 '이야기'는 어딘가 부자연스러운 부분이 있음이 틀림없다고 하는 주장 역시 성립할 것처럼 보인다. 하지만 이미 리비 히데오リービ英雄나 양이楊逸 등 일본어가 모국어가 아닌 작가들이 일본어 문학을 내놓고 있듯이, 그리고 해외문학에서도 여러 정치적 상황으로 인하여 모국어가 아닌 언어로 써내려간 문학 작품이 많듯이 '이야기의 문법'을 자연스럽게 획득했느냐 차후에 학습을 통하여 획득했느냐를 기준으로 '이야기'의 가치를 재는 것은 무의미하다. 따라서 나는 루카스나 하루키, 나카가미나 하야오가 이야기론에 입각해 이야기를 지어내고 있다는 사실을 지적함으로써 그들을 폄하하려는 의도는 조금도 없다. 이야기론에 입각해 이야기를 지어내는 1970~80년대의 풍토로 인해 구조가 노골적으로 드러난 이야기가 세계화되었다는 의미에서 이들이 '거대한 이야기'의 부흥이라는 흐름 속에 있었다는 사실을 지적하고 싶을 뿐이다.

2장

『양을 쫓는 모험』의 '나'는 어떻게 루크 스카이워커가 되었는가

『양을 쫓는 모험』의 판타지 선언

마치 주인공이 출발하기를 계속 미루고 또 미루는 캠벨 단일신화론의 정석을 좇는 것처럼, 1장에서 『양을 쫓는 모험』의 해석을 계속 유보하는 것처럼 보였을지도 모르겠다. 조금이라도 주저하는 마음이 있었던 건 나 스스로 읽는 이에게는 재미가 없는 분석이라고 생각했기 때문일 것이다.

가능하다면 〈스타 워즈〉 초기 3부작을 DVD로 본 다음, 추가로 '루카스 이후'의 이야기론이자 캠벨 이론을 할리우드에 맞게 정리해 놓은 '히어로스 저니'의 구조에 딱 어울리는 〈레지던트 이블〉 1편 등을 같이 보면 좋겠다. 그런 다음에 『양을 쫓는 모험』을 다시 읽어본다면 이들 작품의 이야기가 사실상 동일하다는 사실을 실감할 수 있을 것이다. 그러므로 『양을 쫓는 모험』이 명백하게 캠벨 신화론에 준거하고 있다는 결론만 받아들인다면 이 뒤의 복잡한 설명을 읽을 필요는 없다.

그러면 하스미가 『양을 쫓는 모험』에서도 '의뢰와 대행'을 읽어낸 것처럼, '모험에 대한 부름'에서 시작할 텐데, 우선 다음 단락에 주의

해두자.

> 옛날, 어느 곳에, 아무하고나 자는 여자가 있었다.
>
> 이것이 그녀의 이름이다.

무라카미 하루키 지음, 『양을 쫓는 모험』, 고단샤, 2004

여자의 이름이 상실되어 있는데 이는 『게드 전기』 등에서 영감을 얻은 장치고(그것은 하야오도 마찬가지다), '잃어버린 이름의 회복'은 『양을 쫓는 모험』에서도 주제로 설정돼 있다는 느낌이 든다. 하지만 우선 이야기론에 입각해 살펴보자면, '옛날, 어느 곳에'는 이 뒤의 내용이 허구임을 선언하는 '발단구發端句'이다.

옛날이야기의 발단구란 이야기를 시작할 때 정해진 문구로서 이렇게 시작하는 영화나 소설은 드물지 않다. 『양을 쫓는 모험』에서는 이를 통해 한 가지 효과를 기대할 수 있다. 『바람의 노래를 들어라』의 '나'란 인물이 하트필드라는 장치를 통하여 가공의 존재가 되었던 것처럼, 이 소설 전체를 '옛날이야기'와 마찬가지로 허구라고 선언하는 것이다. 발단구는 이제부터 이야기하려는 내용이 '허구'임을 선언하는 행위이고, 이처럼 이야기를 시작함으로써 이 소설이 '이야기의 문법'에 준거하고 있다는 사실도 피력하는 셈이다. 다시 말하자면 하루키는 '이건 판타지다'라고 하면서 향후 이야기는 판타지 문법을 따르겠다고 선언했다는 말이다.

'운명의 개시'를 전하는 '실수'

캠벨에 따르면 '모험에 대한 부름'은 의도하지 않은 실수로부터 발동된다.

> 한 가지 실수—언뜻 보기에 완전한 우연에 지나지 않는다—로 생각지도 못한 세계가 열리고, 거기에 말려들어간 인간은 정확히 이해할 수도 없는 힘의 자력에 휩쓸리게 된다. 프로이트가 지적했듯이 대부분의 실수는 완전한 우연이 아니라 억압된 욕망과 갈등의 결과이다. 대부분의 실수는 일상생활의 표면에선 작은 물결에 불과하고, 생각지도 못한 샘에서 솟아나온다. 이 샘은 지극히 깊어, 영혼 자체와 마찬가지로 거의 바닥이 보이지 않을 정도이다. 한마디로 실수란 운명의 개시를 알려주는 것일지도 모른다.
>
> 『천의 얼굴을 가진 영웅』

말할 나위도 없이 『양을 쫓는 모험』에서도 일종의 실수에 의해 '운명의 개시'가 고지된다. 주인공인 '나'란 인물이 편집에 관련된 PR 잡지에 '쥐'가 보내온 양의 사진을 '우연히' 실은 데서 비롯되는 것이다. '나'는 이 '우연'을 다음과 같이 고찰하고 있다. 이 그럴싸한 고찰은 대체 왜 필요할까.

> 내가 PR 잡지의 그라비아 페이지에 양의 사진을 실은 것은 한쪽

관점(a)에서 바라보면 우연이고, 다른 쪽 관점(b)에서 바라보면 우연이 아니다.

(a) 나는 PR 잡지의 그라비아 페이지에 걸맞은 사진을 찾고 있었다. 내 책상 서랍에 우연히 양의 사진이 들어 있었고 나는 그걸 사용했다. 평화로운 세계의 평화로운 우연.

(b) 양의 사진은 책상 서랍에서 나를 쭉 기다리고 있었다. 해당 잡지의 그라비아 페이지에 사용하지 않더라도 나는 언젠가 어딘가에 사용했으리라.

『양을 쫓는 모험』

'나'는 이 사진을 PR 잡지에 의도적으로 실은 것은 아니다. 하지만 '쥐'가 이유도 말하지 않고 보내온 사진을 실은 것이다. 사진을 게재했다는 '실수'는 표면적으로는 '우연'이지만, 동시에 '운명의 개시'를 전해주는 일이다. 이처럼 '나'의 '실수'를 둘러싼 언급이 '우연'인지 아니면 개시될 순간을 '계속 기다리고 있던' 무엇인지를 둘러싼 이 번거로운 논의는 앞서 언급한 캠벨의 인용문을 염두에 둔 것이 아닐까 한다.

'성숙 거부'의 상징, '양의 나라'

캠벨은 '모험에 부름받다'라는 단계가 '자아 각성'을 알려주는 역할을 한다고 본다. 캠벨은 '꿈'에 의해서도 이러한 내면적인 변용이 예견된다고 했고, 관련 사례로서 출발을 앞두고 '새로운 세계관을 얻는 방법'을 찾고 있는 청년이 꾼 '꿈'을 (융의 논문에서) 인용하기도 했다.

> 수많은 양이 풀을 뜯고 있는 녹지. 그것은 '양의 나라'이다. 양의 나라에 알 수 없는 여자가 서서 길을 가리키고 있다.
>
> 『천의 얼굴을 가진 영웅』

모험을 떠나는 출발지를 '양의 나라'라고 기술하고 있다. 또 주인공에게 모험이 찾아왔다는 사실을 알려주는 어느 여성의 예지몽과, 다음과 같은 '모험에 부름받다'에 해당하는 장면이 비슷한데 이것이 정말 우연일까?

> "아, 10분쯤 후에 중요한 전화가 걸려올 거야."
>
> "전화?" 나는 침대 옆 검은색 전화기를 쳐다보았다.
>
> "응. 전화벨이 울리거든."
>
> "어떻게 알아?"
>
> "그냥 알아."
>
> (중략)
>
> "양 말이야." 그녀는 말했다. "수많은 양과 한 마리의 양."

"양?"

"그래." 그렇게 말하면서 그녀는 반쯤 피우다 만 담배를 나한테 건네주었다. 나는 그것을 한 모금 피운 다음 재떨이에 비벼 껐다.

"그리고 모험이 시작될 거야."

『양을 쫓는 모험』

'100퍼센트의 귀'를 가진 여자… 라는 설명과 함께 등장하는 이 인물은 '수많은 양'을 둘러싸고 '모험'이 시작된다고 예언한다. 캠벨 혹은 융에 따르면 '양의 나라'는 '성숙 기피의 나라'라고도 할 수 있는데,『양을 쫓는 모험』은 양의 나라에서 출발하는 것이 아니라 양의 나라로 출발하는 이야기다. 이는 충분히 계산된 설정일 것이다. '나'는 최종적으로 '양의 나라'에 있는 '쥐'의 영혼을 위무하게 되는데, 그곳이 '성숙 기피의 나라'를 상징하는 것은 매우 흥미로운 문제이다. '양 사나이'의 이미지를 어빙의『호텔 뉴햄프셔』에 등장하는, 나치스 때문에 장님이 되어 PTSD[1]에 걸린 것 같은 여자아이(영화에서는 나스타샤 킨스키가 배역을 맡았던)가 곰가죽 모포를 덮어쓰고 있는 모습에서 차용했다는 지적도 있었다. 그러나 캠벨이 여기에서 언급한 '양의 나라' 역시 하루키가 말했던 '정크' 중 하나로 인용된 것이라고 본다.

'어머니'와 같은 위치에 있는 무라카미의 '아내'

그런데 『양을 쫓는 모험』의 서두에선 '소멸'이 강조된다. 바로 아내와 '나'의 별거이다. 아내는 앨범의 사진이나 슬립(속옷)도 남겨두지 않았다. 이야기론에서는 주인공의 출발에 앞서 '결여'가 발생한다는 사실이 자주 논의된 바 있다.

> 이 기능은 지극히 중요합니다. 왜냐하면, 엄밀히 말해 이 기능을 통해 비로소 옛날이야기가 움직이기 시작하기 때문입니다. '부재'도 '금지'도 '위반'도 '정보의 요구'도 '정보 누설'도 '책략'도 '방조'도 전부 이 '가해' 기능을 설정하려는 준비이고, 이 기능이 '성립되게' 하려는(혹은 단순히 '성립'되기 쉽게 하려는) 의도가 개입되어 있습니다. 그러므로 '가해' 이전 단계의 초반부 기능들은 옛날이야기의 '예비 부분'이라고 볼 수 있습니다. 한편 옛날이야기의 '진정한' 발단은 '가해 행위'를 통하여 시작되는 것입니다.
>
> 블라디미르 프로프 지음, 『민담형태론』

여기서 말하는 '가해'란 주인공과 주변 캐릭터가 상처를 입는다는 말이 아니라, 예를 들어 '신부가 약탈되었다'와 같이 '결여'된 상태를 의미한다. 즉 프로프는 '가족 구성원 중 한 명에게 무언가가 결여되어 있다. 그는 그 무언가를 입수하고 싶어 한다'는 설정으로 이야기가 발동된다고 본 것이다.

하지만 『양을 쫓는 모험』에서 계속 반복되는 '소멸'은 질적으로 조금 다르다. '나'는 여행을 통하여 아내 및 슬립을 찾으려는 것이 아니기 때문이다. 『양을 쫓는 모험』 서두에서 반복되는 '소멸'의 설명은 오히려 다음 단락에 대응한다.

> 꿈이건 신화이건 이러한 모험을 겪다가, 마치 생활잡지에다가 새로운 단락, 새로운 구분을 새기는 안내자처럼, 어떤 살아 있는 생물의 모습을 빌려 갑자기 출현하는 존재에겐 저항하기 어려운 매력 넘치는 분위기가 흐른다. 왠지 무의식적으로는 매우 익숙한—설령 의식 위에서는 미지수이며 생각지도 못했던 의표를 찌르는 존재라 하더라도—존재가 다짜고짜 출현하여 자신이 어떠한 존재인가를 깨닫게 해준다. 그렇기 때문에 단락, 구분에 도달하기 전까지는 의미가 있던 통념이 기묘하게도 가치를 상실하게 된다. 예를 들어 왕녀의 세계에서 공이 갑자기 호수 바닥으로 사라져버린다는 식으로. 그후에 영웅이 잠시 익숙한 일상으로 복귀하더라도, 금세 일상이 허무하다는 생각에 사로잡히게 된다.
>
> 『천의 얼굴을 가진 영웅』

'안내자'로서 '100퍼센트의 귀'를 가진 여자가 등장하는 장면 전후로 아내 및 아내와 관련된 물건들의 소멸이 강조되는데 이는 캠벨의 말에 따르자면 주인공이 '어느 단계에 도달할 때까지 갖고 있던 통념'의 '가치가 상실'되는 상황이다. '나'의 부부 관계의 '소멸', 즉 이혼에 관한 확실한 이유는 설명되지 않고, 아내의 슬립 한 장조차 남아 있지 않은 '나'의 일상은 이제 느낌이 크게 바뀌어버린다. 이 사태는 '회복'을 전제로 한 '결여'가 아니라, 이야기가 움직이기 시작해버린 이상 원래 장소에는 머무를 수 없다는 점을 보여주는 요소이다.

슬립 한 장쯤은 남겨두고 가도 되지 않냐고 생각했지만, 그거야 그녀의 문제이고 내가 이래라저래라 할 수는 없는 노릇이다. 무엇 하나 남겨두지 않겠다고 그녀는 결정한 것이다. 나는 따를 수밖에 없다. 아니면 아내가 의도한 대로, 처음부터 그녀는 존재하지 않았다고 믿어버릴 수밖에 없다. 그녀가 존재하지 않는 장소에는 슬립도 존재하지 않는 것이다.

> 나는 재떨이에 물을 조금 붓고 에어컨과 라디오의 스위치를 눌러 끈 다음, 다시 한번 그녀의 슬립을 떠올리고는 모두 포기하고 침대에 들어갔다.
>
> 『양을 쫓는 모험』

그러므로 이 단락은 캠벨이 아니라 프로프의 이야기론에 따라 오히려 마법 민담의 서두에 반드시 그려지는 부모의 부재, 아니면 일종의 고아 상태에 대응한다고 보면 될 것이다. 프로프는 러시아의 마법 민담이 반드시 '가족의 구성원 중 한 명이 집을 비운다'는 설정에서 다음 상황이 연이어 진행된다는 사실을 지적했다.

하야오의 애니메이션을 예로 들자면 〈팬더와 아기 팬더〉에서 할머니가 집을 비운 것, 〈이웃집 토토로〉에서 어머니가 병에 걸려 부모가 집을 비운 것, 〈센과 치히로의 행방불명〉에서 부모가 돼지로 변해 버리는 것이 다 '아내의 소멸'과 같은 역할을 한다. 주인공에게 벌어지는 최초의 사건은 보호자의 '부재'인데 하루키 작품에서는 '아내'가 이야기 구조상 '획득되는 이성'이 아니라 '어머니' 같은 보호자 역할을 하고 있다. 그의 작품은 이 '부재不在'한 '아내'를 탐색하는 이야기(예를 들어 『태엽 감는 새』)를 하지만, 결국 아내가 돌아오지 않는다는 점에서 볼 때 하루키 작품의 '아내'란 민담 주인공의 '어머니'에 해당하고, 이야기 구조상 '아내'의 '소멸'이 '회복'되는 '결여'로 그려져 있지는 않다는 말이다.

이야기 구조상의 '결여', 즉 주인공이 '회복'해야만 하는 것은 앞서 언급했듯 이름을 잃어버린 소녀의 에피소드가 암시한다. 잃어버린 것은 '이름'이라는 고유성인 셈이고 소녀 자신이 아니다.

돌아오지 않는 '죽은 자', 소녀

하루키 작품에서 '잃어버린 소녀'는 크게 두 가지로 구분된다. 첫째는 '죽은 자'가 되어버린 소녀인데, 이는 『노르웨이의 숲』의 나오코로 대표되듯이 주로 자살한 여자친구로 반복해서 나타난다. 『해변의 카프카』에서 스스로 시간을 멈춰버린 카프카의 어머니인 듯한 여성 사에키 씨도 이 유형에 해당한다. 하루키의 작품은 주인공이 초반부에 죽은 자의 나라를 왕복하는데, 이는 이자나기의 황천 방문과 구조가 동일하다. 그런데 이자나기가 이자나미를 죽은 자의 나라로부터 탈환할 수 없듯이 하루키는 죽은 자를 구제하지 못한다.

대신 '회복'되는 것은 주인공의 일상, 혹은 '삶生'이다. 『노르웨이의 숲』에선 죽은 자가 된 나오코가 산속 정신병원에서 귀환하는 대신 같은 병실에 있던 여성 레이코가 '이쪽'으로 돌아온다. 죽은 자의 나라에서 돌아올 때 다른 사람을 데려온다는, 나중에 언급할 『이즈의 무희』에서 서생이 무희 대신 노파와 유아를 데려오는 결말과 같은 구조이다. 즉 죽은 자는 돌아오지 않는다.

『양을 쫓는 모험』에서 '죽은 자'에 해당하는 소녀는 서두에 등장한 아무하고나 자는 여자이고, '나'의 세계에 '이름이 없는 상태'로 등장한다. 다시 말해 작중에서 책이나 재즈 레코드판에는 이름이 붙어 있는 반면 등장인물은 '나', '아내', '여자아이', '한 노인', '사내' 등 전부 이름이 결여되어 있다. 그리고 '여자아이'는 '아무하고나 자는', '100퍼센트의 귀를 가진' 등의 속성을 띤 채로 마치 기호론의 규칙에 따라 차이화差異化되는 존재로 나올 뿐이다. 차이밖에 없고 고유성이 존재하지 않는다. 그런 세계에 '이름'이 회복된다는 구조가 '결여'와 '회복'에 해당하는데 이것은 『양을 쫓는 모험』에는 제시되어 있다. 계속 말하지만 이는 『게드 전기』와 동일한 주제이다.

달성하기 쉬운 여성의 자아실현 이야기

'잃어버린 여자아이'의 두 번째 유형은 '아내'로 대표되는 실종된 여성들이다. 앞서 보았듯이 '나'란 인물은 어머니에게서 떨어져 독립하려 한다. 이는 일종의 가족 로망스 고아 이야기의 발동이다. 많은 이야기들이 아이의 분리불안分離不安을 부모의 부재나 고아라는 모티프를 통해 표현하는 것과 마찬가지다.

하지만 이 제2의 유형인 '아내'들은 이야기 구조상 '어머니'이기 때문에 주인공에게로 귀환하지는 않는다. 『해변의 카프카』의 사에키 씨란 존재에겐 이 두 가지 유형이 겹침으로써 비로소 '어머니'와 성교하는 오이디푸스 신화적 이야기가 펼쳐진다. '죽은 자'이면서 '아내=어머니'이기도 하다는 이 경우를 제외하고 실종된 아내나 애인은(『양을 쫓는 모험』에선 그저 귀환하지 않을 뿐이지만) 『태엽 감는 새』의 아내와 같이 교양소설의 이야기처럼 자아실현을 위한 행동에 나서는 것이다. 즉 하루키의 작품은 이야기의 표면에는 '나'란 존재가 죽은 자를 탐색하거나 캠벨스러운 '영웅'의 자아실현 여행이 그려져 있지만, 다른 한편으론 실종된 '아내'가 자아실현을 하는 이야기가 내포되어 있다. 게다가 남자들은 작품 전체를 통하여 '히어로스 저니'를 구현하면서도 한 가지 결정적인 변화를 스스로 보류하고, 『양을 쫓는 모험』 같은 전형적인 교양소설에서도 도망을 치기 시작한다. 이에 비해 여성의 자아실현 이야기는 지극히 쉽게 달성되고 있다.

이는 하야오의 애니메이션에서도 마찬가지다. 하루키가 『스푸트니크의 연인』에서, 하야오가 〈마녀배달부 키키〉에서 여자 쪽에 비중을 둔 자아실현 이야기를 그렸는데, 바로 이 때문에 전혀 혼란스럽지 않은 이야기가 되었다. 어쨌든 '아내'가 자아실현 이야기를 말하기 시작한 이상 되돌아갈 리가 없고, 오히려 『국경의 남쪽, 태양의 서쪽』에서처럼 '나'란 인물이 시마모토 씨라는 '죽은 자'와 바람을 피웠음에도 불구하고 '아내'인 '유키코'는 '나'의 귀환을 허용한다. 이것은 결국 교양소설처럼 보이면서도 '어머니로서의 아내'에게 회귀하는 이야기나 다름없다.

성숙을 거부하는 주인공과 부정적 자아실현을 하는 적

아무튼 아내의 '부재'라는 분리불안 모티프와 회복해야만 할 무언가를 제안하는 '안내역' 중 한 명인 소녀의 등장을 통해 이야기는 캠벨뿐만 아니라 프로프에도 충실한 형식으로 풀려나가기 시작한다. 하지만 '부름' 받은 주인공은 약속대로 '부름의 거부'라는 상황을 선택한다.

> 현실 생활에서는 빈번하게, 신화와 통속적인 이야기에서는 희귀할 만큼은 아닌 정도로, 부름에 응하지 않는 분위기 깨는 사태가 일어나기도 한다. 어떤 상황에서든 다른 관심사에 귀를 기울이는 일

이 얼마든지 가능하기 때문이다. 부름의 거부는 모험을 부정적 사건으로 전환시킨다. 권태, 격무, 혹은 '일상생활'에 둘러싸이면, 해당 주체는 의미 있고 긍정적인 행동에 나설 힘을 상실하고, 구제되기만을 기다리는 희생자가 될 것이다.

『천의 얼굴을 가진 영웅』

캠벨은 이처럼 '부름'을 거부한다는 선택이 예를 들어 '어린 들장미 공주[2]가 계속 잠을 자고, 롯의 아내가 여호와의 부름을 받아 막 출발하려는 찰나 뒤를 돌아보는 바람에 소금 기둥이 되었듯이, 주인공이 그대로 출발하지 못하고 누군가가 일깨워줄 때까지 기다린다'는 모티프로 나타날 수도 있다고 생각한다. 이 책의 결론부터 말해본다면, 하루키의 주인공 역시 겉으로만 모험을 하면서 성장을 회피하는 '잠자는 미녀'와도 같다. 본인이 그래도 괜찮다고 생각하니 무슨 말을 해도 소용없겠으나, 하루키가 단편소설 『잠眠り』에서 보인 '계속 잠자는' 모티프는 캠벨이 말한 구조상의 '부름의 거부'가 신화나 민담에서 독립 항목으로 구성되어 있듯이, 하루키 작품 속에서도 단편으로 만들어진 것이라고 볼 수 있다. 하루키의 단편은 이와 같이 '이야기 구조의 한 단위'를 소설화한 경우가 많다. 문제는 '나'의 잠을 깨워줄 '누군가'를 기다리는데 이들이 성적性的 관계를 맺어주는 여자들이라는 점이다. 하루키의 주인공들은 잠에서 깨기 위해 키스만으로는 불충분하고 섹스를 필요로 한다는 것이다.

주제를 다시 돌려보자. 『양을 쫓는 모험』에서 '나'는 구체적으로는 '부름의 거부'를 하지 않는다. 영웅이 직접 이 과정을 거쳐야 할 필요는 없다. 주인공이 '거부'한 경우 운명을 다른 존재를 통해 보여줘도 상관없다. 예를 들어 다음과 같은 미노스 왕의 '부름의 거부'는 『양을 쫓는 모험』의 '노인' 캐릭터를 방불케 한다.

> 미노스 왕은 희생제물을 바치는 것이 자신의 왕국에서 신의 뜻에 복종한다는 의미가 있던 시절에 성스러운 황소를 사유화했다. 자신에게 이익이 된다고 보았기 때문이다. 이리하여 미노스는 본래 맡고 있던 직책을 수행하는 데 차질을 빚게 되었다. 그것이 어떤 불행한 결과를 초래했는지는 이미 살펴본 대로이다.
>
> 『천의 얼굴을 가진 영웅』

이것은 전후戰後의 일본 정계나 미디어 산업에서 '양'의 힘을 통해 제국을 구축하고는 이를 사유화했던 '노인' 캐릭터 설정의 원천 같은 느낌도 든다. 루크와 다스베이더의 관계는 포스를 올바르게 혹은 그릇되게 사용하는 문제와 연관이 있다. 다시 말해 자아실현을 둘러싼 포지티브와 네거티브의 관계이기도 하다. 『양을 쫓는 모험』에선 노인의 모습이 '부름의 거부'를 감행한 미노스 왕과도 같은 캐릭터로 그려져 있기에, '나'와 '노인'의 관계가 루크와 다스베이더의 관계와 동일 선상에 놓이게 된다. 캠벨을 원용한 할리우드 영화의 스토리 제작 매뉴얼로 집필된 크리스토퍼 보글러는 『신화, 영웅, 그리고 시나리오 쓰기』에서 '적'이란 올바른 성숙을 거부한 채 주인공과는 반대로 부정적인 자아실현을 하는(융 학파가 말한) '그림자'로 정의하기도 했다.

이와 같이 '부름의 거부'는 캠벨의 신화론에선 주인공의 에피소드가 아니라 '적' 캐릭터의 속성으로 바뀌어 있다.

이동 수단을 제공하는 보호자

반면 『양을 쫓는 모험』의 경우 '돌고래 호텔' 에피소드까지가 전체의 절반에 해당하는 분량이다. 이것은 주인공의 출발 항목의 마지막에 해당하는 '고래 배 속'에 대응되는데, 『양을 쫓는 모험』에서는 '출발'에 너무 많은 분량을 할애했다는 느낌이 든다. 캠벨의 구조를 열심히 쫓아간 결과이지만, 주인공의 출발 지연은 사실상 작가에게 내재한 '의식하지 못한 부름의 거부'가 아닌가 하는 느낌도 든다.

아무튼 출발하기로 한 주인공은 '보호자'이자 '초자연적 존재의 도움'을 받는다. '초자연적 존재'란 물론 오비완이나 요다에 해당한다고 보면 되는데, 꼭 남자나 노인이어야 할 필요성은 없다. 예를 들어 캠벨은 아메리카 원주민 신화에 등장하는 지하 세계의 자그마한 노파 '거미 할머니'를 '초자연적 존재'의 사례로 들기도 했다.

해가 뜬 직후, 지면에서 올라가는 연기를 보았다. 그들은 연기가 올라오는 장소로 가서 지하로 이어진 텅 빈 연기 구멍에서 연기가 나오고 있음을 발견했다. 연기로 검게 그을린 사다리 하나가 구멍에서 튀어나와 있었다. 구멍 속을 들여다보니, 한 노파, 즉 '거미 할머니'가 보였다.

『천의 얼굴을 가진 영웅』

이것은 물론 '귀'의 소녀가 속해 있는 콜걸 클럽의 미세스 엑스와 대응된다. 콜걸 클럽의 사무소(일단 명목상으로는 탤런트 클럽)는 아카사카에 있고, 다들 미세스 엑스라 부르는 경영자는 백발의 영국인 여성이었다. 그녀는 벌써 30년이나 일본에서 살고 있어 일본어를 유창하게 말하고 기본적인 한자는 대부분 읽을 수 있었다.

미세스 엑스는 콜걸 사무소에서 500미터도 떨어져 있지 않은 곳에 여성 전용 영어회화 교실을 운영하고 있었는데, 거기에서 소질이 있을 것 같은 여자를 콜걸로 스카웃하고 있었다. 반대로 콜걸 중 몇 명이 영어회화 교실에 다니는 경우도 있었다. 그녀들은 물론 몇십 퍼센트 정도 수업료를 할인받았다.

『양을 쫓는 모험』

보호자인 미세스 엑스에게 받는 아이템이 '귀'의 소녀이다. 보호자는 한 솔로처럼 주인공에게 이동 수단을 제공하는 경우가 많다. 러시아 민담에선 보호자가 제공하는 아이템이 공간 이동 수단이다. 이 소녀는 주인공을 '돌고래 호텔', 즉 목적지까지 안내하는 역할도 하므로, 보호자로서 적합한 역할을 하고 있는 셈이다. 그런데 이런 '보호자'는 〈스타 워즈〉에서도 그렇듯이 여러 명 등장하기도 한다. 참고로 '돌고래 호텔'에서 나오는 '양 박사'도 보호자이다.

> 초자연적인 보호자가 남성의 모습으로 등장하는 일도 드물지 않다. 요정 이야기에선 작은 숲의 친구들, 마법사, 은둔자, 양치기, 대장장이의 모습을 빌려 나타나고, 영웅이 필요로 하는 호신용 부적이나 조언을 건네주곤 한다. 고도高度의 신화에서는 인도자, 교사, 뱃사공, 저세상으로 혼을 보내는 길 안내자 등 당당한 모습으로 등장한다.
>
> 『천의 얼굴을 가진 영웅』

'양치기'의 모습으로 나타나 '영웅이 필요로 하는' '조언', 즉 '쥐'가 남긴 양 사진의 촬영 장소를 알려주는 '은둔자'인 '양 박사'는 캠벨이 보여준 '보호자' 유형에 딱 들어맞는다. 이 '보호자'는 보통 출발 직전에 등장하지만, 출발 후에 등장하더라도 상관없다. 그 점에서 캠벨의 단일신화론은 어느 정도 열려 있는 편이다.

'이름'을 회복하기 위해 떠나는 모험

다음으로 주인공은 출발하기 위해 '최초의 경계'를 넘게 된다. 이미 제1장에서도 인용했듯 주인공은 '거대한 힘이 지배하는 영역의 입구'에 있는 '경계 문지기'를 만난다.

> 의인화된 인도자나 보호자에게 운명을 맡기면서, 영웅은 거대한 힘이 지배하는 영역의 입구를 지키는 '경계 문지기'가 있는 곳에 도달할 때까지 모험을 계속한다. 이런 경계 문지기는 영웅의 현재 활동 영역이나 삶의 지평의 한계를 나타내는 세계의 사방, 더 나아가 하늘과 지하 세계에 울타리를 두르고 있다.
>
> 『천의 얼굴을 가진 영웅』

'나'란 인물이 '노인'의 비서라고 밝힌 '남자'가 있는 '저택'으로 향하는 단락이 '경계 문지기'와 조우하는 대목이고, 이 '저택' 자체가 '경계'로 설정되어 있다. '나'를 수수께끼의 노인에게 안내하는 운전수와 나누는 대화를 살펴보자.

> "그런 거군요." 운전수는 스스로 납득했다는 듯이 몇 번 고개를 끄덕였다. "어떤가요, 내가 맘대로 이름을 붙여도 될까요?"
>
> "물론 상관없죠. 근데 어떤 이름이요?"
>
> "정어리는 어떨까요. 지금까지 정어리처럼 쓸모없는 취급을 받았으니까요."

"나쁘지 않군요." 나는 말했다.

"그렇지요." 운전수는 득의양양해서 말했다.

"어떻게 생각해?" 나는 여자친구한테 물어보았다.

"나쁘지 않네." 그녀도 말했다. "뭐랄까 천지창조 같아."

"여기에 정어리가 있으라." 나는 말했다.

"정어리야, 이리 와." 운전수는 그렇게 말하면서 고양이를 안았다. 고양이는 무서워하며 운전수의 엄지손가락을 깨물었고, 이어 방귀를 뀌었다.

『양을 쫓는 모험』

이 이름 없는 고양이는 서두에 나온 아무하고나 자는 여자의 '이름'이 상실되고, 세계에 '이름'이 회복된다는 작품의 주제와 대응되어 있다. 여기서 고양이한테 '이름'이 부여되는데 이는 주인공의 모험이 성공한다는 것을 예언하는 '메시지'이다. 바로 그래서 운전수가 신의 목소리를 듣는 자로 설정되어 있는데 끝 부분에서 이렇게 말한다.

"정어리는 잘 있습니다." 운전수는 지프를 운전하면서 말했다. "뚱뚱하게 살이 쪘어요."

『양을 쫓는 모험』

'이름'을 얻고 뚱뚱하게 살이 찐 '정어리'는 주인공의 모험을 통해 회복된 '삶'을 상징한다. 너무 정석에 가까운 해석일지도 모르지만, 하루키 소설의 상징성은 무엇보다 정석에 해당한다. 너무 고민하면 작품을 이해할 수가 없다. 그냥 프로이트의 꿈 분석이나 타로카드를 해석하는 수준에서 해석해야지 그러지 않으면 마치 카프카를 연상케 하는 난해한 '문학'처럼 보인다. 다만 이 작품은 '이름의 회복'이 '모험'과 잘 결합되어 있지 않다는 결점이 있다.

이미지의 출전, 신화론

주인공의 모험이 종료되고 '이쪽'으로 돌아올 때도 이 운전수가 등장하는 이유는 그가 '경계 문지기'이기 때문이다.

> 1978년의 9월 오후에 거대한 사륜차가 나를 안에 집어넣었다. 그야말로 실지렁이 우주의 중심에서 일어난 일이다. 간단히 말해 기도는 각하된 것이다.
>
> 『양을 쫓는 모험』

하루키는 앞으로 모험이 시작될 '상징적인 세계'를 '실지렁이 우주'라고 부르는데, 이는 작중의 현실에서는 '왕국'이 지배하는 세계이다. 사실은 RPG처럼 '던전 같은 지하 제국'으로 비유해도 상관없다.

"우리는 왕국을 건설했다" 사내는 말했다. "강대한 지하 왕국이다. 우리는 온갖 것들을 집어넣었다."

『양을 쫓는 모험』

'노인'이 만든 이 '왕국'의 음모에 지금 '나'까지 휘말려 붙잡히려 하고 있다. 실제로 '노인'의 비서인 사내가 '나'에게 '모험'을 '의뢰'하는데, 이 '대행'해주기를 요구하는 모험은 '왕국'의 존속에 관련된 일이다. '나'는 '왕국'에 의해 이미 말살당할 뻔했고, 목숨을 보존하는 대가로 이 임무를 받아들일 수밖에 없다. 물론 주인공의 '싸움'이 시작되는 단초이기도 하다. 이건 정말 〈스타 워즈〉스러운 대목이다.

아무튼 '저택'이라는 '경계'를 벗어나 '나'는 '월경'하여 바깥 세계로 향한다. 이제 출발을 하고, 삿포로에 도착한 '나'와 일행은 어인일인지 영화를 본다. 시간 낭비라 여겨지는 이 대목은 굳이 말하자면 '부름의 거부', 즉 출발하기를 주저하는 행동, 지연 행동이다. 이미 지적했다시피 이 이야기가 '잡아 늘려진 막다른 골목'이기 때문이라고도 할 수 있다.

아무튼, 캠벨이 말한 '고래 배 속'은 앞서 언급한 대로 '돌고래 호텔'이다. 이것이 '고래 호텔'이라는 사실은 작중에 분명히 언급되어 있다.

"그런데 어딘지 모르게 『백경』 같은 느낌이 드는군요."

"백경?" 나는 말했다.

"네. 뭔가를 찾아간다는 것은 재미있는 작업입니다."

"매머드 같은걸?" 내 여자친구가 되물었다.

"그렇죠. 뭐든 똑같습니다." 프런트 직원은 말했다. "내가 여길 돌핀 호텔이라고 이름 붙인 이유도 사실 멜빌의 『백경』에 돌고래가 나오는 장면이 있기 때문이거든요."

"호오." 나는 말했다. "그러면 차라리 고래 호텔이라고 이름 붙였으면 좋았을걸."

"고래는 별로 이미지가 좋지 않아서요." 아쉽다는 듯 그는 말했다.

『양을 쫓는 모험』

그들은 글자 그대로 '고래 호텔'이 되었을 수도 있는 '돌고래 호텔'을 헤매다가, 이전에 '양치기'였다는 '양 박사'라는 은둔자(요다에 해당)와 만나 양 목장에 관한 정보를 얻는다. 우연으로 치부하기엔 자잘한 요소까지 일치하는 비율이 좀 높지 않은가.

이리하여 '나'의 출발 에피소드는 끝난다. 이처럼 『양을 쫓는 모험』과 캠벨의 신화론을 대비해가며 읽다 보면, 애당초 캠벨의 신화론이 의거하고 있는 융이나 프로이트 학파 이론이 상당 부분 자의적으로 '해석'되기도 하듯이, 캠벨 신화론을 『양을 쫓는 모험』에 '억지로 갖다붙여' 그럴듯하게 해석할 수도 있음을 알게 된다. 캠벨 입장에 서든지 그렇지 않든지, 모든 이야기의 구조는 상당히 많은 부분에서 서로 유사한 법이고, 따라서 『양을 쫓는 모험』이 이야기라는 형태를 갖추고 있기만 하다면야 당연히 캠벨의 단일신화론과 일치하는 부분이 있게 마련이다. 하지만 지금까지 살펴본 바에 의하면 구조뿐만이 아니라 이 작품의 키워드나 이미지가 캠벨의 저작에서 나왔음을 알 수 있다.

월경하는 에피소드의 동일성

그렇다고는 해도 이것만으로는 하루키가 캠벨의 저작을 원천으로 삼았다는 사실을 독자들이 납득하긴 어려울 테니 또 다른 사례를 들어보겠다. 바로 『태엽 감는 새』이다.

하루키는 구조가 동일한 두 가지 이야기를 하나의 소설에 펼쳐놓고서 한쪽에는 상징적인 의미를, 다른 쪽에는 현실적인 의미를 부여하는 수법을 자주 사용한다. 『태엽 감는 새』에서는 마미야 중위의 편지가 '나'의 이야기와 구조가 매우 유사하다.

마미야 중위는 노몬한 사건[3]에서 생존한 혼다 하사의 친구인데, '나'는 그로부터 만주에서 겪은 체험을 듣게 된다. 이 에피소드가 '우화'로 삽입되어 있고 '나'의 이야기와 대치되는 이야기 구조를 갖추고 있다는 점을 잘 이해해야 한다.

마미야 중위는 야마모토라는 수수께끼의 인물과 동행하라는 명령을 받고 출발하지만, 이것은 '모험에 대한 부름'에 해당하지 않는다. 마미야의 '모험에 대한 부름'은 한 번 모습을 감추었던 야마모토가 돌아와서 이렇게 전하는 대목에 나온다.

> "사실 군사령부에 꼭 전달해야만 하는 서류가 있어." 그는 말했습니다. 그리고 안장에 달려 있는 주머니에 손을 넣었습니다. "만약 전달할 수 없는 경우에는 반드시 없애버려야 해. 태우거나 묻어야 하고, 무슨 일이 있어도 적의 손에는 넘겨선 안 돼. 무슨 일이 있더라도. 그게 최우선 사항이야. 이 말을 꼭 이해해줬으면 좋겠네. 이것은 매우, 매우 중요한 일이야."
>
> 무라카미 하루키 지음, 『태엽 감는 새』, 신초샤, 1997

마미야가 가진 '중요한 서류'를 들고 본대로 귀환하는 것이 '모험'의 내용이다. 하지만 곳곳에 적병이 있어 출발하기도, 강을 건너기도 쉽지 않다.

> "도하 지점은 여기 외엔 없나요?" 나는 물어보았습니다.
>
> 야마모토는 쌍안경에서 눈을 떼고, 내 얼굴을 보며 고개를 저었습니다. "있긴 있는데, 좀 멀지. 여기서부터 말을 타고 이틀이나 걸리는데, 그럴 시간이 없네. 무리를 해서라도 여기를 건널 수밖에 없어."
>
> "그렇다면, 밤에 몰래 도하하는 건가요?"
>
> 『태엽 감는 새』

출발이 지연된다. 즉 '부름의 거부'가 묘사돼 있다. 마미야는 죽음을 막연히 각오한다. 하지만 '초자연적 존재의 도움'으로 다음 장면이 등장한다.

혼다는 입술을 굳게 다문 채, 잠시 동안 발밑의 모래땅을 손가락으로 쓰다듬었다. 마음속으로 갈등하고 있는 듯했다. "소위님." 잠시 후에 그가 말했습니다. 그는 가만히 내 얼굴을 보고 있었습니다. "소위님은 우리 네 명 중에서 가장 오래 살아남아 일본에서 죽을 겁니다. 본인 예상보다 훨씬 오래 살 겁니다."

이번엔 내가 가만히 그의 얼굴을 볼 차례였습니다.

"어떻게 그런 걸 아느냐고, 소위님은 의아하게 생각하시겠죠. 사실 저로서도 설명할 수가 없습니다. 그저 알 수 있을 따름입니다."

"말하자면 영감 같은 것인가?"

"어쩌면 그럴지도 모르겠습니다. 하지만 영감이란 단어는 제가 생각하기에는 딱 맞아떨어지지 않습니다. 그런 어마어마한 게 아닙니다. 말씀드렸다시피 저는 그저 알 수 있을 따름입니다. 그뿐입니다."

"자네한텐 그런 경향이 있었나? 옛날부터?"

『태엽 감는 새』

이 혼다는 '나'에게 유언을 남긴 노인이고, '나'의 이야기 구조에서도 초월적인 보호자 역할을 담당한다. 그리고 '최초의 경계 넘기' 단락이 시작되면서 '경계 문지기', 즉 몽골 병사들을 이끄는 러시아인 장교 '가죽 벗기는 보리스'가 등장한다. 그리고 마미야의 동기인 야마모토의 가죽을 벗기도록 명령한다.

> 정말로 그는 복숭아 껍질이라도 벗기는 듯, 야마모토의 가죽을 벗겼습니다. 나는 그걸 똑바로 볼 수가 없어서 눈을 감았습니다. 내가 눈을 감자, 몽골인 병사는 총의 개머리판으로 나를 때렸습니다. 내가 눈을 뜰 때까지 마구 때렸습니다. 하지만 눈을 떠도 눈을 감아도, 그의 목소리는 계속 들려왔습니다. 그는 처음엔 인내심 있게 꾹 참았지만 결국 비명을 지르기 시작했습니다. 이 세상 사람의 비명이라고는 생각할 수도 없는 끔찍한 소리였습니다. 사내는 우선 야마모토의 오른쪽 어깨에 나이프로 쓱 선을 그었습니다. 그리고 위쪽부터 오른팔 가죽을 벗겨내었습니다. 마치 자비를 베푸는 듯이, 천천히 신중하게 팔 가죽을 벗겼습니다. 확실히 러시아인 장교가 말했듯이, 그것은 예술 작업이라고 해도 좋을 만한 솜씨였습니다. 만약 비명이 들리지 않았더라면, 고통 따윈 없는 게 아닐까 싶을 정도였습니다. 하지만 야마모토의 비명은 그가 얼마나 엄청난 고통을 겪고 있는지를 웅변하고 있었습니다.
>
> 『태엽 감는 새』

이 '가죽 벗기는 보리스'에 관한 내용은 영화 〈양들의 침묵〉에서 렉터 교수가 간수의 가죽을 벗겨 뒤집어쓰고 탈출하는 장면이 출처라고 누군가 지적한 바 있다. 하지만 캠벨이 '경계 넘기'의 에피소드로 소개한 다음 내용은 어떤가. 이 에피소드에서는 캐러밴 대장이 '식인귀'의 감언이설에 속아 들판으로 나가는데 물병을 깨뜨리고 만다.

> 거기에는 물이 한 방울도 없었다. 마실 물이 없어지고 사람들은 지치기 시작했다. 일행은 일몰 때까지 여정을 이어가다 짐차에서 말의 장비를 떼어낸 다음 둥그렇게 이어붙이고 황소들을 바퀴에 묶어놓았다. 황소들한테는 물이 없었고, 인간한테는 죽도 밥도 없었다. 너무 지쳐 사람들은 여기저기에 쓰러졌고 결국 잠들어버렸다. 한밤중이 되자 식인귀들이 거처에서 나와 다가왔고, 황소와 사람들을 살해하여 한 명도 남기지 않고 고기를 먹어치운 다음 뼈만 남기고 떠나갔다. 살해당한 이들의 손뼈를 비롯한 여러 부위의 뼈는 전부 사방팔방에 흩어졌고, 500대의 짐차는 언제까지고 그 자리에 남겨져 있었다.
>
> 『천의 얼굴을 가진 영웅』

이렇게 일행은 '식인귀'한테 먹혀버린 것이다. 이 이미지는 마미야 중위가 보리스와 만난 장면만이 아니라 혼다가 노몬한에서 일어난 사건을 회상하는 장면과도 겹쳐 보이지 않는가.

"나도 솔직히, 물 때문에 진짜 고생했지." 혼다 씨는 내 질문을 무시하고 말했다. "노몬한에는 전혀 물이 없었거든. 전선이 얽히고설켜서 보급이 아예 끊겨버렸어. 물도 없지 식량도 없지 붕대도 없지 탄약도 없지. 정말 지독한 전쟁이었어. 후방의 높으신 분들은 어디를 얼마나 빨리 점령하느냐에만 관심이 있거든. 보급 따윈 아무도 생각하지 않아. 나는 사흘간 거의 물을 마시지 못했던 적이 있었지. 아침에 수건을 밖에 놔두면 약간 스며드는 아침 이슬을 짜서 몇 방울 마실 수 있을 뿐이었어. 물 구경을 아예 할 수가 없었지. 그때는 정말 죽는 편이 낫다고 생각했네. 세상에 목이 마른 것만큼 괴로운 일은 없어."

『태엽 감는 새』

나는 혼다 씨의 이야기를 듣기 전까지 노몬한 전투에 관해서는 아무것도 몰랐다. 그것은 상상을 초월하는 처절한 싸움이었다. 그들은 거의 맨주먹으로 소련의 막강한 기계화부대에 도전하였고 뭉개졌던 것이다. 수많은 부대가 괴멸했고, 전멸했다. 전멸을 피하기 위해 독단으로 후퇴를 명한 지휘관은 상관이 자결을 명하여 허무하게 죽어갔다.

『태엽 감는 새』

군대가 '물'을 잃고 황야에서 전멸한다는 '옛날이야기' 같은, '나'에게 들려준 노몬한 사건의 뼈대는 캠벨이 영웅 신화에서 '경계'를 넘을 때의 에피소드로 소개한 내용과 겹치는 것처럼 느껴진다.

옴진리교와 역사소설

혼다 노인은 그저 노몬한 전투에서 살아남았을 뿐이지만, 마미야의 에피소드는 캠벨 형 영웅 신화의 구조를 따르고 있다. 그러므로 '고래 배 속' 이야기가 이어진다. 이는 러시아 병사들이 마미야를 우물 속으로 던져 넣는 장면에 해당한다.

> 하지만 나는 조금씩, 그리고 주의 깊게, 나 자신이 놓여 있는 상태를 하나하나 장악해갔습니다. 우선 처음으로 내가 이해한 사실은, 그리고 실로 천운이었던 사실은 우물 바닥이 비교적 부드러운 모래 바닥이었다는 점입니다. 만약 그렇지 않았더라면, 우물의 깊이로 보건대 떨어져 부딪혔을 때 뼈가 죄다 부스러졌거나 부러졌겠죠. 나는 심호흡을 크게 한 번 하고서 몸을 움직여보려 했습니다. 우선 손가락을 움직여보았습니다. 손가락은, 약간 불안스럽긴 했지만, 움직이긴 움직였습니다.
>
> 『태엽 감는 새』

마미야는 '보호자'인 혼다에 의해 우물에서 구출되는데, 중요한 점은 마미야가 어째서 구출되었는가, 말하자면 '고래 배 속'에서 어떻게 빠져나올 수 있었는가 하는 것이다. 캠벨은 '고래 배 속' 이야기의 변주 중 하나로 사원 안으로 들어가는 순간 입구에 '경계의 파수꾼'으로서 기괴한 상이 버티고 있다는 점을 지적하며 이렇게 썼다.

> 그들은 관습 세계와 선 하나를 긋는 신화적인 식인귀나, 고래 입에 달려 있는 이빨에 대응하는, 현전하는 것들의 위험한 측면을 체현하고 있다. 더불어 신자가 사원에 들어가자마자 변모한다는 사실을 몸으로 나타내고 있다. 신자의 세속적인 먼지를 외부에 남겨두고 뱀이 허물을 벗듯이 탈피하려는 것이다.
>
> 『천의 얼굴을 가진 영웅』

즉 영웅은 '경계의 파수꾼'에 의하여 '탈피'하게 된다고 캠벨은 말한다. 그는 '탈피'란 상징적인 재생을 뜻하는데, 영웅의 신체는 때로 한 번씩 '살상', '해체'된다고도 말한다. 동시에 영웅은 '고래 배 속'에서 탈출하기 위해 자신을 삼킨 '고래'나 '용'을 안쪽에서 찢어버림으로써 재생에 성공하는 것이다.

이는 영웅이 '경계 문지기'에 의하여 한 번 살해당할 필요가 있다는 말이다. 아니면 마찬가지 의미에서 영웅은 '고래'나 '용'을 찢어야 할 필요가 있다. 현실의 종교적 행사에서 종교인들이 '자기 살을 흩어놓으면서 몸을 바쳐 위대한 상징 행위를 지속해왔다'고 지적하면서, 다음 사례를 소개하는 부분은 매우 흥미롭다.

> 그리고 동일한 정신을 밑바탕 삼아 남부 인도의 퀼라케어Quilacare 지방 왕은 (12년마다 열리는 큰 제사의) 축제일과 축제일 사이 12년 동안만 통치를 했다. 축제일이 되면 왕은 나무로 된 발판을 만들고 거기에 비단 뚜껑을 덮도록 한다. 축제 당일이 되면 왕은 장엄한 의식이 펼쳐지고 음악이 흐르는 가운데 수조에서 목욕재계를 하고 나서 신전으로 들어가 신성神性 앞에 머리를 조아리며 예배를 올렸다. 그후 준비된 발판에 올라, 모든 백성 앞에서 특별히 예리한 나이프를 꺼내어 우선 코, 이어 귀, 그리고 입술, 마침내는 모든 사지를 절단하면서 자기 손으로 실행 가능한 만큼 살을 베어낸다. 그리고 무시무시한 형상으로 살들을 주변에 흩뿌리고는, 다량의 출혈로 인해 실신하기 직전에 마지막으로 목덜미를 잘라버리는 것이다.
>
> 『천의 얼굴을 가진 영웅』

이것은 프레이저가 『금지편』에서 소개한, 가짜 왕을 떠받들면서 공희供犧, sacrifice로 삼는다는 의례"인데, 바로 이것이 '가죽 벗기는 보리스' 이미지의 출처가 아닐까 생각한다. 여기에 쓰여 있는 '목덜미를 잘라버린다'는 행위는 하루키가 교양소설 주인공의 여정에서 중요시하는 구절로 『태엽 감는 새』에서 마미야 일행의 동료가 실제로 그렇게 살해당한 바 있다.

"저기, 나는 어딘가에서—어딘지 도통 알 수가 없는 장소에서—무언가의 목을 잘랐던 것 같아. 식칼을 갈아 돌과 같은 마음으로. 중국의 문을 만들 때처럼, 상징적으로 말야. 내 말을 이해할 수 있겠어?"

"이해할 수 있을 것 같아."

"여기로 데리러 와줘."

무라카미 하루키 지음, 『스푸트니크의 연인』, 고단샤, 2001

이 '가죽 벗기는 보리스'에 관련된 내용에서 마미야 본인이 '상징적으로' '목을 잘랐'고, 이 행위가 재생의 조건이었다고 할 수 있다. 그리하여 마미야는 우물 속에서 탈출할 수 있었던 것이다. 나중에 마미야는 말 그대로 자신에게 다스베이더 역할로 재등장하는 보리스를 맞아 '아버지 죽이기'를 하려다가 실패한다.

"날 죽일 수 없다고 말했지?" 보리스는 나한테 그렇게 말했습니다. 그리고 주머니에서 카멜 담뱃갑을 꺼내어 한 개비 물고는 라이터로 불을 붙였습니다. "자네 사격이 잘못되진 않았어. 자네로서는 날 죽일 수 없다는 거야. 자네한테 그런 자격은 없어. 그래서 기회를 놓친 거지. 안됐지만 자네는 내 저주를 가지고 고향에 돌아가게 돼.

알겠나? 자넨 어딜 가더라도 행복해질 수 없어. 앞으로 남을 사랑하는 일도 없고, 남한테 사랑받는 일도 없네. 그것이 내 저주야."

『태엽 감는 새』

마미야는 '보리스 죽이기'에 실패하여 '저주'에 물들어버린 것이다. 이리하여 마미야의 '모험'은 실패로 끝난다. 즉 마미야의 이야기는 '패자'의 이야기이고 '나'의 이야기와 대비되는 장치다. 이처럼 마미야의 이야기가 캠벨의 '원질신화' 구조와 캠벨이 인용했던 신화의 이미지를 따라 재구성되어 있다는 사실을 알 수 있을 것이다.

그러나 하루키가 옴진리교의 사린가스 살포 사건을 끼워넣으면서 『태엽 감는 새』를 발표한 시기를 전후로 자유주의 사관 진영에서 역사 교과서 비판을 시작했다는 점은 주의해둘 필요가 있다. 가공의 연대기와 여기에서 전개되는 가공의 영웅 신화, 설화를 '현실'에서 실행하려 했던 옴진리교와 전형적인 이야기론에 입각한 일본 근대사 재구성에 불과한 자유주의 사관의 합치(여기에 가담했던 고바야시 요시노리가 '역사관'을 '이야기'로 비유했던 일은 그런 점에서 중요하다)는 동일한 사건이다. 그리고 하루키가 같은 절차를 통해 단 한 번 '역사'를 부품 삼아 이야기론으로 구성한 타이밍이 일치했다는 점은 당시에 이야기의 부흥이 다음 국면을 맞이했음을 의미한다. 하지만 하루키는 옴진리교에 대한 근친 증오적 내성內省도 있기에 '역사'의 이야기론적 부흥이란 수법은 이후에는 사용하지 않고 있다. 나로선 옴진리교의 사린가스 살포 사건이 없었더라면 하루키가 역사소설을 썼을지도 모른다는 생각을 할 수밖에 없다.

너무나 쉽게 유혹당하는 '나'

『양을 쫓는 모험』과 캠벨의 대비로 다시 돌아가자. 캠벨에 따르면 '출발'에 이어지는 제2막은 통과의례로 다음과 같은 과정으로 구성된다.

1단계 시련의 여정
2단계 여신과의 만남
3단계 유혹자로서의 여성
4단계 부친과의 일체화
5단계 신격화
6단계 종국終局의 보수

이 과정을 캠벨은 다음과 같이 간략하게 요약했다.

> 신화적 원환圓環의 중심부에 이르면 영웅은 가장 혹독한 시련을 치르며 대가를 얻게 된다. 승리는 세계의 어머니인 여신과 영웅의 성적性的 결합(성혼聖婚)으로 나타난다. 또한 아버지인 창조자에게

승인(부친과의 일체화)을 받아, 스스로 성스러운 존재로 이행(신격화)하는 식으로 나타난다. 혹은 반대로, 그런 힘들이 여전히 영웅에게 적의를 품은 상태라면 승리를 눈앞에 둔 시점에서 은총의 박탈(신부 약탈, 불의 탈취)이 일어나는 경우도 있다.

『천의 얼굴을 가진 영웅』

우선 결론부터 적어보자면 『양을 쫓는 모험』에선 '여신과의 만남', '유혹자로서의 여성' 두 항목은 별로 강조되어 있지 않다. 이야기 전반에서 '귀' 소녀와 실컷 섹스를 했는데 여기서 관련 항목을 어느 정도 대응은 시켜놓고 있다.

캠벨이 말한 '여신과의 만남'이란 영웅의 모험이 끝나갈 무렵 '여신과의 성혼'으로 그려진다. 하지만 여신의 '정체'를 알게 된 영웅은 고뇌한다. 그것이 '유혹자로서의 여성'이란 단계의 내용이다. 말할 나위도 없이 이는 모험을 한 끝에 만나서 맺어진 왕비가 알고 보니 친어머니라는 오이디푸스 신화가 전형적인 사례일 텐데, 『양을 쫓는 모험』에선 앞서 언급했듯 이 항목이 삭제되어 있다.

그래도 굳이 말해보자면 '귀' 소녀와 '돌고래 호텔'을 나선 이후 했던 '성교'와 그녀의 실종에 대응된다고 볼 수도 있겠다. 특히 절정부에서 '귀' 소녀가 실종되는데, 이것이 이 작품을 해석하는 책들의 주요 테마이지만 내가 보기에 하루키는 캠벨을 충실히 따랐을 뿐이다. 캠벨은 오이디푸스 신화에서 오이디푸스가 '어머니' 곁을 떠나는 다음 내용을 인용했다.

> 오이디푸스는 현세의 아름다운 용모에서 눈을 돌려, 불의한 밀통을 벌이고 향락을 좋아하여 도저히 구원할 방도가 없는 어머니가 지배하는 왕국을 버리고 보다 고상한 왕국을 찾아 어둠 속을 탐색한다. 일상생활의 터전에서 멀리 떨어져 있는 진정한 생명을 찾는 이 탐구자는, 어머니를 밀어내고 유혹하는 목소리를 이겨내 저편에 존재하는 청정한 영원靈圈(에테르)의 위치로 뛰어올라야만 한다.
>
> 『천의 얼굴을 가진 영웅』

영웅은 "육체를 지닌 여신의 순진무구함에 안존할 수만은 없"(앞의 책)는 법이며, 영웅과 여신의 이별은 필연적이다.

> "네 귀는 아무것도 느끼지 못하니?"
> "응. 귀를 열려고 하면 머리가 아파서."
>
> 『양을 쫓는 모험』

이 시점에서 그녀는 이미 신비를 잃고 있으며, 그런 점 때문이라도 영웅은 곁을 떠나야 할 필요가 있다. 『양을 쫓는 모험』에선 여자 쪽이 떠나는 형태를 취하고 있다. 이 '귀' 소녀는 아내의 소멸과 대체되는 형식으로로 등장하고 '나'는 이 '귀' 소녀에게 유혹당한다. 고로 캠벨의 여성 항목은 이 '귀' 소녀 에피소드에 대응된다고 할 수 있다.

다만 〈스타 워즈〉에서 레아 공주 캐릭터가 명확하지 못하여 루크와 레아 공주의 에피소드가 점점 후퇴했듯이, 길을 떠난 이후 주인공의 행동에서 '여신'과 '성혼'하는 대목은 『양을 쫓는 모험』에선 상대적으로 두드러지지 못한 편이다. 그 점에서 〈스타 워즈〉와 비슷하다고도 할 수 있다.

하지만 이 여성 항목은 명백히 오이디푸스 신화를 밑바탕에 깔고 있는 『해변의 카프카』에선 확실히 그려져 있다. 『초심자를 위한 '문학'』에서도 설명했지만, 카프카가 수행했어야 할 아버지 죽이기라는 임무를 실행하는 나카타 씨는 말하자면 '이야기 구조'를 담당하고, 카프카 소년은 내면 여행을 담당하고 있다. 그런 식으로 역할 분담이 되어 있다. 즉 나카타 씨는 캠벨의 '히어로스 저니'에 충실하게 살아가고, 카프카 소년은 숲속, 즉 융이 말한 집단무의식 안으로 갔다가 돌아올 뿐이지만 기묘하게도 어머니나 누나인 듯한 여성과 섹스를 하고 유혹당하는 역할을 담당하고 있다. 카프카 소년만이 아니라 하루키가 그리는 남성 캐릭터는 여성에게 유혹당하는 일을 거부하지 않는데, 『양을 쫓는 모험』은 예외적으로 어느 정도 절도가 있는 편이다. 하지만 '나'란 인물이 기본적으로 쉽게 유혹당하는 타입이란 점은 작중에도 지적되어 있다.

"아무튼, 아무하고나 자는 여자였단 말이지?"

"그래."

"그치만 당신과는 달랐다는 얘기고?"

그녀의 목소리에 뭔가 특별한 느낌이 있었다. 나는 샐러드 접시로부터 얼굴을 들고, 메마른 화분 너머로 그녀의 얼굴을 보았다.

"그렇게 생각해?"

"왠지 모르게"라고 그녀는 작은 목소리로 말했다. "당신, 그런 타입인 거야."

"그런 타입?"

"당신은 뭔가, 그런 부분이 있거든. 모래시계 같아. 모래가 다 떨어지고 나면 반드시 누군가 와서 뒤집어주는 거지."

『양을 쫓는 모험』

즉 『양을 쫓는 모험』의 '나'는 루크를 밑바탕으로 삼았기에 하루키 작품에서는 보기 드물게도 소년 같은 모험을 하는 것이고 나카타 씨의 원형이기도 하다. 하루키 작품 중에 〈스타 워즈〉적인 임무를 완수해낼 남성은 많지 않다. 즉 『양을 쫓는 모험』에서 '나'는 '노인'의 '양'을 수중에 넣은 '사내'를 쓰러뜨리고, 『해변의 카프카』에서 나카타 씨는 '아버지 죽이기'를 수행하고 죽은 자의 나라로 가는 입구를 봉인한다. 물론 이러한 캐릭터와 이야기가 골간이 되어버리면 그저 단순한 게임 계열 판타지에 지나지 않게 된다.

속세에서 '왕'이 되어 '보수'를 받는다

아무튼, 여성 항목의 에피소드가 약간 약하고 배치가 뒤바뀌어 있다는 점을 제외하면 『양을 쫓는 모험』은 캠벨이 생각한 '통과의례(이니시에이션)'의 각 항목에 대응되는 식으로 이야기가 펼쳐진다.

경계를 넘어선 '나'는 '테스트와 시련'을 거치게 된다. 예를 들어 캠벨은 로마의 시인 아폴레이우스의 '큐피드와 프시케' 이야기에 나오는 '난제'를 언급한다. 행방을 알 수 없게 된 애인 큐피드를 찾는 프시케에게 큐피드의 어머니 웨누스(비너스)가 어려운 문제를 내는 대목이다.

> 다음으로 웨누스는 인간이 접근할 수 없는 위험한 숲의 협곡에 살면서 예리한 뿔이 있고 독니로 깨무는 무시무시한 야생 양한테서 금빛 양털을 한 움큼 뽑아오라고 처녀에게 말했다. 그런데 푸른 갈대 하나가, 갈대밭 여기저기에 양이 돌아다니다가 떨어뜨린 금빛 털을 주워 모으라고 처녀한테 알려주었다.
>
> 『천의 얼굴을 가진 영웅』

반면 '나'에게 주어진 난제는 양 5,000마리 중에서 한 마리를 찾아내는 것이다. 이는 양 박사와 양치기 사내를 통해 대략 전망이 보이게 되고, 마지막 임무에서 '명부冥府'로 가는 여행이 이어진다. 프시케가 가져와야 할, 신들의 아름다움을 담은 '작은 상자'란, '노인' 속에 있던 '양'으로 상징되는 것이다. 그러므로 혼다 노인은 '나'에게 '상자'를 남겨주었다고 할 수 있다. 이 '명부'란 말할 나위도 없이 양 사내가 있는 오두막이다. 당연히 '명부'이므로 '쥐'는 죽어 있다. 즉 '나'는 프시케, '쥐'는 큐피드인 셈이다.

여기에서 영웅은 '아버지 죽이기'에 해당하는, 캠벨이 말한 '아버지와의 일체화' 단계에 접어든다. '나'와 양 사내가 만나 대화하는 부분이다.

양 사내 안에 들어가 있던 것은 죽은 자가 된 쥐였다. 아버지의 집에서 목을 맨 쥐는 물론 '나'의 아버지가 아니다. 하지만 '아버지'의 세계에 집어삼켜져 죽은 자가 된 쥐 안에는 사실 '양'이 있다. 소설에서 '양'이란 '부성'의 상징으로 '노인'의 몸 안에 처음부터 있던 것이다. 따라서 나와 양 사내(=쥐)의 재회는 캠벨이 말한 '아버지와의 일체화'에 해당한다고 할 수 있다.

그다음 '신격화'는 일종의 자아실현이다.

> "너는 세계가 좋아질 거라고 믿니?"
>
> "무엇이 좋고 나쁜지를 누가 판단할 수 있지?"
>
> 쥐는 웃었다. "거 참, 만약 일반론의 나라가 있다면 너는 거기에서 임금님이 될 수 있을 거야."
>
> "양은 빼고 말이지."
>
> "양은 빼고 말이야." 쥐는 세 캔째 맥주를 단숨에 마셔버리고, 툭

소리가 나도록 빈 캔을 마루에 내려놓았다.

『양을 쫓는 모험』

캠벨의 단일신화론은 각 문화권의 영웅 신화에 공통된 틀을 제시하는 것이므로, 주인공은 아버지로서의 '왕'이나 '신'과 일체화되어 '신격화'된다. 다만 한 가지, 현대적 이야기에서 이와 다른 부분은 종결부에서 주인공은 '왕'이나 '신'이 되지 않는다는 점이다. 루크는 다스베이더 살해, 아버지 죽이기를 행하지만 아버지 다스베이더를 대신하여 우주의 지배자가 되는 것은 아니라는 말이다. 즉 '나'는 '일반론의 나라'인 속세에서 '양을 빼고'서 '임금님'이 된다는 말이다.

통과의례의 최종 국면에서 주인공은 '종국終局의 보수'를 받게 된다. 신화에서는 불사의 영약이나 인간계에 전까지 존재하지 않던 '불' 같은 것에 해당한다. 세상에 도움이 되는 것인데 『양을 쫓는 모험』에선 다음과 같은 형태를 취한다.

"가능하면 조금 더 밝은 곳에서, 계절이 여름이면 좋겠어" 하고 쥐는 말했다. "마지막으로 한 가지만 더. 내일 아침 아홉시에 기둥시계를 맞추고, 기둥시계 뒤에 나와 있는 코드를 접속해줬으면 좋겠어. 녹색 코드와 녹색 코드, 빨간 코드와 빨간 코드를 잇는 거야. 그리고 아홉시 반에 여기서 나가 산을 내려가 주길 바래. 열두시에 친구들하고 여는 작은 티파티가 있거든. 알았지?"

"그럴게."

『양을 쫓는 모험』

'보수'란 양 사내가 있는 오두막을 폭파하는 장치에 관한 정보이고, 이 장치로 인하여 '노인'의 비서인 '사내'와 '양'은 세상에서 완전히 사라지는 것이다. 물론, 사내로부터 받게 되는 금전적 보수도 여기에 대응된다.

하지만 최종적으로 '나'의 손에 들어오는 것은 '고유성이 있는 세계'여야만 한다. '나'가 돌아오자 운전수는 고양이 '정어리'가 '뚱뚱하게 살쪘다'고 말해준다. '정어리'는 '살쪘'지만 '나'는 '이름'을 회복하지 못했다. 소녀의 이름도 잃어버린 상태다.

'귀환'을 둘러싼 대응 관계

캠벨이 말한 '출발', '통과의례'에 이어지는 제3막은 '귀환'이다. 총 여섯 항목으로 구성되어 있다. 『양을 쫓는 모험』 제8장 「녹색 코드와 붉은 코드 / 얼어붙은 갈매기」 이후, 에필로그에 이르기까지에 해당한다. 아래에 대응 관계를 간략하게 정리해보았다.

1단계 : 귀환의 거절

영웅은 귀환하기 직전, 특별히 더 주저하게 되며 어딘가에 틀어박히기도 한다고 캠벨은 말한다.

무추쿤다 왕은 산의 태내胎內 깊숙이 자리 잡은 큰 동굴 안에 틀어박혀 잠들었다. 그리고 순환하는 영겁의 세월을 졸면서 지냈다. 온갖 개인이, 온갖 민족이, 온갖 문명이, 세계의 모든 세기世紀가 허공에서 생성되었다가 다시금 허공 속으로 소멸되어갔다. 그사이에 늙은 왕은 지복至福 상태에서 꾸벅꾸벅 거리며 잠을 잤다.

『천의 얼굴을 가진 영웅』

이는 '귀환'을 앞둔 재생의 절차인데 이 정도로까지 거창하진 않더라도 '나'에게도 마찬가지 사건은 발생한다.

쥐가 모습을 감추고 나서 어느 정도 지난 다음, 견디기 힘들 정도로 오한이 들었다. 화장실에서 몇 번쯤 토하려고 했지만, 쉰 숨소리만 나왔을 뿐이다.

나는 이층에 올라 스웨터를 벗고 침대에 들어갔다. 연이어 오한이 드는가 하면 고열이 들었다. 방은 그때마다 넓어지기도 하고 줄어들기도 했다. 모포와 속옷이 땀으로 흠뻑 젖었고, 이윽고 몸이 죄어들 것처럼 추워졌다.

『양을 쫓는 모험』

'저편'에서 '이편'으로 돌아오는 것도 일종의 죽음과 재생이고, 주인공은 저편 세계에서 다시 한번 상징적으로 죽을 필요가 있다.

2단계 : 주술적 도주

영웅은 현세로 귀환하려 하지만 자주 곤경을 겪는다고, 캠벨은 말한다.

> 영웅이 현세에 복귀하려 하지만 신들이나 마신魔神이 흔쾌히 동의해주지 않는 경우도 있다. 이때는 신화 원환의 최종 단계에서 사람을 아슬아슬하게 만들고 때로는 우습게 느껴지는 추적 장면이 전개되곤 한다. 이 도주에는 온갖 주술을 통한 방해나 눈속임이 점철돼 있다.
>
> 『천의 얼굴을 가진 영웅』

이러한 '방해'에 대해 영웅은 주술이나 트릭, 아이템 등으로 대응한다. 이자나기는 이자나미가 보낸 요모쓰시코메黄泉醜女[5]한테 구로미카즈라(머리 장식)나 유쓰쓰마구시(빗)의 이빨, 복숭아 씨를 던져서 도망치는 데 성공하는데 이것이 바로 캠벨이 말한 '주술적 도주'의 전형적인 사례이다. '나' 역시 막바지에 자신의 '모험'이 결국은 '사내'의 손바닥 위에 있었다는 사실을 알게 되지만, 거기에서 '사내'를 속임수에 빠뜨린다.

> "자", 하고 사내는 말했다. "양을 쫓는 모험은 결말을 향해 가고 있어. 내 계산과 자네의 순수함 덕분이지. 나는 그를 손에 넣을 거야. 그렇지?"

"그런 것 같군요." 나는 말했다. "그는 거기에서 기다리고 있습니다. 정각 열두시에 티파티가 있다고 하니까요."

나와 사내는 동시에 손목시계를 보았다. 열시 사십분이었다.

『양을 쫓는 모험』

즉 폭탄이 설치된 장소로 '사내'를 유인하는 것이다. '문학작품'으로서는 부자연스러울 만큼 '사람을 조마조마하게 만드는' 식으로 이야기가 펼쳐진다.

3단계 : 외부로부터의 구출

이리하여 '사내'는 속임수에 빠진다. 오두막을 나와 '이편'으로 돌아오는 열차를 탄 '나'의 귀에 폭발음이 들린다.

폭발음은 10초 간격으로 두 번 들려왔다. 열차는 달리고 있었다. 3분 정도 지나 원추형의 산 쪽에서 솟아나는 한 줄기 검은 연기가 보였다.

열차가 오른쪽으로 커브를 틀기까지, 나는 30분 동안이나 연기를 바라보고 있었다.

『양을 쫓는 모험』

이로써 '사내'와 사내가 손에 넣으려 했던 '양'은 완전히 없어져버린 것이다. 즉 루크 스카이워커로서 '나'는 데스 스타를 파괴하는 데 성공했다고 보면 된다.

4단계: 귀로歸路에서 경계 넘기

이렇게 '주술적 도주'는 성공하고 '나'는 '현실', 혹은 '이편'으로 '귀환'한다. 그때 '고래 배 속'을 통과해 '돌고래 호텔'로 돌아간다. 하지만 대부분은 아무 재미도 없는 현실이 주인공을 기다리고 있다고 캠벨은 말한다.

> 귀환한 영웅이 직면하는 첫 번째 난관은 모두 이루었다는, 영혼 깊이 납득하는 비전vision을 실현한 뒤에 현세의 덧없는 희로애락, 평범함과 어수선함을 자신의 현실로 받아들여야만 한다는 점이다. 어째서 이런 세계로 다시 돌아와야만 하는가.
>
> 『천의 얼굴을 가진 영웅』

실제로 '나'란 주인공이 돌아온 장소는 '심심'하고 '평범'한 세계이다.

> 상행열차는 열두 시 정각에 있었다. 플랫폼에는 아무도 없었고 승객도 나를 포함하여 네 명뿐이었다. 그래도 오랜만에 사람들 모습을 보자 안심이 되었다. 아무튼 나는 삶이 있는 세계로 돌아온 것

이다. 설령 무료하기 짝이 없는 평범한 세계라 하더라도, 이건 나의 세계이다.

『양을 쫓는 모험』

그렇기에 '돌고래 호텔'에서 보였던 '유방이 큰 여자아이'가 있던 수수께끼 같은 회사도 '이전과는 전혀 다른 회사'로 보인다. 모험이 끝나면 세계는 평상시 모습으로 돌아가 있다.

5단계: 두 세계의 전도사

그런데 캠벨의 단일신화론은 각 민족의 영웅 신화뿐만 아니라 불교와 힌두교의 '깨달음'에 관한 이야기나 그리스도 이야기도 다수 인용되어 있다. 이 이야기들의 경우 최종 국면에서 '깨달음'에 도달하는데 이를 현대적인 이야기로 옮기기가 힘들다. 캠벨의 신화론 자체는 뉴에이지 느낌이 섞여 있기 때문에 이 요소가 강조되어 있다. 캠벨은 여행을 끝낸 영웅은 예를 들어 '사람'과 '신', '산 자生者'와 '죽은 자死者'를 초월해가는 존재가 된다고 말한다. '나'는 또 하나의 '죽은 자의 나라'인 고베로 돌아가 제이에게 이렇게 제안한다.

"어때? 나와 쥐를 여기 공동 경영자로 해주지 않겠어? 배당도 이자도 필요 없어. 이름만 넣어주면 돼."

"하지만 그럼 좀 미안하지."

"괜찮아. 대신 나와 쥐한테 곤란한 일이 생기면 그때는 여기서 맞아주기만 하면 돼."

『양을 쫓는 모험』

나는 제이즈 바의 공동 경영자가 되는데, 말하자면 '죽은 자의 나라'와 '산 자의 나라' 양쪽을 살아가는 '전도사'가 된 셈이다.

6단계 : 살아가는 자유

단일신화론의 마지막 항목이다. 캠벨은 이렇게 말한다.

신화의 목적은 개인의 의식과 우주의 '의지'를 화해시키고, 이를 통해 생명의 무지無知에 대한 요구를 추방하는 데 있다. 게다가 이 화해는 시간이라는 변화하기 쉬운 현상과, 만물 속에서 살고 죽어가는 불멸의 생명과 맺는 진정한 관계를 깨달음으로써 성립한다.

『천의 얼굴을 가진 영웅』

하지만 〈스타 워즈〉와 『양을 쫓는 모험』이 영웅과 종교인의 깨달음에 관한 이야기는 아니므로, 루크도 '나'도 물론 깨달음을 얻지는 못한다. 루크는 다스베이더의 시체를 감상적으로 바라본다. 거기에 일종의 허무함이 도래한다. '나'도 마찬가지이다.

나는 개울을 따라 강어귀까지 걸어가, 마지막에 남겨진 50미터에 이르는 모래사장에 앉아 두 시간 동안 울었다. 그렇게 운 것은 태어나서 처음이었다. 두 시간 울고 나서 간신히 일어설 수 있었다. 어디로 가면 좋을지는 알지 못했지만, 아무튼 나는 일어나 바지에 묻은 가는 모래를 털었다. 날은 완전히 저물었고, 걸어가기 시작하자 등 뒤로 작은 파도 소리가 들려왔다.

『양을 쫓는 모험』

'나'는 '죽은 자'나 떠나간 사람들을 생각하면서 울었는지, 자신이 남겨져서 슬퍼했는지 알 수는 없다. 그러나 한편으로는 자아실현을 이루었다. '깨달음'에 집착하는 캠벨도, 역시 '현대'에는 이런 영웅신화와 같은 삶을 살아갈 수는 없다고 말한다.

현대의 영웅, 즉 부름을 마음에 남겨두고 인류가 숙명적으로 일체화할 수밖에 없는 존재의 거처를 굳이 찾아가려 하는 현대의 개인은 자신이 소속된 공동체에 자존심이나 공포, 합리화된 욕심과 성화聖化된 오해 같은 낡은 껍질을 벗어던지기를 기대해도 소용이 없고, 실제로 기대해서도 안 된다.

"살아라, 마치 그날이 도래한 것처럼"이라고 니체는 말한다. 사회가 무언가를 창조하는 영웅을 이끌고 구해주는 것이 아니라, 반대로 창조하는 영웅이야말로 사회를 이끌고 구해준다. 그러므로

> 우리 하나하나가 지고至高의 시련에 참가하여 구세주의 십자가를 짊어지고 있는 것이다. 게다가 자신이 소속된 종족이 대승리를 거두는 빛나는 순간이 아니라, 각자 절망의 침묵 속에 몸담고 있는 것이다.
>
> 『천의 얼굴을 가진 영웅』

'나'는 이젠 세계의 재생에 기여하는 '영웅'이 아니다. '개인'이, 한 사람 한 사람이 각자의 '절망'과 '침묵' 속에서 고독한 영웅 신화를 살아간다고 캠벨은 말한다. 그래서 루크는 왕이 되지 않고, '나'란 주인공도 '울' 수밖에 없다. 이 점에서도 『양을 쫓는 모험』은 캠벨의 저술에 충실하다고 할 수 있다.

'설치'된 '이야기 메이커'

이와 같이 『양을 쫓는 모험』은 『천의 얼굴을 가진 영웅』에 정확히 대응되어 있다. 적어도 나는 그렇게 생각한다. 다시 말하지만 이는 하루키의 소설을 캠벨의 이론에 입각해 해석했기 때문이 아니라, 『양을 쫓는 모험』이 캠벨의 신화론에 따라서 '이야기론'에 입각해 창작되었기 때문이다. 내가 받은 인상을 더 정확히 써본다면 대략 이런 식이다.

하루키는 '동시대' 미국의 존 어빙이나 스티븐 킹, 트루먼 커포

티의 소설, 〈스타 워즈〉와 〈지옥의 묵시록〉에 공통 구조가 있다는 사실을 「동시대로서의 미국」을 쓰기 전후에 깨달았고, 이 구조를 추출할 때 명백히 캠벨의 이론을 참조했다. 한편으론 캠벨의 『천의 얼굴을 가진 영웅』에서 단일신화론의 구조를 설명하며 소개하는 고금의 신화 일부를 '정크'로 삼아 작중에 인용하고 있다. 즉 구조와 소재를 모두 차용함으로써 하루키의 내면에 '이야기 메이커'라는 이름의 응용프로그램을 설치한 셈이다. 그것이 『양을 쫓는 모험』에서 일어난 일이다. 그 후, 하루키는 이 응용프로그램을 리눅스 유저처럼 이리저리 짜맞추면서 본격적으로 소설을 쓰기 시작한 것이다. 하루키가 캠벨의 이론을 얼마나 활용했는지를 두고 몇 가지를 보충할 수도 있다. 캠벨은 〈그림 1〉과 같이 '신화'를 '원환'으로 표현한 바 있다.

> 개체의 의식이 잠에 빠지고, 나중에 기적적으로 눈을 떠 밤의 바다에 떠오르듯이, 신화에 그려지는 우주는 무無시간적 세계에서 홀연히 나타나 무無시간적 세계를 떠돌고 다시금 무無시간적 세계로 소멸되어간다. 그리고 개체의 심신을 막론한 건강이, 무의식의 어둠 속에서 깨어 백주의 영역으로 흘러가는 생명력의 규칙적인 흐름에 의존하고 있듯이 신화에서도 우주의 질서는 오직 원천에서 유출되는 힘의 잘 제어된 흐름을 통하여 유지되는 것이다. (중략)
>
> 우주 창성의 원환은 통상 무한히 반복되는 세계로 표상되곤 한

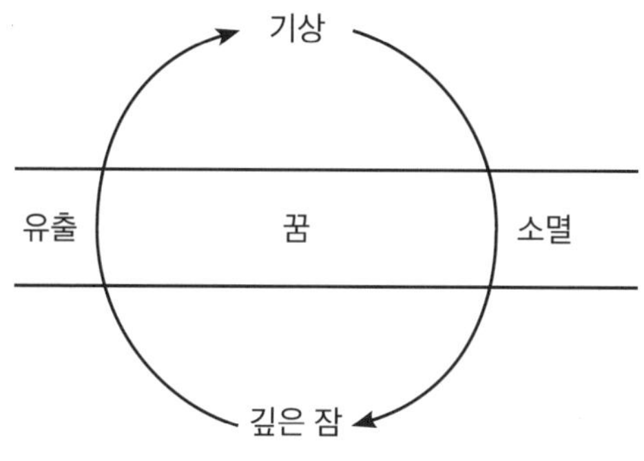

〈그림 1〉 캠벨이 그린 신화의 원환 구조

다. 마침 잠과 기상의 주기가 전 생애를 통해 반복되듯이, 각자의 거대한 순환에는 보통 소규모의 소멸이 포함되어 있다.

『천의 얼굴을 가진 영웅』

『양을 쫓는 모험』만이 아니라 다른 작품에서도 키워드처럼 자주 등장하는 단어 '소멸'과 '잠'의 출처가 여기라고 나는 생각한다. 종종 '소멸'로부터 시작되는 하루키 작품의 도입부는 프로프가 말한 '결여' 상태의 출발은 아닐 가능성이 높다. 하지만 이 '소멸'을 통해 '잠'의 세계라는 이세계異世界 모험이 시작되고 결국에는 이편으로 돌아온다는 원환 구조의 이미지에 '소멸'과 '잠'을 새겨 넣어야 할 것이다. 「코끼리의 소멸」과 「잠」 등의 단편은 이 원환 구조의 일부를 응축한 작품이라고 할 수 있고, 『애프터 다크』 등도 원환 구조를 의식하고 스토리라인을 그려냈을 가능성이 있다.

무라카미 하루키와 '옴AUM'의 만남

또 한 가지 언급해두어야만 할, 캠벨과 하루키의 뭐라 말하기 어려운 '일치점'이 있다. 하루키가 옴진리교라는 '정크'를 구조화하는 방법이 본인 소설의 창작 방법과 매우 유사하다는 느낌을 받아 무심코 눈을 돌려버린 것이 사실이라면, 캠벨이 설명하고 있는 이 신화의 원환 구조를 주의할 수밖에 없다.

> 우주 창성의 원환은 불가지不可知한 것이 자아내는 정적 한복판에서 현재화顯在化를 향하고 비非현재화로 돌아가는 움직임을 맥동적으로 반복한다. 힌두교도는 이 신비를 성스러운 단어 옴AUM으로 표현한다. 여기에서 A는 각성한 의식을, U는 꿈의 의식을, M은 깊은 잠을 나타낸다.
>
> 『천의 얼굴을 가진 영웅』

즉 하루키가 캠벨을 원용援用했다면, 적어도 한 번은 '옴'이란 키워드를 이 대목에서 접했을 것이다. 이는 단순한 키워드가 아니며, 캠벨은 궁극적으로 단일신화론의 이야기 구조를 '옴' 이야기에 집약해 놓았으니 더더욱 문제가 되는 것이다.

말하자면 하루키는 『양을 쫓는 모험』 이후 캠벨을 원용하여 '옴AUM' 구조를 내포한 이야기를 썼다. 그래서 『언더그라운드』를 써야만 한다고 생각했을 만큼 강렬하게 옴진리교라는 이야기와 본인의 소설이 '거울상'처럼 보이지 않았을까. 옴진리교 혹은 아사하라 쇼코 역시 나름의 방식으로 '옴AUM'이란 이야기 구조를 가진 자아실현 이야기, 혹은 영웅 신화를 그리고 있었던 것이다. 그렇지 않고서는 하루키가 옴진리교 사건에 그렇게 깊이 얽혀든 이유를 좀처럼 이해할 수가 없다.

지금 다시 돌이켜보아도, 옴진리교 사건에 대한 반응은 크게 두 가지로 나뉘었다. 하나는 옴진리교의 저편에 이해하기 어려운 거대한 어둠이 존재한다고 보는 입장이다. 그 어둠이 '마음속의 어둠'인지 아니면 다치바나 다카시立花隆 등이 음모론에 가까운 입장에서 진단한 '역사의 어둠'인지 몰라도, 아무튼 옴진리교에 '이해 불가능한 어둠'이 존재한다고 보는 입장이다. 이것이 저널리스트와 문학인들의 기본 태도였다. 세대론적으로는 전공투 세대가 대부분 이 입장에서 있었다.

그에 반해, 주로 나를 비롯한 '오타쿠', '신인류' 세대는 정반대 견해를 내놓았다. 옴진리교는 견디기 어려울 정도로 왜소하고 싸구려라는 느낌이 든다는 것이다. 이는 옴진리교 내부에 존재했던 '코스모클리너'[6]와 '하르마게돈Harmagedon'[7] 같은 정크스러운 키워드와, 그것들이 빚어내는 스토리의 진부함이 마치 우리의 창작물을 우리한테 다시 들이미는 느낌이 들었기 때문이다. 옴진리교는 우리에게 지극히 '창피스러운' 존재였다. 하루키의 반응 역시 '마음속의 어둠' 쪽이 아니라 '창피스러운 존재' 쪽이었는데, 과연 그는 옴진리교의 어느 부분에서 거울에 비친 자신의 모습을 느꼈을까. 스스로 발언했듯이 소설의 방법론에 관련된 것이지만, 보다 직접적으로는 캠벨의 '옴AUM'에 바탕을 둔 이야기론을 염두에 두지 않았나 싶다. 그런 의미에서 『언더그라운드』에서 고백했던 것 이상으로 옴진리교와 하루키의 작품은 내심 역겨울 만큼 유사했고, 하루키는 옴진리교 사건을 보면서 다스베이더가 루크의 포스를 다크사이드로 빠뜨린 느낌을 받았을지도 모른다. 『양을 쫓는 모험』에서 '나'는 '쥐'와 '노인'의 부하인 '사내' 등으로 상징되는 '나'의 '그림자'와 싸워야 할 필요가 있었다. 그들은 '양(=포스)'을 다크사이드로 빠뜨려버린 다스베이더라고도 볼 수 있다. 그렇게 본다면 옴진리교에 대한 글을 쓰는 일은 하루키에게는 길고 긴 논픽션이었던 루크와 다스베이더의 싸움에 해당한다고 할 수 있을지도 모른다.

3장

왜 미야자키 하야오는 <게드 전기>를 혐오하는가

이야기 구조상의 '책임 방기'

앞 장에서 장황하게 논했듯이 하루키는 연대기와 이야기 구조를 부흥시켰다. 1980년대에 나타난 이야기의 〈스타 워즈〉화에 적응하듯이 이를 해냈지만, 옴진리교 사건이라는 거울상에 직면해 좌절하고 말았다. 그리하여 하루키는 상징 차원의 이야기와 현실 차원의 이야기를 철저히 이중화하게 된다. 지하철 사린가스 살포 사건을 전후한 시기에 『태엽 감는 새』 제3부에 나오는 와타야 노보루라는 다스베이더, 혹은 『게드 전기(어스시의 마법사) 1: 그림자와의 싸움』에 등장하는 '그림자'를 모방한 '악'의 캐릭터를 상징 세계에서 '나'는 야구 배트, 즉 라이트세이버'로 구타하게 된다. 하지만 현실 속에서 그는 갑자기 질병으로 졸도하고 만다. 즉 하루키는 '폭력'을 행사하는 수위의 '상징'계와 폭력을 행사해서는 안 되는 '현실'계를 신중히 분리하려 한다. 호의적으로 논하자면 이 이중 구조는 설화 구조의 '현실' 쪽에서 폭발하는 사태를 막아주는 안전장치 같은 것이다. 하루키 작품에서 이야기 구조의 이중화가 진행됨으로써 어떤 일이 벌어졌는가. 주인공을 대신하여 손을 더럽히는, 즉 주인공의 '그림자'나 '아버지'를 죽이는 역할을 맡아주는 캐릭터가 준비되고, 주인공은 이야기 구조의 중요한 부분에서 면제되는 상황이 펼쳐진다는 점을 주의해서 봐야 한다.

이에 관해서는 『초심자를 위한 '문학'』 문고판에서 이미 논했으니 여기서는 반복하지 않겠다. 『태엽 감는 새』에서 '나'는 상징계('벽의 건너편')에서 루크가 오비원으로부터 넘겨받은 라이트세이버[1]에 해당하는 야구 배트로 와타야를 구타한다. 하지만 실제 현실계에서 그는 졸도한 것뿐이다. 그리고 와타야의 생명유지장치를 멈춰 현실계에서 살해하는 이는 실종된 '나'의 아내이다. 『해변의 카프카』에서도 카프카 소년이 해야만 하는 '아버지 죽이기'를 실행한 사람은 머릿속이 '텅 비어'버려, 그저 이야기 구조에만 충실하게 살고 있는 나카타 씨였다. 말 그대로 그는 '구조밖에 없는 존재'이다. 카프카 소년은 셔츠에 피가 좀 튀었을 뿐이다.

이야기 구조에서 이런 식의 '책임 방기'는 왜 일어나는가. 답은 지극히 간단하다. 돌이켜보면 하루키 작품에서 남성 주인공이 이야기의 구조에 따라 확실하게 자아실현을 해낸 것은 〈스타 워즈〉의 변주라 할 수 있는 『양을 쫓는 모험』 뿐이다. 예의 '나'는 딱히 그럴 생각이 없었더라도 캠벨이 제시했던 '영웅 신화'의 구조를 이루는 단계를 혼자서 하나하나 다 실행해버렸으니, 그렇게 말할 수밖에 없다.

앞서 살펴보았듯 초기 3부작 중 최초의 두 작품 『바람의 노래를 들어라』, 『1973년의 핀볼』은 '갔다가 돌아오는 이야기' 구조를 취하고 있다. 이는 '죽은 자의 나라'인 '이계異界'에 가서 영혼을 위무하는 여행이다. 하루키의 주인공은 그저 죽은 자의 영혼을 위무한다. 즉 죽은 자가 된 여자친구를 떠올리며 핀볼 머신의 전원을 끌 뿐이다. 이런 식으로 진혼 이야기를 통해 죽은 자의 나라를 왕복하는 데 반하여 〈스타 워즈〉적인 이야기 구조는 작가가 바라든 바라지 않든 자아 실현이나 주체 같은 '19세기 문학'의 주제를 불러내게 된다.

지지자는 받아들이기 힘든 이야기 구조

하루키론 혹은 나카가미론을 이야기론에 입각해 논할 때, 한 가지 공통점은 그들이 이야기의 구조를 일부러 문학에 도입함으로써 이야기의 구조와, 구조가 초래하는 진부함을 드러내고자 했다는 것이다.

> 하지만 산꼭대기를 정복한 순간 주인공을 덮치는 것은 오직 거대한 상실감뿐이다. 탐구하는 여행은 탐구 자체를 통과하여, 팽팽한 용수철이 끊어지듯 '나'를 원래 있던 술집 구석으로 돌려보내고 만다. 곤란을 극복한 끝에 자기동일성을 보증해줄 무언가를 얻어 귀환한다는 식의 통과의례 이야기가 여기엔 없다. 『양을 쫓는 모험』은 교양소설이 뿌리내리는 의미의 체계가 불타올라 부스러져버린 다음 남겨진 철골의 잔해이고, 성배 전설로 대표되는 탐구 이야기들의 잉여물, 침전물, 바꿔 말하면 데카당스이다.
>
> 요모타 이누히코, 「성배전설의 데카당스」, 〈신초〉 1983년 1월호, 신초샤

나카가미는 처음에 스테레오타입의 인식에 과감하게 이의를 제기한다. 『기슈紀州』에는 공히 은폐된 것을 드러내 영상映像의 정치(관계의 시스템)를 전복하려는 의지가 있다. 만년의 그는 스테레오타입을 직접 공격하지 않는다. 반대로 『이족異族』에서, 인물과 장소의 묘사에서 일부러 평탄하고 전형적인 패턴을 채용했다. 대만인과 아이누인 청년에겐 '캉캉', '우타리'라는 지극히 천편일률적인 이름이 부여되어 있다. 『이야기 서울』의 주인공 춘향과 장길도 한국에서는 모르는 이가 없는 저명한 고전 설화와 민간전승의 등장인물 이름을 물려받았다. 가면처럼 빌린 고유명사. 그것은 아이덴티티의 증명이 아니라 단순한 별명, 동료들끼리 짐을 집어던지듯 교환하는 생략된 구호이다. 소모품으로 내놓은 고유명사. 일회성이고 교환 가능한 존재로 간주된 이야기. 거기에는 어떠한 위엄도 장중함도 없이 오로지 속도만이 있을 뿐이다.

요모타 이누히코 지음, 『귀종과 전생: 나카가미 겐지』, 신초샤, 1996

똑같이 구조밖에 없는 소설을 선택했던 나카가미와 하루키에 대한 동일한 비평가의 평가가 이처럼 확연히 다른 이유는 일본의 '문단'에서 두 사람에 대한 '분위기'가 다르기 때문이지만, 사실은 『무라카미 하루키 옐로 페이지』에서 가토 노리히로 역시 같은 평가를 한 바 있다. 참고로 『무라카미 하루키 옐로 페이지』는 무라카미 하루키론을 쓸 때 매우 유용한 참고서로서, 이 책에서도 잘 활용하고 있다.

우선 가토는 하루키가 『1973년의 핀볼』에서 레이먼드 챈들러를 참고로 하여 다음과 같은 수법을 채용했다고 (하루키의 인터뷰를 근거로) 판단했다.

> (이 방정식에서는) 스토리의 패턴으로 보자면, 우선 사립탐정이 있고, 의뢰가 들어오고, 이에 따라 탐정이 외부 세계와 접촉하고, (중략) 우여곡절을 거친 다음 찾고 있던 것을 입수하여, 자신이 원래 있던 장소로 돌아오는 것입니다. 나는 이 패턴에서 사립탐정이란 설정을 빼버리면 상당히 재미있는 도식이 만들어지지 않을까 생각했습니다.
>
> 「'이야기'를 위한 모험」, 인터뷰어 : 가와모토 사부로, 〈문학계〉 1985년 8월호, 분게이슌주

하지만 이 인터뷰는 하루키의 〈스타 워즈〉화 이전에 쓰인 『1973년의 핀볼』을 1985년에, 다시 말해 〈스타 워즈〉화 이후에 논하고 있다는 점에 유의해야 한다. 『1973년의 핀볼』을 창작할 당시 하루키는 이 도식을 깨닫고 있긴 했지만 응용은 하지 못하고 있었다. 〈스타 워즈〉형 구조는 앞서 살펴보았듯 『양을 쫓는 모험』 이후에 습득했다. 아무튼 의뢰를 받고 주인공이 출발하여 무언가를 입수한 다음 돌아가는 구조를 가토는 하루키의 발언대로 하드보일드 소설의 방법론으로 받아들이지만, 의심할 바 없이 '탐정소설'과 '영웅 신화'는 구조가 동일하다. 탐정은 의뢰인, 영웅은 왕에게 '의뢰'를 받아 출발하고,

탐정은 실종자나 범인을 찾고 영웅은 도둑맞은 비법을 찾거나 납치당한 공주님을 다시 데려오는 것이다. 판타지와 미스터리에 일종의 호환성이 존재하는데 이는 마이조 오타로나 세이료인 류스이의 라이트노벨 작품을 보아도 명백하다. 따라서 하루키는 이 인터뷰에서도 챈들러에 관해 논하는 척하면서 캠벨/루카스의 방법론을 말했다고 보아도 좋다. 문제는 오히려 이를 통해 '주체'를 도입했다는 점이다. 캠벨이 아주 흔한 방식으로 해설하였듯, 〈스타 워즈〉 타입의 이야기는 영웅이 영웅답고 종교인이 종교인다운 이야기를 원형으로 삼고 있기에 주인공에게 '성장' 혹은 '자아실현'을 강요한다. 설령 '나'나 루크 스카이워커가 바라지 않더라도, '이야기'는 분명히 강요하는 것이다.

하지만 하루키는 이를 잘 알고 있다고 가토는 주장하면서, 다음 단락을 인용한다.

> 결국은 말이죠. 19세기 문학의 테마란 주체의 확인이었다고 봅니다. 인간이 주체를 통하여 얼마나 행동하는가, 이거라는 말이죠. 그러다가 20세기에 접어들면서 주체가 과연 존재하는가, 하는 문제가 제기된 것입니다.
>
> 무라카미 하루키, 「대화: R. 챈들러, 혹은 도시 소설에 관하여」

가토는 이 발언을 논거 삼아 "하루키는, 즉 '탐색과 발견[2]' 이야기를 소설에 도입함으로써 근대문학의 혼이라고 할 수도 있는 이것을 해체, 절단하고 있다"고 말한다. 하지만 사실 가토는 『무라카미 하루키 옐로 페이지』에서 하루키가 '해체'한 '근대문학의 혼'이란 '죽음의 회복 불가능성'이라 말하고, 하루키는 (기껏 이자나기·이자나미 신화가 죽은 자를 황천黄泉으로 보내 요모쓰히라사카黄泉比良坂[3]를 경계 삼아 봉인했는데도) 앞으로 과거는 회복될 수 없다는, 근대가 설정한 '해체'를 감행한 것이라고 말했다. 이 비평가는 왜 '주체'의 존립 불가능성에 관한 하루키의 발언을 인용하면서도 죽은 자의 회복 불가능성이란 문제로 논점을 흐려버리는 것일까. 요모타도 그랬듯 이야기 구조가 '주체'나 '자아실현' 같은 평범한 주제를 소설에 대입해버렸다는 사실을, 하루키나 나카가미 문학의 지지자들은 수긍하기 힘들어하는 게 아닌가 생각한다.

무심코 써버린 『양을 쫓는 모험』

하루키는 초기 두 작품에서 죽은 자의 나라로 가는 순례 여행이란 프레임에 캠벨 방식의 이야기 구조를 도입하고, 결국 『양을 쫓는 모험』에선 주인공이 자아실현을 당해버리게 만들었다. 그런데도 가토는 절대 아니라고 주장한다.

> 이야기의 틀로 말해본다면, 주인공이 곤란한 상황을 극복하고

> 성장해가는 '통과의례' 이야기이다. 하지만 곤란한 상황의 극복이나 인간적 성장 같은 통과의례의 실제 내용은 보이지 않는다. 나는 양을 찾아 홋카이도로 건너가고, 결국 양이 있는 곳을 알게 되지만, 그때 이미 양은 죽어 있었다. 소설은 쇼와 초기부터 현재까지를 망라하여 정계의 흑막까지 끌어들이면서 공간적으로는 만주, 홋카이도에 이르는 거대한 이야기를 펼쳐가지만 결국에는 노가 공중을 휘젓는 것처럼 크게 공전空轉하는 느낌만 남는다.
>
> 가토 노리히로, 『무라카미 하루키 옐로 페이지』

루크나 '나'란 인물은 아버지이기도 한 적을 쓰러뜨리고 세계를 구한다는 영웅 신화 세계를 살아간다. 앞서 살펴보았듯이 『양을 쫓는 모험』은 영웅 신화의 구조에 충실한 작품이고, 가토는 주인공이 아무것도 하지 않고 성장도 하지 않는다고 단언하지만, 『양을 쫓는 모험』에서 주인공은 '노인'에게 들러붙어 있던 '양'의 후계자를 노리던 사내를 본인의 기지로 쓰러뜨리지 않았던가. 가토는 루크가 아버지를 찾아갔을 때, 그의 아버지는 아버지가 아니라 이미 다스 베이더가 되어 있었으니 그를 쓰러뜨리더라도 아버지는 구제되지 않으며 따라서 〈스타 워즈〉는 영웅 신화가 아니라고 말하는 거나 다름없다.

참고로 가토가 인용한 바에 따르면 홋카이도로 건너갔다가 양이 있는 장소를 찾았으나 이미 죽어 있었는데, 사실 죽어 있던 것은 '쥐'

였다. '양'이란 상징적인 존재는 〈스타 워즈〉에서의 '포스'에 해당하고, 노인과 쥐와 사내는 '양'이라는 '포스'의 다크사이드에 이끌린 존재들일 뿐이다. '노인'은 캐릭터로는 다스베이더가 아니라 '황제'에 해당한다고 볼 수 있다. 나로서는 가토가 하루키론을 펼칠 때, 그림과 차트를 활용하며 작중의 날짜 차이 등 상세한 부분에 이르기까지 수수께끼를 풀 듯 철저히 독해해내면서도 『양을 쫓는 모험』에서 '나'는 자아실현을 하지 않았다고 의도적으로 오독한 점이 흥미롭다. 그게 아니라 하루키는 단 한 번 이야기 구조에 이끌려 주인공의 자아실현 이야기를 무심코 써버렸다고 말하는 편이 정확하다.

이는 이 책의 주장과 물론 관련이 있다. 1977년 〈스타 워즈〉를 필두로 1980년대에 부흥한 캠벨/루카스 방식의 이야기 구조는 작가들이 어떤 식으로 변명하든 자아실현과 정체성과 주체의 이야기를 담고 있다. 하지만 그것은 자기계발 세미나"나 옴진리교의 통과의례가 초래하는 수준의 '주체'에 지나지 않고, 오히려 그쪽에 더 가까웠기 때문에 더더욱 감당하기 어려웠는지도 모른다. 예를 들어 자기계발 세미나든 옴진리교의 의례이든 문화인류학의 고전적 이론에 따르면 거기에는 '통과의례'에서 불가피하다고 일컬어지는 '분리', '이행', '통합'이라는 세 가지 과정이 있다. 그리고 이는 캠벨의 영웅신화에서의 3막, 즉 '출발', '통과의례', '귀환'과도 일치한다는 점을 잊어서는 안 된다.

구조화된 이야기, 혹은 구조밖에 없는 이야기에서는 아주 쉽게

'나'를 보충해 넣을 수 있다. 나중에 다시 언급하겠으나 하루키는 '이야기 메이커'에 대입되는 것은 '자아'라고 분명히 말했다. 중요한 것은 작가나 주인공이 바라든 바라지 않든 이야기 구조가 필연적으로 자아실현이란 주제를 발생시킨다는 점이다. 이는 실제 인생에서 구체적인 경험이나 성숙을 거치지 않더라도 자기계발 세미나에서 단기적으로 (설령 며칠 만에 효과가 사라져버린다고 하더라도) 자아실현을 이룰 수 있는 일과 마찬가지이다. 영화 같은 이야기 분야에서는 후일담이라도 나온다면 몰라도, 주인공의 자아실현이 그후에도 계속되었는지는 불문에 부쳐진다. 그리고 자기계발 세미나나 신흥종교의 자아실현이 일종의 '세뇌'라 하더라도 그것이 진정한 자아실현인지 아닌지를 둘러싼 논의는 '세뇌'된 당사자한테는 무의미할 수밖에 없다. 이야기, 혹은 의례는 주인공 및 참가자들에게 자아실현을 강제한다는 점에서 동일하다. 그러한 자명한 이야기 구조를 방법론적으로 의식하여 집필된 『양을 쫓는 모험』에서 '나'란 인물이 자아실현의 삶을 살아갔다는 사실을 부정할 방법은 없다.

물론 이야기의 결말은 앞서 인용한 대로 감상적으로 끝나기는 한다. 하지만 그것에 대해 "공중에서 노를 젓는 것처럼 크게 공전空轉하는 느낌"이라고 평할 수 있다면 루크가 〈스타 워즈 에피소드 4〉에서 다스베이더를 화장하는 마지막 장면에서 그의 가슴 속에 피어올랐을지도 모르는 공허함까지도 동일하게 평하지 않으면 공평하다고 할 수 없다.

'국민국가'의 부흥과 자아실현 이야기

본래 신화나 민담 같은 구전문학에서는 인물의 심리가 굴곡 없이 평평하다. '내면'이 없다. 이에 관해서는 막스 뤼티Max Lüthi가 오래전부터 말해왔다(막스 뤼티, 『유럽의 민담』). 대신 '구조'만 두드러지게 눈에 띈다. 즉 소설을 이야기론에 입각해 창작한다면, 등장인물의 내면은 공동화까지는 아닐지라도 추상화되기 마련이다. 하루키가 『양을 쫓는 모험』에서 일단은 이름의 회복을 주제로 삼았으나 이름은 결국 잊힌다. 결국 몇 가지 예외를 제외하면 그 후로도 하루키의 소설 주인공의 이름이 마치 '기호' 같거나 인물이 상실감 같은 추상적인 감정에만 사로잡히는 이유는 이야기가 극단적으로 구조화되어 있기 때문이라고 할 수 있다.

'내면이 없는 민담'이란 어떤 면에선 '구조밖에 없는 이야기'란 말이고, 거기에 상실감이나 어떤 감상을 대입해본들 통과의례 이야기일 뿐이라는 사실은 부인할 수 없다.

그러므로 비평가는 일부러 그런 이야기를 그려냄으로써 천편일률성과 '주체'라는 이름의 판에 박힌 근대소설의 주제를 '의심'하는 존재라고 하루키나 나카가미를 평가하려 한다. 하지만 중요한 것은 1980년대의 '구조밖에 없는 이야기의 부흥'은 연대기(=거대한 이야기)의 부흥으로 이어지는 자아실현 이야기의 부흥 과정이었다는 점이다. 또 연대기 속에서 '자아실현' 이야기가 회복되었다는 것은 '국민'으로서의 자아실현 이야기의 부흥에 해당한다. 바꿔 말하자면 '국민국가' 이야기의 부흥으로 이어진다. 나는 몇 년 전 나카가미의 팬들이 주최한 구마노熊野 대학 강연에서 나카가미 안에서 생겨난 이러한 상황을 '메르헨화'라 부르면서 이것이 나카가미에게 지극히 위험한 사태였음을 지적했으나 아무런 반응이 없었다.

그러나 '문학'을 논하는 사람들이 어떻게든 무시하려고 해도, 『캐릭터 소설 쓰는 법』에서 말한 대로 9·11테러는 미국의 자아실현 이야기로서 할리우드 영화의 문법을 무의식적으로 모방했고, 일본에서도 고이즈미 전 총리가 우정민영화 선거[5]를 통해 자아실현 이야기를 되풀이한 바 있다. 양쪽 공히 대통령이나 총리의 자아실현이 국민의 자아실현 이야기로 공유되었다. 9·11테러와 우정민영화 선거의 배경에는 '국민'으로서 자아실현의 의의가 도사리고 있었다. 게다가 이 나라에는 지금 포스트모던 정신이 요구된다면서 선전해대지만 이건 '일본인의 긍지'에서 기댈 곳을 찾는 식의 전형적 '국민국가'의 부흥일 뿐이다. 하루키나 나카가미의 경우 그래도 '문학'인 이상, 그것들을 의심하고 해체할 수 있는 포스트모던적 주체나 역사의 해체를 표현하고 있다는 논평이 나왔다. 하지만 구조밖에 없는 통과의례나 (애니메이션·게임처럼) 알기 쉬운 연대기를 제공하는 일은 백만 보 양보하여 작가가 이를 무효화하려 했다손 치더라도, 역시나 '혼해 빠진 구조'는 그런 '부흥'에 일조하는 거라고 할 수밖에 없다. 비평가들이 궤변을 늘어놓고 혼란을 일으키는 원인은 무엇보다 바로 거기서 찾을 수 있다.

하루키는 『양을 쫓는 모험』에서 아주 전형적인 자아실현 이야기를 써버렸다. 챈들러 탐정소설의 방법론에서 이야기 구조를 추출했다는 말이 설령 사실일지라도, 만약 『1973년의 핀볼』이나 『양을 쫓는 모험』을 창작하는 시점에서 통과의례 구조를 활용하면서도 주인공의 자아실현이라는 전형성에서 탈피하고 싶었더라면 '탐정'이란 요소를 지워버려서는 안 되었다. 탐정소설과 영웅 신화는 '의뢰와 대행'을 통한 통과의례 이야기로서 구조가 동일하긴 하지만, 영웅 신화에선 주인공이 젊은이에서 영웅으로 성장하는 데 반해 탐정은 처음부터 쭉 탐정이다. 루크는 아버지를 죽임으로써 가슴 아픈 성장을 하게 되지만, 셜록 홈스는 설명할 필요도 없이 처음부터 그냥 탐정이다. 탐정소설이나 미스터리라는 장르가 19세기 후반 근대소설 성립 시기를 전후하여 만들어진 이유는 통과의례 형식을 띠지만 예외적으로 주인공에게 정체성 획득을 요구하지 않기 때문이다. 즉 주체를 회피하면서 이야기를 창작할 수 있는 유일한 장치인 '탐정'을 하루키가 방기했다는 사실은 주목해야 할 문제라는 말이다.

하루키는 안이한 자아실현 이야기를 그려왔다는 데서 암암리에 부끄러움을 느꼈을 것이다. 이는 옴진리교라는 거울상에서 느꼈던 역겨움과도 이어진다. 하지만 그럼에도 불구하고 이 '주체의 이야기'라는 구조는 소설가에겐 약간 마약처럼 느껴진다. 구조에다 임의의 배경과 캐릭터, 하루키가 말하는 '정크' 따위를 대입하면 얼마든지 이야기가 만들어진다. 이에 관해서는 내가 『이야기 체조』

나 『스토리 메이커』(북바이북, 2013) 같은 소설 입문서를 가장한 이야기론에서 실제 사례를 지겨울 정도로 늘어놓았다. 나카가미가 말한 대로 이 구조(=텍스트[교재])만 있으면 어느 정도 수준의 이야기는 '쑥쑥' 만들어낼 수 있다.

아내 측의 자아실현

설화 속에서 아버지 죽이기나 희생물의 목을 따는 것은 어디까지나 '상징' 차원의 행위인데 반해 옴진리교는 현실 세계에서 살인을 저질렀다. 이에 대해 하루키는 이야기 구조를 이중화함으로써 대처하려 했던 것으로 보인다. 본래 두 가지 이야기가 교차 진행되는 구성은 『바람의 노래를 들어라』와 『1973년의 핀볼』을 창작할 때 구조화 준비가 미흡한 상황에서 이를 보완하기 위하여 시도한 수법이었다. 그런데 『태엽 감는 새』에서 구사한 이중화에서 유의할 점은 '나'란 인물이 상징계에서 와타야를 죽였으면서도 현실 속에선 아무 일도 하지 않는 데 반하여, 실제로 와타야를 죽인 사람은 실종되었던 아내였다는 대목이다. '나'는 분명히 와타야를 야구 배트로 구타했다.

> 완벽한 스윙이었다. 야구 배트는 상대방의 목 부위를 노렸다. 뼈가 부서지는 듯한 기분 나쁜 소리가 들렸다. 세 번째 스윙은 머리에 명중하여 상대를 날려버렸다. 남자는 기묘한 짧은 소리를 내면서

> 바닥에 털썩 쓰러졌고 잠시 무슨 소리를 냈지만 곧 잦아들었다. 나는 눈을 감고, 아무 생각도 하지 않고, 무슨 소리가 나는 지점에 마지막 일격을 가했다. 그런 짓을 하고 싶지는 않았다. 하지만 해야만 했다. 증오 때문도 아니고 공포 때문도 아닌, 해야만 하는 일이기 때문이었다. 어둠 속에서 무엇인가가 과일처럼 쫙 벌려졌다. 마치 수박처럼. 나는 야구 배트를 양손으로 꽉 쥐고 앞으로 내민 채 가만히 서 있었다. 정신을 차리고 보니 내 몸은 끝없이 떨리고 있었다. 미세한 떨림을 멈출 수가 없었다. 나는 한 걸음 뒤로 물러나, 주머니에서 회중전등을 꺼내려고 했다.
>
> 『태엽 감는 새』

이것은 어디까지나 '상징'의 차원에서 벌어진 일이다. 따라서 나는 살인자가 아니다. 그에 반해 아내 구미코가 쓴 편지에서 다음 단락은 어떠한가.

> 그것은 내가 오빠 와타야 노보루를 죽여야 한다는 사실입니다.
>
> 나는 지금부터 그가 잠자는 병실로 가서 생명유지장치의 플러그를 뽑으려고 합니다.
>
> 『태엽 감는 새』

이는 둘 다 다스베이더스러운 '악'을 쓰러뜨리는 행위이기는 하나, 후자는 현실의 실제 '살인'이다. '나'로선 '상징'에 해당하는 일을 아내는 현실에서 실행에 옮겼고 결국 처벌을 받게 된다.

중요한 점은 두 가지 이야기가 교차되는 가운데 이세계로 납치된 아내 스스로 '다스베이더 죽이기'라는 통과의례 과정에 직접 뛰어들었다는 것이다.

『태엽 감는 새』 이전 작품에선 주인공이 황천을 방문하여 애인이 '죽은 자'가 되었다는 사실을 확인하는 여행을 한다. 그렇게 되면 죽은 자의 혼이 위무될 수도 있겠으나, 초기 3부작에서는 쥐를 제외하면 죽은 자의 나라에 있는 것은 여자들뿐이었다. 쥐의 경우에도 넓은 의미에서는 죽은 자의 상징이라 할 수도 있으나 『게드 전기』의 게드에게서 도망친 '그림자'에 가깝다고 해야 할 것이다. 그렇기에 『1973년의 핀볼』에선 '죽은 자의 나라'인 고베에서 쥐가 나갔던 것이다. 가토의 말대로 '쥐'에 초점을 맞춰보면 죽은 자는 '죽은 자의 나라'로부터 돌아온 셈이다.

하지만 『노르웨이의 숲』에서 나오코는 산속 정신병동에서 자살하고, 『국경의 남쪽, 태양의 서쪽』에선 '시마모토 씨'가 죽어버린 아기의 재를 파묻는 여행에 동행해주지만 수수께끼에 싸여 있는 여자를 '저쪽 편 세계'에서 구출해주는 것이 아니라 아내 곁으로 돌아간다.

이처럼 이세계로 가버린 '여자'들은 주인공의 상실감이나 감상을 환기시키지만 죽은 자의 나라에서 돌아오는 것은 아니다. 그러나 『태엽 감는 새』에서 와타야 때문에 죽은 자의 나라로 납치되었던 아내는 자력으로 아버지 죽이기를 실행한다. 즉 스스로 일종의 자아실현을 해냈다. 내가 과거에 『태엽 감는 새』는 결국 『인형의 집』 아니냐고 반쯤 빈정거리는 평을 남겼던 이유도 아내가 집을 나간 다음에 자아실현을 해나가는 이야기였기 때문이다. '나'는 모험에 나선 '아내'의 귀환을 기다린다는 것이 『태엽 감는 새』가 선택한 결론이다.

이야기의 이중화는 결과적으로 하루키의 작품에서 '나'가 아니라 여성의 자아실현 이야기를 발동시켰다. 비평가들이 유보하고 싶어 하는, 또 하루키조차도 유보하려 하는 '남성'의 주체 획득 이야기를 남자 주인공들 또한 유보하고, 여성들은 자아실현 이야기를 삶으로 써내려가는 것이다.

이는 내가 『서브컬처 문학론』에서 지적했던 에토 준의 논의, 즉 '근대적 개인'이라는 이념을 남자보다도 '어머니'로 대표되는 여성들에게서 찾으려 했던 뒤틀림과도 겹친다. 준은 남자와 마찬가지로 근대적 개인으로 새롭게 출발하려 했던 여성들의 자아실현 실패를 일찍 사망한 본인의 어머니와 겹쳐보면서 '어머니의 붕괴'라는 비극적 결말로 정의한 바 있다. 우에노 지즈코는 준의 비평을 페미니즘 비평이라고 지적했으나, 그것은 '어머니를 그리워하는' 이야기를 내포하고 있다. 반면 하루키의 여성들은 근대적 개인이라는 본인도 비평가들도 회의하는 삶을 당당히 살아가고자 한다. 그리고 성숙하지 못한, 통과의례를 경험하고 싶어 하지 않는 '나'는 여성들의 통과의례의 제사장이나 현자의 역할을 선택하는 것이다.

예를 들어 『스푸트니크의 연인』은 그러한 여성의 자아실현 이야기인데 '나'란 인물이 루크 역할을 여성에게 양보하고 오비원 포지션으로 옮겨갔다. 루크 역할은 여성인 스미레가 맡아, 당시의 '나'와 마찬가지로 '죽은 자의 나라'로 가버린 애인 뮤를 구출하고자 한다. 나는 이 여정의 초입, 즉 '경계'까지는 동행하지만 더 나아가지는 못한다. 스미레의 모험이 일어나는 장소에는 동행하지 못하는 것이다. '나'란 인물이 『태엽 감는 새』의 '나'처럼 벽을 뚫고 나가지 못한다는 다음 장면은 인상적이다.

> 하지만 그 세계로 가는 방법을 알 수가 없었다. 나는 아크로폴리스의 매끈매끈하고 딱딱한 바위 면을 손으로 만지면서, 거기에 스며들어 봉인되어버린 긴 역사를 생각했다. 나라는 인간은 좋건 싫건 간에 연속되는 시간성에 갇혀 있다. 빠져나올 수가 없다. 아니, 아니다. 그렇지 않다. 결국에는 거기에서 빠져나오기를 진심으로 바라진 않았던 것이다.
>
> 『스푸트니크의 연인』

'나'는 여정의 입구가 있다는 그리스까지는 같이 갔지만 결국 돌아온다. 애당초 '나'는 '저쪽 편'에 가기를 바라지 않았다. 말하자면 루크의 요다화 선언이라고도 할 수 있을 듯하다.

그저 옆에 있어주는 존재

대신 이쪽 세계에 있는 '나'는 수퍼마켓에서 물건을 훔치다 걸린 여자친구의 아들인 '홍당무'를 데리러 간다. 이는 소소한 '죽은 자의 구제' 형태를 띠고는 있지만, '나'는 소년의 작은 자아가 어머니로부터 자립해가는 과정을 돕는 역할을 할 뿐이다.

> "아까보다 얼굴이 좀 나아진 것 같아"라고 그녀는 작은 목소리로 말했다. "경비원 방에서 처음 아이 얼굴을 봤을 땐, 정말 어쩌면 좋을지 몰랐어. 그런 표정은 처음 보았거든. 마치 다른 세계로 가버린 것 같았어."
>
> "걱정할 필요 없어. 시간이 지나면 원래대로 돌아올 거야. 그러니까 조금만 더, 아무 말도 하지 말고 내버려두는 편이 좋을 거야."
>
> "그다음에 둘이서 뭘 한 거야?"
>
> "이야기를 했어." 나는 말했다.
>
> "어떤 이야기?"
>
> "별다른 이야기는 아니야. 그냥 내가 혼자서 맘대로 떠들었지. 아무래도 상관없는 얘기를 말야."
>
> 『스푸트니크의 연인』

'나'의 소년에 대한 이러한 역할은 이야기 구조상 '현자', 즉 요다 역할에 해당하고, 나는 어머니 곁을 떠나 불안 속에서 성장해가는 소년의 곁에 있어주는 존재이다.

나는 『캐릭터 메이커』에서 하야오 애니메이션에 주인공이 부모 곁을 떠나 성장하는 동안 반드시 주인공 곁에 '그저 있어줄 뿐인' 인물이 존재한다는 사실을 지적한 바 있다. 예를 들어 〈이웃집 토토로〉의 토토로, 〈센과 치히로의 행방불명〉의 가오나시, 〈마녀배달부 키키〉의 검은 고양이 지지 등이다. 아이가 어머니로부터 떨어질 때의 '분리불안' 상태에서 만들어내는 '공상 속의 친구'라든지, 곁에 있어주는 일만으로도 안도할 수 있는 '라이너스의 담요'나 테디베어 같은 존재이다. 이렇게 해서 『스푸트니크의 연인』에서 '나'는 모험에서 벗어나는 것이다.

이런 분리불안을 느끼는 유아에게 잠시 필요한 무언가를 발달심리학자 도널드 위니콧Donald Winnicott은 '이행 대상'이라고 불렀다. 하야오 애니메이션에는 〈센과 치히로의 행방불명〉의 유바바나 〈마녀배달부 키키〉의 빵집 주인 오소노 등 모성적 보호자가 '현자'로서 주인공을 보호해주며, 반드시 '곁에 있어주는' 인물이 등장한다. 『스푸트니크의 연인』에서 도둑질을 한 '홍당무' 소년에게 '나'란 존재는 소년이 '어머니'로부터 자립하고자 할 때, 어머니의 부재不在 시에 곁에 있어주는 존재이다. 즉 '나'는 토토로 혹은 가오나시화된 사람이라고 할 수 있다.

이처럼 『스푸트니크의 연인』에서 '나'는 성숙을 요구하는 이야기 구조에서 벗어나고 이 소설은 '스미레'와 '홍당무' 두 사람이 각각 성장하는 이야기로 만들어져 있다. '나'는 이야기 구조에서 벗어난 이상, 성장을 요구받는 일이 없는 안전지대에 서 있다.

일단 소설의 장치를 보면, 『태엽 감는 새』에서 '나'란 인물이 상징적으로 와타야를 야구 배트로 구타하여 아내의 귀환을 대행했듯이, 『스푸트니크의 연인』에서도 '나'는 소년의 성장에 가오나시와 비슷한 역할을 맡는데, 이는 상징적으로 스미레의 생환을 도와주는 일이라고 할 수 있을 것이다. 하지만 스미레는 어느 날, 자신의 힘으로 귀환한다.

> "여보세요."
>
> "아, 나 돌아왔어." 스미레는 말했다. 매우 쿨하게. 매우 리얼하게. "여러 가지로 큰일이 있었지만, 그래도 간신히 돌아왔어. 호메로스의 『오디세이』를 50자 이내로 요약하면 이렇게 말할 수 있을 거야."
>
> "잘됐네." 나는 말했다. 나로선 아직 잘 믿어지지 않았다. 그녀의 목소리가 들린다는 사실이. 그것이 정말로 일어난 일인지가.
>
> "잘됐네?" 스미레는 (아마도) 얼굴을 찌푸리며 말했다. "뭐야, 그건? 내가 피가 날 만큼 고생해서, 온갖 것들을 잔뜩 갈아타면서 여기까지—일일히 설명하자면 끝이 없지만—간신히 돌아왔는데, 당신은 할 말이 그거밖에 없어? 눈물이 날 것 같네."
>
> 『스푸트니크의 연인』

저쪽 편까지 동행하진 못했던 '나'는 스미레가 살아온 '이야기'는 알 수 없다. 스미레의 이야기는 캠벨/루카스 같은, 아니면 『양을 쫓는 모험』 같은 이야기였음이 틀림없다. 게다가 『태엽 감는 새』에서는 '나'의 역할이었을 '상징적으로' 희생물을 도살하는 역할까지 스미레 본인이 직접 해낸 것이다. 그녀는 캠벨의 단일신화론에 따라 어딘가에서 '무언가의 목'을 '상징적으로' '베고' 온 것이다.

> "저기, 나는 어딘가에서—어딘지 도통 알 수 없는 장소에서—무언가의 목을 잘랐던 것 같아. 식칼을 갈아 돌 같은 마음으로. 중국의 문을 만들 때처럼, 상징적으로 말야. 내 말을 이해할 수 있겠어?"
>
> "이해할 수 있을 것 같아."
>
> "여기로 데리러 와줘."
>
> 『스푸트니크의 연인』

즉 『스푸트니크의 연인』은 스미레의 자아실현 이야기인데, 이쪽 편에만 계속 있었던 '나'는 전혀 볼 수가 없다. 따라서 작중에서도 설명해주지 않는다.

아무 일도 하지 않고 그저 기다리고 있던 '나'는 가오나시 역할에만 만족하고 살아가는가 하면 그렇지는 않다. 왕자님의 키스를 기다리는 백설공주처럼 스미레가 '나'를 깨워주고 어딘가로 데려갈 듯한 예감에 가슴이 두근거리기까지 한다.

나는 침대에서 몸을 일으켜, 다시 한번 전화벨이 울리기를 계속 기다린다. 벽에 기대어 눈앞의 공간 속 한 점에 초점을 맞추고 천천히 소리 없이 호흡을 이어갔다. 시간과 시간의 이음매를 확인한다. 벨은 좀처럼 울리지 않는다. 기약 없는 침묵이 언제까지고 공간을 채우고 있다. 하지만 나는 서두르지 않는다. 이젠 전혀 서두를 필요가 없기 때문이다. 나는 준비가 다 되어 있다. 나는 어디든 갈 수 있다.

『스푸트니크의 연인』

프시케는 큐피드를 찾고자 비너스가 제시한 난제를 풀어냈지만, 마지막엔 저승에 가서 금기의 상자를 열다가 잠에 빠져버린다. 프시케는 큐피드가 눈을 뜨기를 기다려야만 한다. 여기에서 '나'는 가오나시임과 동시에 프시케(= 잠자는 공주)가 되어버린 것이다.

이와 같이 하루키의 소설은 주인공이 이야기 구조에서 벗어나는 한편으로, 여성들이 자력으로 이야기 구조를 살아가게 된다. 하야오와 하루키에게 공통점이 있다면 둘 다 여성의 자아실현을 그리는 데 능숙하고, 남성은 여성에게 구제받는 형태로 자아실현을 한다는 점이겠다.

남성이 이야기 구조에서 물러나고 여성이 이야기 구조를 '탈취'한다고 부를 만한 사태는 하야오의 경우보다 명확하게 발생하고 있다.

'스타 워즈화'를 통한 미야자키 하야오 애니메이션의 '세계화'

〈바람계곡의 나우시카〉 이후 하야오 애니메이션을 보자. 〈나우시카〉는 소녀를 주인공으로 삼은 영웅 신화적 이야기이고, 이 작품 이후에도 소년이 주인공인 건 두 번째 작품인 〈천공의 성 라퓨타〉밖에 없다. 〈모노노케 히메〉는 아시타카라는 남성이 주인공이긴 한데, 시나리오 구조상으로는 여주인공 '산'이 아시타카가 있는 이세계異世界에 다녀오는 캠벨형 여행 이야기이다. 아시타카는 시시가미シシ神[6]의 저주를 받음으로써 '모험에 부름을 받아' 여행을 떠난다. 이때 팔에 받은 시시가미의 저주는 성흔이고, 이 단계는 '초자연적 존재의 도움'인 셈이다. '경계 문지기'로 등장하는 코다마 등에 이끌려 '경계'를 넘고, 여성 타타라꾼[7]인 에보시 고젠이 이끄는 집락, 즉 '고래 배 속'에 도달한다. 민속학적으로는 여성을 기피하게 마련인 제철민들이 여성적 집단이란 점은, 〈붉은 돼지〉에서 '돼지'가 모는 비행기를 조립하는 이들이 여성뿐이고 〈마녀배달부 키키〉에서 키키가 머물고 있는 곳이 오소노라는 '모성'을 강조한 캐릭터의 빵집이란 점과 서로 통한다.

다시 말하지만 하야오의 애니메이션에서 이 '고래 배 속'이라는 요소는 매우 중요하다. 이는 결국 〈벼랑 위의 포뇨〉에서 드러나는 문제이기도 하다.

아시타카는 제철민들의 집락을 벗어나 '모노노케 히메'라 불리는 여신과 만나고, 더욱더 깊숙한 세계로 접어든다. 그곳은 죽은 자의 나라인데, 여기서 아시타카의 '재생', 즉 통과의례가 이어진다. 아시타카는 초자연의 도움을 받는데 이는 이야기의 서두에서 이미 약속되어 있다.

영화 후반부는 빼앗긴 시시가미의 목을 탈환하는 내용을 중심으로 진행되고, 이에 성공하여 세계는 되살아난다. 〈모노노케 히메〉는 『양을 쫓는 모험』과 비교하면 구조상으로는 캠벨 방식에 가깝다. 하루키와 달리 하야오는 캠벨을 직접 원용하지는 않은 듯한데, 〈모노노케 히메〉에서는 뚜렷하게 〈스타 워즈〉형 구조를 채택한다.

이때 주의해야 할 사실은 〈모노노케 히메〉는 흥행에 성공하여 '국민영화' 혹은 디즈니와의 제휴를 통한 '세계화'를 달성한 작품이라는 점이다. 그보다 이전의 하야오 애니메이션은 골수 애니메이션 팬들이 주로 지지했고 가족 관객층이 조금 가세한 정도였다. 하야오의 작품은 외국에서도 애니메이션과 영상 업계 관계자들 사이에서 높은 평가를 받았다. 그러나 〈모노노케 히메〉가 나온 뒤에야 일본 국내에서 '국민영화'가 되었고, 외국에서는 일종의 글로벌 스탠더드가 되었다. 300만 명대에 머물렀던 일본의 관객 수를 1,000만 명대로 넘겨버린 작품이 〈모노노케 히메〉인 것이다. 이 실감나는 결과가 입증하는 '국민화', 디즈니 배급을 통한 '세계화' 그리고 하야오 애니메이션의 〈스타 워즈〉화는 동일한 문맥에서 생각해야 할 사안이다. 작품이 훌륭했기 때문에 대히트했다고 넘길 만큼 단순한 문제가 아니다. 일본의 국력을 증명하는 사건이라고 환희에 차서 열광해도 설명해야 할 문제는 여전히 남아 있다.

지브리와 제휴한 디즈니에서 〈모노노케 히메〉의 시나리오에 손을 대지 않은 이유가 그들이 하야오를 존경했기 때문이라는 미담 차원의 문제일까?

할리우드 영화는 이 시점에서 캠벨-루카스 방식의 구조를 '히어로스 저니'라 불리는 매뉴얼로 승화시키고 이 작업은 〈라이온 킹〉의 스토리 개발에 관여했던 크리스토퍼 보글러[8]가 수행했다(크리스토퍼 보글러, 『신화, 영웅 그리고 시나리오 쓰기The Writers Journey』). 보글러는 〈라이온 킹〉의 플롯(트리트먼트treatment라고 불리는 상세한 플롯)[9]에 관한 평을 쓰는 역할을 담당한 듯한데, 할리우드에는 이처럼 플롯과 시나리오를 분석·평가하는 인력이 있다. 보글러는 스토리 담당 스태프 중 한 명으로 참여하여 본래 셰익스피어 『햄릿』을 기반으로 삼고 있던 〈라이온 킹〉의 구조화에 관여했던 것 같다.

〈라이온 킹〉이 캠벨-루카스 방식의 구조를 의식했다는 것은 다스 베이더가 루크에게 말하는 대사, "You are my son."을 무파사가 인용하는 대목에서 어느 정도 짐작할 수 있을 것이다. 일본의 미디어에선 〈라이온 킹〉이 데즈카 오사무의 만화 『정글대제』[10]를 '도용'했다고 주장했지만(실제로는 데즈카가 디즈니의 〈밤비〉에서 이야기 구조를 차용했다)[11], 오히려 이 작품에서는 디즈니 애니메이션의 〈스타 워즈〉화가 일어났다고 말하는 편이 더 적합하다.

〈모노노케 히메〉의 세계 배급은 디즈니의 캠벨-루카스 방식의 구조화를 적용한 〈라이온 킹〉(1994)의 흥행을 이어받았기에 가능했고,

캠벨-루카스 방식의 구조를 '가공의 연대기'에 적용해본 것이 〈모노노케 히메〉의 시나리오라고 할 수 있다. 하야오가 채용한 가공의 연대기가 아미노 요시히코網野善彦적 '중세'였다는 점이 특색이라고도 할 수 있다. 하지만 아미노의 사관史觀을 통한 '시대극'의 재구축은 구로사와 아키라黒澤明의 직속 각본가였던 류 게이이치로隆慶一郎가 이미 실행했고, 하야오의 시나리오는 이것의 영향을 받은 것으로 보인다. 실제로 하야오는 인터뷰에서 이렇게 말한 바 있다.

— 〈모노노케 히메〉는 일본의 신화를 기반으로 했다는 느낌이 듭니다만.

미야자키 하야오 : 일본 신화보다는 「길가메시 서사시」에서 더 많은 영향을 받았다고 생각합니다.

미야자키 하야오 지음, 『반환점 : 1997~2008』, 이와나미쇼텐, 2008

「길가메시 서사시」는 캠벨의 『천의 얼굴을 가진 영웅』에서도 4페이지에 걸쳐 줄거리가 인용되어 있다. 길가메시는 '불로초'라 불리우는 불로불사의 크레송(물냉이)을 손에 넣으려고 여행을 떠나 '낙원'을 지나고 건너편에서 여신 이슈타르의 화신 시두리 사비투와 만난다. 그녀는 길가메시에게 태고의 영웅신 우트나피슈팀이 사는 곳으로 가라고 명령하고, 길가메시는 바다 속에서 크레송을 손에 넣는다.

플롯 면에서는 미야자키 고로의 작품 〈게드 전기〉의 '원작'이 된 하야오의 『슈나의 여행』과 비슷하지만, 여신 이슈타르가 '산サン', 우트나피슈팀이 시시가미에 대응한다는 것은 쉽게 알 수 있다. 적어도 하야오는 영웅 신화의 구조를 채용하고 이야기론에 입각해 〈모노노케 히메〉를 창작했다고 증언한 것이나 다름없다.

디즈니 이야기로 돌아가 보면, 〈라이온 킹〉도 〈스타 워즈〉의 변형에 지나지 않으며, 캠벨/루카스 방식의 구조를 거의 정확히 반복하고 있는 〈모노노케 히메〉는 그런 의미에서 글로벌 스탠더드, 바꿔 말하자면 지극히 할리우드적인 시나리오로 만들어진 작품이었다는 말이다. 하야오의 작가적 성숙의 결과인지, 아니면 외부의 작용 때문인지는 판단할 수 없다. 아무튼 그렇기 때문에 디즈니가 스토리를 수정할 필요는 별로 없었다는 말이다.

현실에서 떠나온 남자들

이처럼 하야오 애니메이션에도 하루키와 마찬가지로 캠벨-루카스 방식의 이야기 구조화가 이루어져 있어서 작품의 '범세계성'을 지탱하고 있다. 이러한 세계화, 할리우드화의 과정을 보지 않고서 일본의 문학, 혹은 일본의 애니메이션이 전 세계에서 수용되었다고 환호하는 것은 실로 경솔하다. 앞서 살펴보았듯이 오에는 본인의 문학을 세계문학의 일본문학화라고 정의했는데, 하루키의 경우도 서브컬처의 일본화라고 규정할 수 있다.

다시 말하지만 〈모노노케 히메〉는 아시타카의 통과의례 여행, 히어로스 저니이고, 동시에 산サン을 '모노노케의 세계'로부터 구제하는 구도를 취하고 있다. 이런 구도는 〈칼리오스트로의 성〉 등에서도 엿보이는데, 거기에서도 이자나기·이자나미 신화처럼 두 세계가 구분된다는 것을 먼저 확인할 수 있다.

결말부에서 아시타카는 산サン에게 '프러포즈'한다. 그것이 '프러포즈'라는 사실은 그림 콘티[12]에 명시되어 있다. 하지만 '산サン은 숲에서, 나는 타타라 장에서 산다'. 즉 두 세계는 명확히 나뉘고 산サン은 '이쪽 편'으로 오지 않는다. 아사타카는 "얏쿠루를 타고 만나러 갈게"라고 산에게 말하지만, 이는 캠벨의 단일신화론에서 영웅이 '두 세계의 인도자'가 되는 결말과 일치한다. 중요한 점은 그러한 캠벨-보글러 방식의 구조이면서도 〈모노노케 히메〉에는 몇 가지 변형이 존재한다는 것이다.

첫째, 영웅에게 여주인공이 없다는 점. 어째서 산サン과 아시타카는 같은 세계에서 행복하게 살지 않는 것인가. 이는 하야오 애니메이션의 이야기 축이 본래 남성이 아니라 '소녀' 쪽에 더 비중을 두고 있는 것과 관련이 있다. 소녀의 통과의례를 통해 하야오는 소녀의 '결혼'이 아니라 '자립'을 그려내려 한다. 이 점에서 하야오와 하루키는 유사하다.

둘째로 〈모노노케 히메〉 전체가 모성 원리로 가득 차 있어서, 아시타카와 에보시 고젠의 대립에서 '부성'이 아니라 '모성'과 맞서는 장면이 그려져 있다. 이 세계에서는 사실 '아버지 죽이기' 대신 '어머니 죽이기'가 요구되고 있으나 이는 회피되고 있다.

하야오의 극장용 애니메이션 중에서 텔레비전 시리즈의 스핀오프(기존의 영화, 드라마, 게임 따위에서 등장인물이나 설정을 가져와 새로 이야기를 만들어내는 것)인 〈칼리오스트로의 성〉을 일단 제쳐두고 생각하자면, 여성의 자아실현형 스토리는 〈천공의 성 라퓨타〉와 〈모노노케 히메〉를 제외한 전 작품이 해당된다. 다만 〈붉은 돼지〉는 '돼지'라는 남자가 주인공 아니냐고 생각할지도 모르겠는데, 중요한 점은 '돼지'가 남성성이 탈각된 캐릭터 혹은 '죽은 자'이고, 이 작품에서 '성장'하는 인물은 비행기를 만드는 소녀 피오라는 것이다.

지브리 애니메이션은 여주인공을 중심으로 두는 경우 '갔다가 돌아오는 이야기' 구조가 선명하다. 주인공이 남성인 〈모노노케 히메〉, 〈천공의 성 라퓨타〉에서도 여주인공은 본래 있던 장소, 즉 '숲'이나 '고향'으로 돌아가는 '움직임'을 보인다.

〈이웃집 토토로〉에선 사츠키와 메이가 토토로가 있는 마을로 찾아와 토토로와 교류한 다음 이야기가 끝난다. 이야기 속에서 고양이 버스를 타고 사츠키와 메이는 어머니가 있는 병원에 '갔다가 돌아오는' 움직임을 보인다. 다만 〈이웃집 토토로〉는 본래 텔레비전 시리즈로 구성되었어야 하는 작품이다. 시리즈 작품이었다면 두 사람은 부모가 부재不在한 동안 몇 가지 위기를 넘어서서 성장하고, 마침내 결말에서 토토로와 함께한 날들을 회상하는, 즉 어머니가 완쾌되어 일가족이 다시금 도시로 돌아가는 식의 이야기가 펼쳐졌을 것이다. 그러나 영화 〈이웃집 토토로〉에선 (왕복이 아닌) '편도'밖에 그려지지 않았다.

물론, '돌아오는' 장소는 구조상 꼭 원래 있던 장소여야 할 필요는 없다. 정확히 말하자면, 돌아오는 장소는 사실 '어른으로서 있게 될 세계'여야 하고 주인공에게는 새로운 현실이다. 그러면 〈붉은 돼지〉를 여주인공의 '갔다가 돌아오는 이야기'로 이해한다면 어떠한 문제가 발생하는가.

〈붉은 돼지〉에서 '갔다가 돌아오는' 역할을 맡은 사람은 피콜로 공장의 소녀 피오이다. 피오는 파시즘으로 기울어가는 1920년대 이탈리아의 현실 속에 살아가는 소녀이다. 이 현실(=역사)이 피오의 입장에서 볼 때 '이쪽 편'이다. 그리고 '돼지'인 포르코가 상금을 벌며 은둔 생활을 하고 있는 에게해 일대는 '저쪽 편'이다. 피오는 이 두 세계를 왕복하면서 성장한다. 작중에서 '저쪽 편' 세계는 에게해, 아드리아해이다.

이 세계는 전 세계에 휘몰아치는 제2차 세계대전이란 '역사'의 폭풍에서 단절된 장소이기도 하다. 제1차 세계대전 후에 잠시 존재했던 역사상 '모라토리움의 시간' 끝 부분에서 이야기가 펼쳐지고 포르코는 과거에 이탈리아 공군의 에이스였지만 '역사'라는 '현실'에서 벗어나버렸다.

'이행 대상'인 죽은 자

왜 포르코는 '돼지'인가. 포르코의 자의식 속에서 그는 '역사'에서 벗어나 전쟁놀이에 빠져 있는 허무주의의 상징이라고 해버리면 되겠으나, 이야기 구조를 보면 그렇지가 않다.

해답은 매우 간단한데, 하루키스럽게 말하자면 포르코는 '상징적인 죽은 자'이기 때문이다. 이는 이야기 후반에 포르코의 회상을 통해 밝혀진다. 제1차 세계대전에 참전해 출격한 포르코의 전우들은 차례차례 격추당하고, 정신을 차리자 포르코는 새하얀 구름 위에 떠다니고 있었다. 올려다보니 전우들의 전투기는 차례차례 하늘로 승천한다. 그중에 친한 친구 베를리니의 전투기도 있다. 베를리니는 지나의 약혼자로, 포르코는 "베를리니, 가지 마! 지나는 어쩔 텐가. 누가 대신 가란 말이냐" 하고 외치지만 그는 돌아오지 않는다. 그리고 포르코만이 천국의 입구로 보이는 장소에 머무른다. 즉 포르코는 죽었으면서도, 지나의 곁에 있기 위해 되돌아온 죽은 자인 것이다.

피오에게 지나는 '저쪽 편 세계'에 위치한 호텔 아드리아노의 여주인이다. 〈센과 치히로의 행방불명〉의 유바바, 〈마녀배달부 키키〉의 오소노와도 같다. 이들은 주인공이 부모의 보호로부터 벗어나 출발한 뒤에 나타나는 존재이다. 요시모토 바나나의 소설 『키친』에서 주인공 미카게가 한때 머무르는 유이치 집의 '오카마[13] 어머니'나, 옛날 이야기에서 계모가 추방한 소녀를 보호해주는 야만바(산 노파)[14]에 해당하며 요다의 여성 버전이라고도 볼 수 있다.

피오는 포르코가 아끼는 비행기를 함께 타고, 지나가 기다리는 에게해 '저쪽 편의 세계'로 간다. 이 세계는 앞서 보았듯 실제 역사로부터 격리되고 지나라는 여성성이 지배하는 세계이다. 작품 서두에 공적空賊[15]들이 관광선을 습격하여 어린 소녀들을 유괴하지만, 오히려 그 소녀들은 공적들에게 장난을 치고, 또 그 공적들은 지나 앞에서는 온순한 모습을 보인다. 무엇보다 포르코의 거점이 마치 자궁이나 동굴 형태의 깊숙한 데 자리 잡아 거기에서 포르코가 애기愛機 곁에서 졸고 있는 것은 지나와 포르코가 있는 세계가 여성성으로 채워져 있기 때문이다.

포르코는 이러한 여성성으로 채워진 세계에 있다. 그러므로 '전쟁'터에서 이탈해, 전쟁 대신 '공적질'이라는 전쟁놀이에 빠져 있는 것이다. 즉 포르코는 '죽은 자'임과 동시에 태내 회귀한 어린이라고도 할 수 있다.

피오는 어디까지나 '이쪽 편'에 귀속되어 있는데, '이쪽 편' 세계는 이미 파시즘에 침식당하고 있다. 역사라는 현실이 어두운 그림자를 드리우고 있다. 그러나 피콜로 공장에서 포르코의 애기가 여성들의 손으로 재생되듯이 〈모노노케 히메〉에 나오는 에보시 고젠의 '타타라 장(제철소)'과 〈붉은 돼지〉의 세계 역시 모성으로 채워져 있다. '이쪽 편' 세계에선 이 공장이 겨우 남아 있는 여성적 영역이다. 피오는 포르코와 함께 이 공장에서 출발하여, 지나라는 여인의 모성이 지배하는, 말하자면 '어린애 장난'이 펼쳐지는 세계로 출발한다. 피오는 '고래 배 속'인 피콜로 공장에서 출발하는 것이다.

피오가 수리한 전투기를 타고 포르코는 '전쟁놀이'에서 복수를 완수한다. 하지만 이탈리아 공군이 접근하여 그들의 '전쟁놀이'도 곧 막을 내릴 것임을 예감하게 한다.

결말부에서 피오는 포르코의 비행선 대신 지나의 비행선에 끌려 들어가는데, 이는 당연한 귀결이다. 지나도 피오도 '죽은 자'인 포르코와는 함께 갈 수 없다. 포르코는 피오 앞에 모습을 드러내지 않게 되고, 이탈리아로 돌아간 피오는 지나와 '오랜 우정을 맺게' 된다.

그러면 이야기 구조에서 '죽은 자'인 포르코의 역할은 무엇인가? 지극히 명쾌한데 바로 피오의 성장 여행에 동반하는 '이행 대상' 캐릭터이다. 즉 키키에게 지지가, 치히로에게는 가오나시가 있듯이 피오에게는 포르코가 있는 것이다. 예를 들어 〈마녀배달부 키키〉에서 키키의 여행에 동행했던 검은 고양이 지지는 결말부에선 사람 말을 못하고 평범한 '고양이'가 된다. 가오나시 역시 치히로가 '이쪽 편'으로 돌아올 때엔 더 이상 따라오지 않는다. 이행 대상과 이별함으로써 어린아이는 어른이 된다. 당연히 피오도 포르코와 이별한다. 〈모노노케 히메〉에선 산サン의 이행 대상은 캐릭터가 아니라 라이너스의 담요, 즉 가면과 모피(〈그림 1〉)의 형태를 띤다. 그러므로 결말에서 결국 산サン은 가면과 모피를 두르지 않게 된다(〈그림 2〉).

이처럼 하야오 애니메이션에서 소녀들은 모성이 지배하는 '저쪽 편'에서 이행 대상의 조력을 받아가며 성장한다. 그럼 남자들은 어떠

〈그림 1〉 산サン의 가면과 모피는 '라이너스의 담요'이다. (《모노노케 히메》)

〈그림 2〉 이야기의 결말부에서 산サン에게는 '라이너스의 담요'가 필요하지 않다. (《모노노케 히메》)

한가. 포르코처럼 '죽은 자'가 되어 '성장'이라는 주제에서 이탈해버리는 경향이 강하다. 〈센과 치히로의 행방불명〉의 하쿠나 〈하울의 움직이는 성〉의 하울은 둘 다 여주인공이 통과의례를 치르는 가운데 죽은 자의 나라로부터 구제받는데, 스스로 곤경을 헤쳐나갈 힘은 없다. 즉 하루키의 『스푸트니크의 연인』 속 '나'와 마찬가지로, 여자아이의 힘으로 잠에서 깨어나는 잠자는 공주 역할을 하는 셈이다. 하야오 애니메이션의 남성들은 포르코처럼 이야기 구조에서 이탈하거나, 아니면 떠밀려 나간다는 말이다.

지브리 애니메이션의 거울상인 〈게드 전기〉

미야자키 고로의 〈게드 전기〉에는 흥미로운 점이 있다. 이 작품은 하야오 애니메이션의 문제점을 정확하게 비추어주는, 일종의 전형이라고 생각한다. 말하자면 아버지 애니메이션의 거울상을 자식이 형상화한 느낌이다.

앞서 살펴보았듯이 하야오의 작품에서는 죽은 자의 이세계 여행이 강조되거나 여성성이 비대화되는데 이는 어슐러 K. 르 귄[16]의 '어스시' 시리즈와 일치한다. 애니메이션판의 기획 단계에서 르 귄 측이 접촉했다고 하는데, 원작자가 하야오 작품을 보고서 그가 애니메이션을 만들어주길 바란 이유는 두 사람의 작품에 공통점이 있다고 (적어도 원작자 본인은) 느꼈기 때문이다. 양자의 공통 요소를 열거해보겠다.

(1) 주인공의 이세계 여행 목적이 '죽은 자의 구제'이다.

'어스시' 시리즈에선 이름을 빼앗기고 지하 신전의 어둠 속에서 자라고 있던 테너를 게드가 구출해주는 『아투안의 무덤The Tombs of Atuan』의 이야기 구성이 이렇다.

(2) '이름'이라는 상징

'어스시' 시리즈에는 '진짜 이름'의 획득과 회복이라는 모티프가 등장한다. '이름'은 자아실현의 상징이고 『아투안의 무덤』에서도 테너는 '이름'을 빼앗긴 상태이다. 이것은 〈센과 치히로의 행방불명〉에서 치히로가 제니바한테 이름을 빼앗기고 이를 회복하는 구성, 그리고 〈붉은 돼지〉에서 돼지가 된 마르코가 포르코란 이름을 내거는 행위에 해당된다. 이름의 상실 혹은 회복은 주인공의 자아실현 과정에서 나름의 위치를 점하고 있다.

(3) 여성성의 비대 혹은 페미니즘화

이것은 '어스시' 시리즈의 초기 3부작과 제4부 『테하누』 사이에서 나타난 변화라는 지적이 나왔었다. 즉 초기 3부작에서 여성인 테너는 어디까지나 남자인 게드에게 구출을 받는 쪽이고, 자아실현의 여행을 해나가는 이들은 게드와 『머나먼 바닷가』에 등장하는 아렌 등 남성들이다. 특히 『머나먼 바닷가』에서는 아렌이 왕이 됨으로써 세계 질서가 회복된다는 내용이 주제이다. 하지만 제4부 『테하누』에선 게드가 대현인大賢人의 힘을 모두 잃고, 미망인이 된 테너와 함께 살게 된다. 테너는 오소노 씨나 피콜로 공장의 여자들처럼 씩씩하다. 게다가 부모가 불 속으로 던져서 뺨에 화상을 입은 소녀 테루가 추가되어 '노인', '여자', '결함이 있는 어린이'라는 약자들의 이야기가 그려진다.

용이 데려다준, 상처 입고 빈사 상태인 게드를 테너가 구해주는 장면은 〈센과 치히로의 행방불명〉에서 치히로가 상처 입은 하쿠(용의 화신)를 구해주는 부분을 연상케 한다. 제3부의 주인공이었던 아렌은 대관식에 게드를 부르지만 게드가 거부하는 이유도 게드가 '부성父性'의 자리에서 내려왔기 때문이다. 피오의 '성장' 동반자인 포르코가 '남성 원리(=전쟁)'에서 벗어난 것과 대응된다. 그리고 테루는 게드를 구하려고 자력으로 진짜 이름을 회복한다. 테루가 자기 힘으로 이름을 회복하는 자아실현 이야기가 그려져 있는 것이다.

어슐러 K. 르 귄의 말에 따르면 지브리와 르 귄이 영상화를 두고 의논한 것은 2005년 8월로, 이미 그때 하야오는 〈센과 치히로의 행방불명〉을 완성한 상태였다. '이름'이란 모티프나 소녀가 남성을 구한다는 내용, 그리고 소녀의 자아실현 등 '어스시' 시리즈에 있던 요소가 대부분 구현되어 있었고, 주제와 이야기 구조라는 점에서 볼 때 〈센과 치히로의 행방불명〉은 『게드 전기』를 매우 우수하게 영상화한 작품이라고 말할 수 있다. 그런 의미에서, 하야오로선 '어스시' 시리즈를 다시금 만들 만한 동기를 찾기 어려웠던 것으로 보인다. 그럴 필요가 없었던 것이다. 물론, 실제로 어땠는지 지브리의 내부 사정까지는 알 방도가 없다. 다만 결국 '어스시' 시리즈의 애니메이션화는 아들 고로에게 맡겨진다.

미리 언급해두겠지만, 나는 지브리 작품으로는 예외적으로 철저히 매도된 고로의 〈게드 전기〉에 그다지 부정적이지 않다. 그보다는 이전 지브리 애니메이션의 '거울상'이라는 점에서 흥미롭다. 거기엔 창작자의 여러 문제가 상당히 직접적으로 반영되어 있고, 이 자체는 별로 나쁜 일이 아니다. 이 작품은 원작이랄 수 있는 '어스시' 시리즈에서 몇 가지 조각을 추출하여, 즉 '정크'화하여 제3자가 부여한 구조에 맞추어 제작했고 이점은 하루키의 창작법에 가깝다. 하지만 이야기의 구조를 미야자키 고로에게 부여했던 이는 하야오이다. 말하자면 '구조에 맞춰 창작한다'는 제약을 가진 채 만들었다는 점이 특징이다. 하루키는 동시대의 창작자들이 캠벨-루카스 방식에 따른 구조화를 선택하던 때에 당대의 공감을 얻는 이야기론에 입각한 창작을 선택했다. 하지만 고로는 아버지에게 반쯤 강제로 제작 방식을 요구받았다. 양자의 차이는 크다.

'나'를 갖지 않은 채로 아버지의 이야기 메이커로 창작한다

지브리판 〈게드 전기〉를 제작할 때, 르 귄은 처음부터 원작 제1부와 제2부 사이의 빈 시간을 다루는 지브리 오리지널 스토리 창작을 제안했던 것 같다. 하지만 실제로는 제3부 『머나먼 바닷가』와 제4부 『테하누』의 에피소드와 캐릭터를 하나의 스토리로 뭉뚱그리면서, 제1부 『어스시의 마법사』에 '그림자'와 관련된 에피소드를 가미하여 지브리판 〈게드 전기〉가 만들어졌다.

그런데 지브리판 〈게드 전기〉가 개봉될 때 어찌 된 일인지 하야오의 『슈나의 여행』이 '원안'이라고 표기되어 있음을 눈치 빠른 팬들은 깨달았다. 나도 깨달았다. 나중에 출시된 DVD에는 '원작'으로 르 귄의 '어스시' 시리즈, '원안'은 『슈나의 여행』이라고 표기되어 있다.

지브리 측에선 이렇게 기록한다.

> 또한 이때쯤 "미야자키 하야오 감독이 '어스시'를 영화화할 거라면 차라리 『슈나의 여행』을 만드는 편이 낫다고 말하더라"는 이야기를 미야자키 고로 감독은 건너건너 듣게 됩니다. 앞에서도 썼지만, 『슈나의 여행』은 '어스시'의 영향을 받아 쓴 작품입니다만, 이 말을 듣고 힌트를 얻어 '한 소년이 나라를 나가야만 하는 상황에서 여행을 하고, 위대한 마법사를 만나고, 또 슈나와 만남으로써 변화하게 된다'는 이야기의 골격이 만들어집니다. 『슈나의 여행』은 스즈키 프로듀서의 제안으로 이 영화의 캐릭터와 미술 작업의 밑바탕이 되었고, 완성된 영화의 엔딩 크레딧에는 원안이라고 표기되어 있습니다.
>
> 미야자키 고로, 야마시타 아키히코 지음, 『스튜디오 지브리 그림콘티 전집 15: 게드 전기』(도쿠마쇼텐, 2006) 부속 월보 2006년 8월호, 스튜디오 지브리 문책 「영화 〈게드 전기〉로 이르는 길」

여기에서 알 수 있는 것은 무엇보다 하야오가 『슈나의 여행』 이야기 구조에 맞춰 〈게드 전기〉를 만들라고 고로를 부추겼다는 사실이다. 본래 원작의 제1권이 아니라 제3권을 바탕으로 했는데 고로는 제4권에 더 관심이 있었던 듯하다. 즉 원작에서 에피소드와 캐릭터, 대사 등을 추출하여 『슈나의 여행』 이야기 구조를 따라 재배치한 것이 지브리판 〈게드 전기〉라는 말이다. 이는 르 귄의 다음 발언과도 대응된다.

내 생각엔, 전체적으로 일관성이 결여되어 있습니다. 내가 전혀 다른 맥락 속에서 쓴 이야기를 어떻게든 발견하고 쫓아가려 했기 때문이겠죠. 내가 지은 이야기에 나오는 인물의 이름과 똑같은 이름이 등장하는데, 기질과 경력과 운명이 전혀 다르기 때문에 혼란을 느끼게 되었던 것입니다. (중략)

미국과 일본의 영화 제작자는 양쪽 다 원작에서는 고유명사와 몇 가지 개념만 따왔을 뿐이고, 게다가 맥락을 무시하여 단편을 떼어냈고 이야기는 통일성이나 일관성도 없는 전혀 다른 플롯으로 뒤바꿔놓았습니다. 책만이 아니라 독자까지도 경시하는 이 방식에는 의문을 느낍니다.

영화의 '메시지'도 약간 억지가 아닌가 싶습니다. 중간중간 원작을 인용하고 있지만, 생과 사, 균형 등의 단어가 등장인물과 행동에서 이끌려 나오지 않았기 때문입니다. 의도가 아무리 훌륭하더라도, 이야기나 등장인물의 내면을 반영하지 않았고 '고생해서 몸에 익힌' 것이 아니어서 설교처럼 느껴지게 되어버렸습니다.

위키피디아 「지브리 영화 〈게드 전기〉에 대한 원작자의 코멘트 전문」 항목에서 발췌.
http://hiki.cre.jp/Earthsea/?GedoSenkiAuthorResponse

이 고언苦言은 르 귄의 작품을 '정크'화하여 이를 부품 삼아 전혀 다른 '구조'를 통해 구성했다고 본 나의 해석과 일치한다. 역시 고로는 하루키처럼 창작했던 것이다. 하지만 조금 다른 점은 하루키는 이야기론을 비롯한 몇 가지 문학적 경험에서 '구조'를 추출한 데 반해, 고로는 아버지가 만들어낸 이야기 구조를 좇아 창작했다는 점이다.

여기에서 다시금 하루키가 『언더그라운드』 후기에서 언급했던 '이야기론'을 확인해보자. 사람은 '이야기'를 만드는 '메이커', 즉 이야기를 창작하는 장치이다. 이 '메이커'란 단어에서 연상되는 것이 이야기론적 구조이다. 바꿔 말하면 이야기 구조를 가진 한 명 한 명의 개인이다. 그리고 그 '구조'로서의 '이야기'를 사람은 '플레이어' 역할을 하며 살아간다. 혹은 '이야기한다'. 중요한 점은 이 '구조'에 대입된 사람을 '이야기 메이커'로 발동시키는 것이 무엇이냐는 것이다.

하루키는 이를 '고유의 자아'라고 보며 여기에서 근대적 개인을 갑작스럽게 옹호한다. 이야기 구조를 드러냄으로써 강제되는 자아실현을 회의했었으나, '이야기 구조'에 대입되어 구조를 조정하는 것은 고유의 개인이라고 말한다. 하루키는 자신이 포스트모더니스트가 아니라 모더니스트임을 고백한 것이다. 하지만 이 '메이커(=장치)'에 대입될 수 있는 '자아'가 박탈되면 어떻게 될까.

> 하지만 당신은 (아니 사람은 누구라도), 고유의 자아가 없으면 고유의 이야기를 만들어낼 수 없다. 엔진 없이 차를 만들 수 없고

> 물리적 실체가 없는 곳에 그림자가 있을 리 없다. 하지만 당신은 지금 다른 인간에게 자아를 양도해버리고 있다. 대체 어떻게 하면 좋을까?
>
> 이 경우 당신은 타자로부터, 당신이 자아를 양도한 '누군가'로부터 새로운 이야기를 수령하게 된다. 실체를 양도해버렸으니 대신 그림자를 넘겨받는다. 생각해보면 뭐 당연한 귀결일지도 모른다.
>
> 『언더그라운드』

지브리판 〈게드 전기〉에서 이와 비슷한 사태가 벌어진 건 아닐까? 더 정확히 표현하자면 하야오의 '이야기 메이커'가 만들어낸 이야기의 수용자였던 아들은 어느 날 예의 '이야기 메이커'를 넘겨받았다. 하지만 거기에 대입할 '나'를 아직 완전히 구축하지 못했다. 아니 그의 '자아'는 아버지에게 '양도'받은 상태였다고 비평적으로 표현할 수 있을 것이다. 지브리판 〈게드 전기〉는 그렇게 만들어진 것이다.

자신의 결손성의 패러디를 보다

그런 점에서 인상적인 장면이 있다. NHK가 2007년에 방송한 다음, DVD로 출시한 〈프로페셔널: 직업의 방식, 미야자키 하야오의 작업〉이란 다큐멘터리에 다음과 같은 장면이 나온다. 지브리판 〈게드 전기〉의 시사회 장면이다. 하야오는 영화 상영 도중에 더 이상 견디지 못하고 밖으로 나가버린다.

> "마음만으로 영화를 만들면 안 되지."
>
> 아연실색했달까, 아니 그보다는 맥없이 이렇게 내뱉고 잠시 침묵한 후 다시금 시사회장으로 돌아가는데 종료 후 하야오는 실망한 채 인터뷰에 응한다.
>
> "무슨 말을 듣고 싶나."
>
> "나는 내 아이를 보고 있었어."
>
> "어른이 되지 못했어."
>
> "그것뿐."

전적으로 내 짐작이지만, 이때 하야오의 심정은 하루키가 옴진리교로부터 눈을 돌렸을 때의 심정과 상당히 비슷하지 않을까. 하루키가 옴진리교에서 보았던 것은 자신의 거울상이라는 것을 『언더그라운드』 후기에서 느낄 수 있다. 하야오도 자기가 만든 애니메이션의 약간 뒤틀린 '거울상' 혹은 '그림자'를 보았을 것이다. 한데 '거울상'은 무엇이고, 누가 만들어낸 것인가.

하루키는 결국 '나'의 '자아'를 문제 삼고 있다. 이는 근대가 꿈꾸었고, 포스트모더니스트들이 묻어버리고 싶어 하던 근대적인 '주체'이다. 하지만 옴진리교 신도들은 '주체'를 스스로 형성하길 귀찮아

한 나머지 아사하라 쇼코에게 맡겨버렸다. 결국 아사하라라는 '결손'된 주체가 '이야기 메이커'에 대입되어 결손된 이야기가 출력된 것이다. 그것이 아사하라가 신도들에게 해준 이야기이다.

따라서 하루키가 눈을 피했던 것은 '정크'의 '구조화'라는 아사하라의 방법론 자체가 아니다. 물론 그것도 있다. 하지만 아사하라라는 '이야기 메이커'에 결손된 주체가 대입됨으로써 출력되는 '이야기'가 뒤틀려 있었는데 하루키는 여기서 눈을 돌렸다고 할 수 있다.

'이야기'의 뒤틀린 정도, 결손된 정도가 자기 이야기의 뒤틀림, 손상과 틀림없이 비슷할 거라고 하루키는 느꼈을 것이다. 즉 뒤틀린 '이야기 메이커'가 거기에 대입된 '나'의 '그림자'를 만들어내는 상황이 너무너무 싫었을 것이다.

마찬가지로 지브리판 〈게드 전기〉의 '이야기 메이커'는 하야오 자신이 『슈나의 여행』을 '원안'으로 제시함으로써 '부여했다'. '정크'로 인용되는 것은 르 귄의 '어스시' 시리즈이지만, 하야오는 그걸 혐오하진 않는다. 오히려 자신이 부여한 구조에 아들의 '자아'가 대입되어 만들어진 것에 아연실색했던 것이다. 그러므로 주의해야 할 부분은 '어른이 되지 못했다'고 하야오가 내뱉었다는 점이다. 하야오는 본인이 제공한 '이야기 메이커'에 '어른이 되지 못한' 자아가 대입된 데 신경이 곤두선 것으로 보인다.

그렇다면 '이야기 메이커'의 관리자인 하루키나 하야오는 '결손'되지 않은, 예를 들어 대현인 게드와도 같은 진정한 '어른'인가 하면,

"그렇지는 않다"고 자각할 수 있을 만큼은 어른이다. 그러므로 본인의 '결손'성과 '뒤틀림'을 옴진리교나 아들의 작품이 거울상이나 질 나쁜 패러디로 역력히 보여줬기에 혐오감을 느꼈던 게 아닐까.

자, 내가 여기서 문제 삼았던 것은 하루키에게 옴진리교가, 아버지 하야오에게 아들 고로가, '거울에 비친, 뒤틀린 모습'으로 보였는데 이것이 '이야기 메이커'에 대입된 '자아'만의 문제이냐는 점이다. 그들의 눈에 비친 이야기의 뒤틀림은 오로지 대입된 '자아'의 문제만이 아니라 '이야기 메이커'의 뒤틀림 자체가 원인이 아닐까 나는 의심한다. 그렇기 때문에 하루키나 하야오에 비해 취약한 '자아'가 대입되었을 때 드러나는 '뒤틀림'은 '이야기 메이커'의 뒤틀림이 초래한 것이다. 하루키는 옴진리교를 보고서 본인의 '이야기 메이커'가 뒤틀려 있고 그것이 '그림자'를 낳는 시스템이란 사실까지도 깨닫는다. 아버지 하야오는 본인의 '이야기 메이커'가 가진 '뒤틀림'을 아들 작품을 통하여 접했을 테고 그것을 견디기 어려웠던 게 아닐까.

'어른이 못 된' 사람은 자식인 고로뿐일까, 아니면 아버지 하야오도 마찬가지일까?

'그림자'의 분리와 통합

이에 관해 지브리판 〈게드 전기〉를 탐색해보자. 우선 『슈나의 여행』의 구조를 〈게드 전기〉가 얼마나 비슷하게 따라갔는지를 보자. 또

『슈나의 여행』은 이미 살펴보았듯이 「길가메시 서사시」에 가깝고, 이를 밑바탕으로 삼았다면 〈모노노케 히메〉를 통해 글로벌 스탠더드가 된 안정된 구조를 지브리판 〈게드 전기〉도 만들어낼 수 있었을 것이다.

하지만 이 두 작품의 배경 이야기가 결정적으로 다른 점은 주인공의 '출발' 동기이다. 『슈나의 여행』은 티벳 민담에서 소재를 찾은 일종의 영웅 신화이고, 슈나는 자신이 태어난 가난한 대지에 풍요를 선사하려고 금빛 씨앗을 찾아 서쪽으로 향한다. 이 부분은 「길가메시 서사시」와 같다. 하지만 지브리판 〈게드 전기〉의 아렌은 아버지를 죽이고 도망쳤다. 이 '아버지 죽이기'는 뒤에 다시 언급하겠지만, '이유 없는 살인'이라고 인터넷에서 야유를 받았던 도입부는 지브리 애니메이션이 빠져 있었던 '결손'과 관련된 문제가 아닐까.

우선 다음과 같이 두 작품이 동일한 구조를 갖고 있다는 점을 제시해보겠다.

> ① 출발한 슈나, 아렌은 '거리'에 도착한다. 『슈나의 여행』에선 더 이상 밭일을 하는 이는 없다는 말을 듣고, 지브리판 〈게드 전기〉에선 마법이 쇠퇴했다는 사실을 알게 된다. 즉 세계를 지탱해 주던 기본 원리가 쇠락했음을 알게 된다.
>
> ② 슈나는 테아, 아렌은 테루라는 소녀를 만난다. 테아는 노예상인이 데리고 있었고, 테루는 노예상인에게 쫓기고 있다. 소녀는

소년을 구한다.

③ 슈나는 노인, 아렌은 게드라는 인도자 역할을 하는 사람과 만난다.

④ 테아와 테루 모두 나이 든 여성의 보호를 받으며 산속 집에 있다.

⑤ 슈나와 아렌 모두 소녀를 남겨두고 사건의 심장부로 향한다. 슈나는 서쪽 땅의 신인神人의 숲으로, 아렌은 거미가 지배하는 성으로 간다.

⑥ 슈나와 아렌 모두 그 장소에서 상처를 입고, 테아와 테루의 도움으로 회복한다.

⑦ 소년과 소녀는 고향으로 돌아간다.

이처럼 슈나와 아렌이란 남성 캐릭터를 주인공으로 삼을 경우, 두 이야기는 충분히 일치한다. 〈모노노케 히메〉를 아시타카 중심의 이야기로 요약하여 『슈나의 여행』과 대비해보아도 마찬가지다. 하야오의 내면에는 『슈나의 여행』을 원형 삼아 〈모노노케 히메〉로 정형화했던 캠벨-루카스 방식, 혹은 「길가메시 서사시」 방식의 남성 주인공의 자아실현 이야기 구조가 굳건히 자리 잡고 있는 것이다. 이를 활용해서 지브리판 〈게드 전기〉를 만든다면 괜찮을 거라고 하야오는 생각하지 않았을까.

하지만 지브리판 〈게드 전기〉는 원작의 제3부를 토대로 삼았을 뿐만 아니라 제4부를 더해 테루의 이야기까지 포함했다. 제4부는 게드와 테너가 나이를 먹고 성숙해가는 내용인데 테루의 이야기가 나란히 진행되고 있다. 하지만 지브리판에서는 테루를 여주인공으로 만들었고, 그에 맞춰 아렌의 스토리에다가 지금껏 지브리가 정형화시켜왔던 '소녀의 자아실현 이야기'를 추가시켰다. 『슈나의 여행』 이야기 구조에서는 어디까지나 남성 주인공, 아렌의 이야기가 이끌려 나올 뿐인 반면, 고로는 거기에 아버지가 정형화한 이야기 구조, 즉 소녀의 자아실현 이야기를 추가시켰다.

테루는 부모가 불 속에 집어던져서 얼굴에 화상을 입은 아이다. 그런 '버려진 아이' 테루가 산속 테너의 집에서 보호를 받고 있다. 거기에서 테루는 아렌을 만난다. 아렌은 거미 때문에 죽은 자의 나라에 붙잡힐 뻔하고, 테루는 아렌에게 검을 가져다준다. 용의 화신으로서 진정한 모습을 해방함으로써 아렌 일행을 구출하는 이도 테루이다.

치히로를 중심에 두고 바라본 〈센과 치히로의 행방불명〉 이야기와 거의 동일한 구조라는 점을 알 수 있다.

(1) 주인공은 고아 상태가 된다. 즉 치히로는 부모와 떨어지게 된다.

(2) 주인공은 다른 세계에서 모성의 보호를 받으며 노동한다. 치히로는 유바바 밑에서 일한다.

(3) 진짜 이름이나 모습은 봉인되어 있다. 치히로千尋는 '센千'이 된다.

(4) 상처 입은 이성을 구출하려고 보다 깊은 데 존재하는 죽은 자

의 나라로 간다. 치히로는 하쿠를 용서해달라고 말하기 위해 제니바를 찾아간다.

(5) 주인공은 성장한다. 치히로는 돼지가 되었던 부모를 금세 구별해내고, 이쪽 편으로 돌아온다.

나는 『스토리 메이커』와 『캐릭터 소설 쓰는 법』(북바이북, 2013)에서 하야오 애니메이션에 나오는 여자 성장담은 일본의 '우바카와姥皮'[17]와 동일한 구조라는 점을 지적한 바 있다. 그런데 지브리판 〈게드 전기〉 역시 테루에게 초점을 맞춰보면 같은 구조임을 알 수 있다.

여기에서 두 가지 통과의례 여행이 하나의 이야기에 교차됨으로써 문제가 발생된다. 테루는 종반에 죽은 자의 나라로 가는 여행을 통해 아렌을 구출하고 자아실현에 필요한 이야기 구조를 완료했으나, 아렌은 결국 테루한테 구출받는 입장일 뿐이라는 점이다.

〈게드 전기〉의 경우 스토리라인은 원작 제1부의 모티프를 가져다 쓰는데, 아렌에게 '그림자'가 분리되어 존재한다. 이 '그림자'가 르 귄판 '어스시' 시리즈와 다른 점은 '그림자' 쪽에서 아렌과 통합하길 바란다는 것이다. 결국 테루를 아렌에게 이끌어준 것은 '그림자'였다.

이렇게 생각해보면, 한 가지 의문에 대한 해답이 떠오른다. 즉 '아렌의 아버지를 죽인 자는 누구인가'라는 문제이다. 작중에서는 거미가 세계의 균형을 흐트러뜨리고, 아렌은 흐트러짐의 반영으로써 아버지를 죽인 것으로 보일 뿐이다. 다른 이유는 생각나지 않는다. 하지만 이유 없는 '아버지 죽이기'로 시작되어, 주인공 소년이 이유를 파악하지 못하는 이야기라고 하면 즉시 떠오르는 작품이 있다.

> "엊그제 신문이야. 네가 산속에 있는 동안 나온 기사지. 그걸 읽고, 거기에 나온 다무라 고이치란 사람이 혹시 네 아버지 아닌가 싶었어. 생각해보면 여러 상황이 딱 들어맞거든. 사실은 어제 보여줬어야 했는데, 네가 우선 마음을 가라앉힌 다음이 낫겠다 싶어서."
>
> 나는 고개를 끄덕였다. 여전히 눈을 누르고 있었다. 오시마 씨는 책상 앞의 회전의자에 앉아, 발을 꼰 상태로 이쪽을 보고 있다. 아무 말도 하지 않는다.
>
> "내가 죽이진 않았어."
>
> "물론 알고 있어." 오시마 씨는 말한다. "너는 그날, 저녁때까지 이 도서관에서 책을 읽고 있었지. 그후에 도쿄로 가서 아버지를 죽이고 바로 다카마쓰로 돌아오기엔, 아무리 따져보아도 시간상 불가능한 일이니까."
>
> 무라카미 하루키 지음, 『해변의 카프카』, 신초샤, 2002

하루키의 『해변의 카프카』에서 '나'는 아버지를 살해한 것 '같다'. 하지만 실제로 아버지를 살해한 사람은 나카타 씨라는 정서 불안에 시달리는 남성이다.

나카타 씨는 말없이 의자에서 일어섰다. 어느 누구도, 나카타 씨 본인조차도, 그런 행동을 막을 수는 없었다. 그는 성큼성큼 앞으로 나아가, 책상 위에 놓여 있던 칼 가운데 하나를 망설임 없이 손에 쥐었다. 스테이크 나이프 같은 모양의 대형 나이프였다. 나카타 씨는 목제 칼자루를 꽉 쥐고서, 날 부분을 조니 워커 가슴에 손잡이 부근까지, 주저 없이 꽂아 넣었다. 검은 베스트 위를 한 번 꽂아 넣고, 그것을 뽑아 다시금 다른 장소에 힘껏 꽂아 넣었다.

『해변의 카프카』

이미 살펴보았듯 하루키의 작품에는 상징적으로 무언가가 벌어지는 층과 현실 속에서 무언가가 벌어지는 층이 분리되어 있다. 『해변의 카프카』에서 나카타 씨는 '구조' 쪽에 있으니까 카프카 소년, 즉 내가 했어야 할 '아버지 죽이기'를 대행한다. 이는 『태엽 감는 새』에서 '나'란 인물이 벽 저편에서 와타야를 야구 배트로 때린 것과 마찬가지로 '상징적' 행위이다.

아렌은 스스로 '아버지 죽이기'를 했지만 (카프카 소년의 '아버지 죽이기'를 나카타 씨가 대행했듯이) 이는 아렌 속에 있는 '그림자'가 대행한 행위로 보인다. 이 사실은 그림자에 초점을 맞춰 살펴볼 때, 그림자가 더 충실히 자아실현을 하고자 한다는 점에서도 알 수 있다. 그림자는 아렌의 몸을 뒤쫓아오는 존재처럼 그려진다. 즉 잃어버린 것을 회복하려는 의지는 '그림자'가 더 강하다는 말이다.

그렇게 보면 카프카 소년에게 아렌의 '그림자'는 나카타 씨와 마찬가지로 '아버지 죽이기'를 대행하고, 자아실현을 위한 이야기 구조를 살려고 하는 듯하다. 굳이 말하자면 이 아렌의 '그림자'에서 고로의 모습이 겹쳐 보인다.

하지만 '그림자'는 자아실현을 달성하지 못한다. 왜냐하면 테루의 확고한 교양소설적 자아실현이 지브리판 〈게드 전기〉에는 내포되어 있기 때문이다. 여성의 자아실현 스토리는 지브리의 '전매특허'이고, 반복하여 만들어진 강고하고도 안정된 구조이다. 이런 점에서는 아버지가 '텍스트'로 제시한 『슈나의 여행』, 「길가메시 서사시」보다 이 구조가 훨씬 더 명확한 '이야기 메이커'로 고로의 내면에 존재했을지도 모른다. 아무튼 자아실현을 하기 위해 죽은 자의 나라로 가고, 자기회복을 하는 이야기 구조는 테루에게 성립되어 있었던 것이다.

거미의 거점인 성 앞에서 아렌의 그림자는 말한다.

"나는 이 앞으로는 갈 수 없어. 너 혼자 가야 해."

마치 『스푸트니크의 연인』에서 '벽' 너머로 갈 수 없는 '나'와 비슷하다는 생각이 들지 않는가. 내 짐작일 뿐이지만, 고로는 하야오만이 아니라 하루키에게서도 어느 정도 영향을 받지 않았을까.

그렇다면 아렌의 '그림자'는 하루키의 '나'처럼 소녀의 자아실현에 대해 방관자 입장에 서 있는가 하면 그렇지는 않다. 이 부분이 두드러진 특징이다.

'그림자'는 아렌이 아니라 테루와 일체화해버린다(《그림 3》).

테루 안으로 들어감으로써 '그림자'는 들어갈 수 없던 성 안으로 들어갈 수 있게 되고, 테루가 아렌을 껴안았을 때 다시금 아렌 속으로 그림자가 옮겨갔을지도 모르지만, '그림자와의 통합'이라는 융 학파적 자아실현, 혹은 르 귄적 자아실현에서 남성 주인공의 '그림자'가 여성 주인공과 통합되는 상황이 펼쳐져 나는 놀랐다.

어떤 의미로는 아렌이 테루의 자아실현 스토리에 '편승'했다고 볼 수도 있지 않겠는가. 마치 와타야를 야구 배트로 때려 아내를 상징적으로 구원했으나, 현실 속에선 와타야라는 '적'을 살해한 사람이 아내였던 것처럼. 혹은 캠벨 방식의 통과의례 중에서 아버지 죽이기라는 모험(혹은 난제)을 나카타 씨한테 대행시키고, 오이디푸스 신화의 또 다른 요소인 '어머니와 맺어지는 것', 즉 여성과 섹스하는 것만을 카프카가 이어받았듯이. 아렌은 이야기 구조상의 어려운 난제는 타인에게 맡겨버린 것처럼 보이기도 한다. 고로의 이야기는 마치 하루키의 이야기처럼 보인다.

모태 회귀를 바라는, '어른이 되지 못하는' 남자의 이야기

하야오 작품의 여성 등장인물들은 '이행 대상'이 옆에 있어주기만

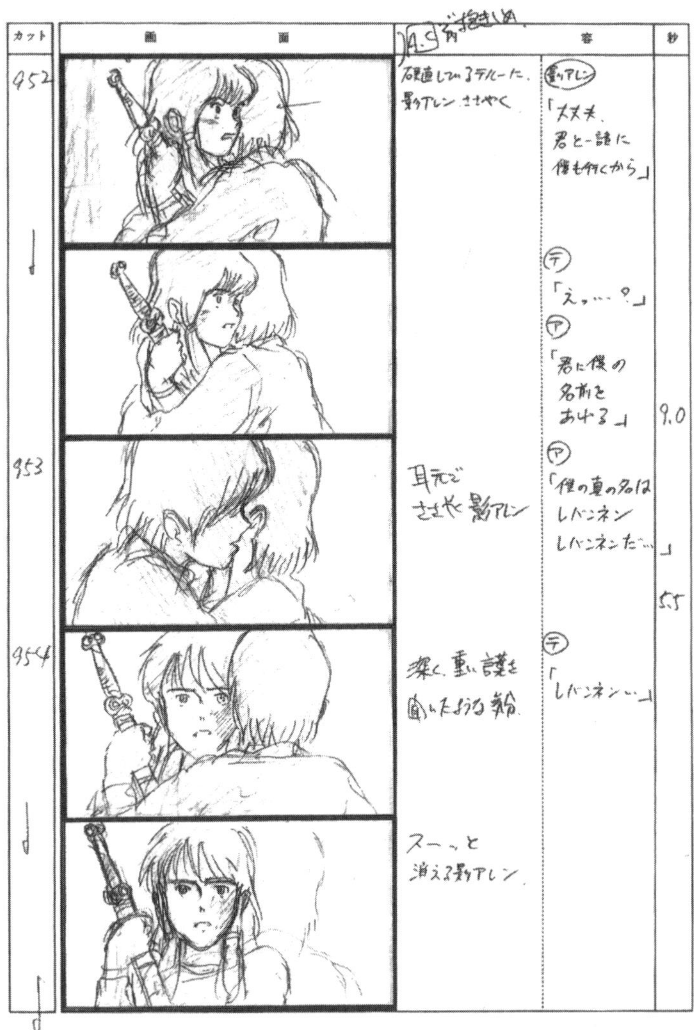

〈그림 3〉 아렌의 '그림자'는 아렌이 아니라 테루한테 통합돼버린다(〈게드 전기〉).

하면 스스로 자아실현을 해낼 수 있는 존재이다. 〈모노노케 히메〉에서 산サン도 시시가미의 목을 탈환하고 세계를 재생하는 데 아시타카에게 협력하는 방식으로 참가하지 않았는가. 아시타카는 옷코토누시乙事主[18]에 붙들려 빠져 들어가는 산サン을 구해주었고, 서로 '재생'을 돕고 협력하여 시시가미의 목을 되돌려놓았던 것이다. 이러한 남녀의 자아실현 병행에 성공한 작품은 〈모노노케 히메〉뿐인데, 이 작품이 할리우드형 글로벌 스탠더드의 시나리오에 기반을 두었기 때문이란 점은 이미 살펴보았다.

하야오의 다른 애니메이션을 보면, 〈루팡 3세〉와 〈미래소년 코난〉 같은 텔레비전 시리즈나 〈라퓨타〉 같은 예외를 제외하면 여성의 자아실현 이야기가 훨씬 더 구조적으로 안정되어 있다. 지브리판 〈게드 전기〉에서는 테루의 이야기가 아렌의 이야기를 집어삼켜 버렸는데, 이는 지브리 애니메이션의 이야기 구조가 여성의 자아실현이라는 주제를 압도적으로 우위에 놓고 있기 때문이다. 바꿔 말해 〈모노노케 히메〉를 제외하면 남성의 자아실현을 그려내는 이야기 구조가 다른 작품에는 없고, 하야오가 〈모노노케 히메〉 플롯의 원형이기도 한 『슈나의 여행』을 제시했음에도 불구하고 고로는 지브리의 전매특허인 여성의 자아실현 이야기를 발동해 아렌의 이야기가 기능부전에 빠져버렸다는 말이다.

이는 정말 고로의 실패일까. 고로는 〈게드 전기〉에 원작에 없던 '아버지 죽이기'를 집어넣었다. 이것은 본래 소년의 아버지 죽이기라는 캠벨/루카스적 이야기를 발동시키는 방아쇠가 되었어야 했다. 하지만 애초부터 지브리 작품에 '아버지 죽이기'란 주제는 존재하지 않는다. 지브리 작품, 하야오 애니메이션은 남성 원리가 아니라 여성 원리의 지배를 받기 때문이다.

지브리판과 원작에서 아렌 어머니가 어떻게 그려져 있는가를 주목하자. 지브리판에서는 고양이를 안고 있는, 상당히 깐깐해 보이는 어머니이다. 주위를 위압하는 여제 같은 관록을 보여준다(〈그림 4〉). 원작에서는 아렌 어머니의 이미지가 상당히 대조적이다.

> 편지를 쓰면서 문득 어머니가 이걸 읽고 있는 장면을 상상하자 가슴이 아파왔다. 그녀는 쾌활하고 결코 불평을 하지 않는 부인이었다. 하지만 아렌은 자신이 어머니의 행복의 원천이고, 어머니가 자신이 하루라도 빨리 귀국하기를 기다리고 있음을 잘 알고 있었다. 긴 여행을 떠나려는 지금 어머니를 위로할 수 있는 방도는 없었다.
>
> 어슐러 K. 르 귄 지음, 시미즈 마사코 옮김, 『가장 먼 섬으로: 게드 전기』 III, 이와나미쇼텐, 1977

이 부분에서 연상되는 것은 조금 더 다정한 어머니의 모습이고, 어떻게 보더라도 지브리판과 일치하지 않는다. 게다가 실제 애니메이션에서는 〈그림4〉의 그림 콘티보다 훨씬 더 위압적인 모습이다. 고로는 스토리라인에 직접 영향을 미치지 않는 어머니상을 어째서 이렇게까지 변경했던 것일까.

사실, 자식의 부모 살해가 실제 일어날 때 자식에 대한 부모의 억압 때문일 거라고 일반적으로는 말할 수 있다. 애니메이션판 〈게드 전기〉에서 아렌을 억압하고 있는 이는 어떻게 생각해봐도 어진 왕처럼 보이는 아버지가 아니라 여제 같은 어머니 쪽이다. 고로가 그려낸 이와 같은 '어머니'의 모습, 그리고 아렌의 '그림자'인 테루와의 통합은 지브리 애니메이션이 내포한 여성 원리적 자기장이 어떤 경우엔 억압으로 작용할 수 있음을 시사하지 않을까. '즉 지브리 애니메이션에서 보이는 여성성의 우위는 과연 페미니즘인가 마더 컴플렉스인가'라는 말로 바꿔보아도 좋다.

만약 아렌이 부모의 속박에서 해방되고 싶어 부모 살해를 결행한다면, 살해당할 대상은 어머니가 아닐까. 애니메이션이라는 장르에서 시나리오나 이야기 구조와는 또 다른 레벨에서 이런 그림을 그린 이유는 지브리 작품에는 살해당할 아버지가 없는 대신 살해당할 어머니가 있고 주인공은 어머니를 살해하지 못하기 때문이다.

지브리판 〈게드 전기〉의 결말부에서 아렌은 테루를 데리고 고향나라로 돌아간다. 하지만 나는 '저 어머니와 테루가 잘 지낼 수 있을까', '테루는 얼마나 심한 시집살이를 하게 될까' 하고 생각한다. 지브리판 〈게드 전기〉는 서두에서 아버지를 죽임으로써, '갔다가 돌아오는 이야기'의 결말이 '어머니 품속으로 회귀'라는 방식이 되어 버렸다.

〈그림 4〉 아렌의 어머니는 왜 원작과 달리 위압적인 여성인가. (《게드 전기 그림 콘티》)

이는 〈붉은 돼지〉에서 포르코가 왜 지나가 지배하는 세계의, 마치 여성의 성기나 자궁을 연상시키는 작은 섬의 후미진 만灣에서 은둔하는지, 반대로 〈모노노케 히메〉에서 아시타카는 고향으로 돌아가지 않은 채 에보시 고젠의 타타라 장에 남는지와 같은 문제와도 대응된다. 남성 등장인물들은 여성 원리가 지배하는 장소에 계속 남아 있는데, 아렌의 귀환도 사실은 마찬가지 의미가 있지 않은가?

이는 아렌의 '그림자'가 테루와 통합해버린 시점에서 이미 예견되었다. 그들은 결국 '모태 회귀'를 바라는 남자들인 것이다.

하야오가 아들의 작품에서 눈을 돌려버린 이유는 '어른이 되지 못한' 아들을 보았기 때문이 아니라, '어른이 되지 못하는' 이야기라는 지브리 작품의 거울상을 목격했기 때문이 아닐까. 그후에 다시 움직인 아버지 하야오는 〈벼랑 위의 포뇨〉를 통해 어떠한 이야기를 그려냈을까.

4장

왜 포뇨의 어머니는 거대한가

남자아이로 착각했던 포뇨

전적으로 개인적인 착각부터 적어보겠다. 나는 〈벼랑 위의 포뇨〉 포스터의 최초 버전, 포뇨가 양동이 안에 있는 그림(〈그림1〉)을 보고 처음엔 포뇨를 남자아이로 착각했었다. 아들(미야자키 고로)의 영상을 보고 얼굴을 찌푸렸던 아버지(미야자키 하야오)의 모습을 NHK 다큐멘터리에서 (우연히 이 장면만) 보았기 때문인 듯하다. 그러므로 당연히 다음 작품은 '남자아이'가 주인공이라고 생각했다. 어른이 되지 못한 아들을 목격한 이후, 남자아이가 어른이 되는 이야기를 만들 거라고 보았던 것이다. 게다가 인어 소년 포뇨가 사람이 되는, 인어공주의 남자아이 버전일 거라고 내심 믿고 있었다. 그래서 개봉 직전, 인간 소녀 모습의 포뇨가 공개되었을 때 곤혹스러웠다. 하야오는 〈천공의 성 라퓨타〉나 〈모노노케 히메〉에서 소년의 자아실현 이야기를 그려내기는 했으나, 〈이웃집 토토로〉에서의 메이와 사츠키, 〈센과 치히로의 행방불명〉의 치히로처럼 어린아이에서 사춘기까지, 또 〈하울의 움직이는 성〉의 성숙한 여성에 이르기까지 비교적 여성에 대한 이야기를 많이 다루었다.

〈그림 1〉 포뇨는 왜 남자아이가 아니었을까.
(〈벼랑 위의 포뇨〉)

〈바람계곡의 나우시카〉는 결말에서 나우시카가 공동체를 위하여 스스로 희생했다가 살아난다는 점에 의문이 남긴 해도, 남성의 영웅 신화를 여성인 나우시카가 살아간다는 점에서 지브리 애니메이션이 기조로 삼아온 여성의 자아실현 이야기를 상당히 이른 시점에서 확립하고 있다. 영상을 보면 분명히 확인할 수 있듯이 예언 속에서 나타났던 '푸른 옷을 입은 용사'는 명백히 남성이고, 나우시카는 '공주'님이다. 하야오가 그저 소녀를 주인공 삼아 판타지풍 스토리를 만들어냈다는 말이 아니다. 이는 남자아이의 인생을 여자아이가 적극적으로 살게 하는 대목에 주제가 있다는 느낌을 준다.

3장에서 나는 미야자키 고로가 아렌을 어머니가 있는 장소로 돌려보낸 점을 문제 삼았는데, 나우시카든 키키든 사실 어머니를 떠난 소녀들의 자립은 확실히 그려져 있다. 나우시카의 어머니는 고인이고 아버지도 살해당한다. 나우시카는 고향 왕국으로 돌아가지만 부모에게 회귀하는 것은 아니다. 키키 역시 부모에게 편지는 보내지만 어머니한테로 돌아가진 않는다.

하야오 애니메이션에서는 강한 모성 이미지를 자주 엿볼 수 있는데, 여자아이들이 이처럼 자립해내는 데 비해 남자아이들은 모성적인 장소로 돌아가거나 머무르는 경향을 보인다. 이 사실과 하야오 애니메이션 속 남자아이들이 완전한 어른이 되지 못하는 점은 당연히 서로 연관된다고 생각한다. 그러므로 나는 하야오가 인어 소년이 인간이 되고, 인어의 나라로는 돌아가지 않는 이야기를 만들 거라고 믿었던 것이다.

하지만 〈벼랑 위의 포뇨〉에서 포뇨는 여자아이였고, 주인공은 인간인 소스케였다. 그리고 시나리오는 소스케를 중심으로 전개된다. 즉 소스케의 성장담으로 구조화되어 있다.

앞서 보았듯이 〈모노노케 히메〉와 〈게드 전기〉에서는 각각 남녀의 자아실현 이야기가 함께 펼쳐진다. 이 수법 자체는 결코 낯설지 않다. 예를 들어 가와바타 야스나리의 「이즈의 무희」에서는 서생을 통해 이야기가 펼쳐지는데 한편으로 이를 무희의 자아실현 이야기로 독해할 수 있다는 점은 『캐릭터 소설 쓰는 법』(북바이북, 2013, 298쪽부터 참조)에서 지적한 바 있다. 무희는 이즈반도라는 망자의 길을 순례하는 중이고, 어른 무희가 연장자 무희의 모습을 하고 있는데 이는 치히로가 센이란 이름을 쓰는 것과 같은, 통과의례 과정의 '변장' 및 '변명變名(이름 바꾸기)'인 셈이다. 또한 결말에서 '무희'라고 칭해지던 소녀의 이름이 '가오루'란 사실이 드러나는 등 '무희' 이야기에는 '이름의 회복'이란 요소도 있다. 따라서 『이즈의 무희』는 (무희 시점에서 이야기 구조를 검증해보면) 〈센과 치히로의 행방불명〉과 구조가 유사하다. 가와바타 문학이 세계화될 수 있었던 이유 중 하나도 이야기 구조가 명확하다는 점에 있으리라. 하지만 지브리판 〈게드 전기〉에서는 동시에 진행되는 남녀의 통과의례 이야기 중에서 테루, 즉 소녀의 자아실현 이야기 쪽이 극단적으로 우위에 서 있다. 남자아이는 완전히 자립해내지 못했다. 반면 「이즈의 무희」에서 서생은 '죽은 자의 나라'에 있던 '무희'를 이쪽 세계로 이끌어 구제해내지 못하고, 귀경하면서 무희가 아니라 다른 사람을 데리고 돌아온다.

"할머니, 이 사람이 좋겠어요." 공사판 인부 같은 남자가 나한테 접근해왔다.

"학생, 도쿄로 가시는 거 맞지요? 당신을 믿고 부탁하는데, 이 할머니를 도쿄로 데려가주시지 않겠소? 불쌍한 할머니요. 자식이 렌다이지蓮台寺 은광에서 일했는데, 이번 유행성 독감인지 뭔지로 자식도 며느리도 죽어버렸소. 이런 손자를 셋이나 남기고. 어떻게 할 방도가 없어, 우리끼리 상의해 고향으로 돌려보내주기로 했소. 고향은 미토水戸인데, 할머니가 아무것도 모르니까 레이간지마霊岸島에 도착하거든 우에노 역으로 가는 기차에 태워주시오. 귀찮겠지만, 손을 모아 부탁드리는 바요. 이 몰골을 보시오. 불쌍하지 않소."

가와바타 야스나리 지음, 「이즈의 무희」, 신초샤, 1950

즉 하루키의 주인공이 '소녀'들을 제 손으로는 되찾지 못하는 것처럼, 가와바타는 되찾을 대상을 '바꿔치기'하고 있다. 그렇기 때문에 서생은 도쿄로 가는 배에서 소녀가 아니라 소년을 안고 가는 것이다("몹시 춥고 배가 고팠다. 소년이 대나무 껍질에 싸인 것을 주었다. 나는 그게 남의 음식이라는 점은 괘념하지도 않고 김말이, 밥 등을 먹었다. 그리고 소년의 학생 망토 안으로 파고들었다"). 이를 가리켜 소년애小年愛라고 말할 생각은 없지만, 서생의 통과의례는 성립하지 못하고 끝난 셈이다. '서생'은 쭉 '서생'일 뿐 '이름'이 회복되지 않는 데서 이를 알 수 있다.

반복되는 '재생의 물'이란 이미지

〈벼랑 위의 포뇨〉는 어떨까. 소스케는 성장할 수 있을까. 포뇨의 경우, 인간이 된다는 스토리라인에 커다란 장애는 없다. 포뇨가 있는 바다 속은 〈바람계곡의 나우시카〉에 나오는 부해腐海[1] 깊숙한 곳, 〈모노노케 히메〉에 나오는 시시가미 숲의 중심부 같은 원초의 장소 이미지이다. 후지모토가 타는 우바자메(돌묵상어) 호 속에 있는 '포뇨의 여동생들'의 이미지(〈그림2〉)는 〈붉은 돼지〉 서두에서 공적들이 탄 비행선에서 와글와글 튀어나오는 소녀들의 이미지(〈그림3〉)와 겹친다. 이 이미지를 통해 〈벼랑 위의 포뇨〉의 세계가 〈붉은 돼지〉와 마찬가지로, 여성성으로 가득찬 세계임을 감지하게 된다.

포뇨는 해파리에 숨어서, 마치 〈마녀배달부 키키〉의 키키처럼 '출

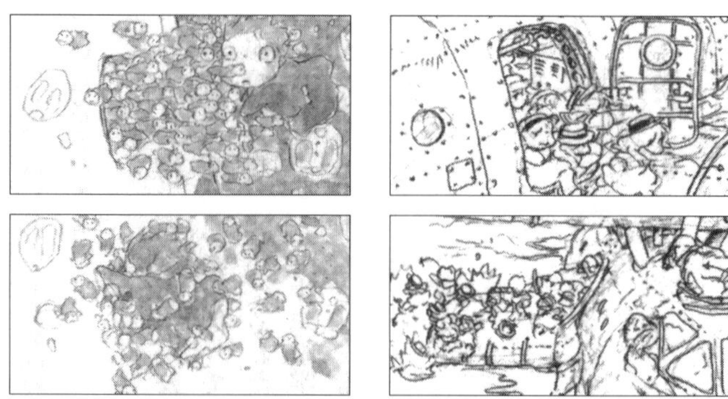

〈그림 2〉〈벼랑 위의 포뇨〉 〈그림 3〉〈붉은 돼지〉

발'한다. 여행을 떠난 포뇨의 '이행 대상'은 해파리의 몸이고, 이는 '변장'한 것이라기보다는 태반, 포의胞衣에 가깝다. 하지만 애당초 '우바카와' 자체가 문화인류학적으로 말하자면 포의의 상징이다. 어쨌든 그것은 금세 버려진다.

소스케는 포뇨를 줍게 되고, 포뇨는 또 소스케의 상처를 핥고 샌드위치의 햄을 먹게 된다. 죽은 자가 저승 나라에서 요모쓰헤구이黄泉戸契[2]를 입에 넣으면 산 자의 세계로 돌아갈 수 없는데, 반대로 이로 인해 포뇨는 인간이 될 뿐만 아니라 소스케를 통해 '포뇨'라는 이름이 부여된다. 이름을 붙임으로써 상대방을 지배한다는 〈게드 전기〉 같은 기본 원리가 채용되어 있다. 포뇨의 이름은 사실은 브륜힐데인데, '포뇨'라는 (〈게드 전기〉 식으로 말하자면) '진짜 이름'이 부여됨으로써 변신이 결정돼버린 셈이다. 하지만 처음부터 '포뇨' 속에 있던 생명력, 성장력은 실로 압도적이어서 후지모토로선 막아낼 수가 없다.

"과연 그 이의 피를 이은 아이야. 강하다…"

"언제까지고 어린 채로 순진무구하게 있었더라면 좋았을 것을."

아버지 후지모토는 그저 한탄할 뿐, '포뇨'가 상징하는 생명력을 제어할 수가 없다. 와글와글 꿈틀거리는 포뇨의 여동생들도 '생명력'의 상징으로서, 애당초 후지모토 본인부터 바다에 태곳적 '생명력'을 되살리는 연구를 하고 있는 것이다.

포뇨는 아버지가 만든 결계를 자력으로 탈출하고, 잠수함 우바자메 호에 아버지가 모아두었던 '바다의 힘' 수프를 풀어놓고 이를 뒤집어쓰게 된다. 그리고 인간 소녀의 모습으로 변신한다.

여기에선 인어공주가 인간이 되는 대신 잃는 것은 전혀 없다. 생명력이 폭발하여 포뇨는 인간이 되고, 쓰나미와 함께 소스케한테 돌아온다.

주의해야 할 부분은 아버지 후지모토가 잠수함 속 우물 바닥에 모아놓고 있던 '바다의 힘' 수프이다.

"이 우물이 가득 찰 때 다시금 바다의 시대가 시작되는 거야."

"캄브리아기와도 비견될 만큼의 생명의 폭발…"

여기서 세계의 중심부에 고인 '물'이 세계를 재생시킨다는, 〈바람계곡의 나우시카〉의 부해 바닥에 있던 물의 이미지가 반복되고 있다는 점에 주의할 필요가 있다. 〈모노노케 히메〉에서 시시가미가 사는 숲속 호수도 동일한 장치라는 점은 이 시시가미의 호수에 캄브리아기의 고대어가 헤엄치고 있다는 데서도 암시되어 있다. 〈벼랑 위의 포뇨〉에서도 마을이 쓰나미에 휩싸이자 그곳에 고대어들이 헤엄치고 있었다. 이처럼 하야오의 애니메이션에는 계속해서 동일한 이미지가 사용되고 있다. 그런데 이를 두고 이걸 패턴이 반복된다거나 이미지를 돌려쓴다고 지적하면서 뭔가 대단한 발견이라도 한 양 떠드는 짓은 한심하다. 예를 들어 〈팬더와 아기 팬더: 비온 날의 서커스〉에서 물속을 달리는 기차라는 이미지가 〈센과 치히로의 행방불명〉에서는 '죽은 자의 혼을 구제하는 여행'이란 이야기 구조에 배치되었듯이, 이미지가 이야기 구조에 배치됨으로써 의미가 바뀌고 심화되는 것은 당연하다.

이전까지 거듭 사용된 '재생의 물', '생명의 물'이 〈벼랑 위의 포뇨〉에서 의미가 변했다면, 주인공이 그곳에 도달하는 부분이 이야기 구조에서 '가장 깊은 곳'이라는 점에서 그렇다.

이야기 전반에 시련이 온다는 특이한 점

캠벨의 단일신화론을 밑바탕 삼아 할리우드 영화의 이야기 문법을 정리했던 보글러는 이야기 중반에서 후반에 걸쳐 주인공의 죽음과 재생이 일어나고, 주인공이 궁극의 영역으로 나아갈 태세를 갖추는 '오딜(최대의 시련)'이란 단계가 있다고 말한다.

> 영웅은 무시무시한 도전을 받고, 최강의 적과 맞닥뜨릴 가장 위험하고 가장 깊은 동굴에 서 있다. 조지프 캠벨이 말하는 오딜 Ordeal(최대의 시련)이 펼쳐지는 진정한 영웅이 되는 데 필요한 엄청난 힘을 얻는 장소이다.
>
> 크리스토퍼 보글러, 『신화, 영웅 그리고 시나리오 쓰기』

나우시카가 부해 바닥의 호수로 떨어져 벌레들의 공격을 피하고 세계 재생의 실마리를 알게 되는 장면, 아시타카가 시시가미 숲의 호숫가에서 산에게 상처를 치유받는 장면이 이에 해당한다.

'생명의 물'이란 이미지는 이 '오딜'이 펼쳐지는 후반부에 배치되는데, 〈벼랑 위의 포뇨〉에서는 포뇨가 출발하는 부분에 해당한다.

참고로 보글러가 캠벨 이론을 바탕으로 하여 재구성한 '히어로스 저니' 구조는 다음과 같다.

1단계 : 일상 세계

2단계 : 모험으로의 초대

3단계 : 모험에 대한 거절

4단계: 현자와의 만남

5단계: 제 1관문 돌파

6단계 : 시련, 동료, 적대자

7단계 : 가장 위험한 장소로의 접근

8단계: 최대의 시련

9단계: 보수

10단계: 귀로

11단계: 부활

12단계: 보물을 갖고 귀환

『신화, 영웅 그리고 시나리오 쓰기』

우선 포뇨가 있던 바다 속 세계가 있고(일상 세계), 포뇨는 호기심 때문에 바다 위로 가서 소스케를 만난다(모험으로 초대). 그리고 인간이 되어 소스케한테 가고 싶지만, 아버지 후지모토가 막는다(모험에 대한 거부). 하지만 포뇨의 성장은 멈추지 않고, 포뇨는 이 '바다의 힘'을 뒤집어써서 인간이 된다. 결과적으로 '현자' 캐릭터는 아버지 후지모토가 맡은 셈이다. 그가 만들어낸 초자연적 힘에 의해 포뇨는 보호를 받는다(현자와의 만남). 그리고 쓰나미와 함께 소스케에게 돌아간다(제1관문 돌파).

'생명의 물'인 '바다의 힘' 수프는 이야기 구조상 이 시점에서 이미 폭발해버렸다. 〈바람계곡의 나우시카〉에서는 '생명의 물' 세계의 재생은 결말에서 예견되는 정도였을 뿐인데, 〈벼랑 위의 포뇨〉에선 오히려 세계가 이 재생의 물에 뒤덮인 다음부터 이야기가 본격적으로 시작된다. 게다가 포뇨는 거의 본인 내부에 넘쳐흐르는 힘으로 '인간'이 되었다. 나우시카든 키키든 피오든 하야오 애니메이션의 영웅들은 본래 강인하고 자기 힘으로 성장하지만, 포뇨는 이야기 전반부에서 별 시련도 없이 '인간'으로 성장했다는 점을 보더라도 특이하다.

친환경 이미지를 품는 지브리 작품

역시 문제는 소스케이다. 소스케는 어떤 세계에서 어떤 이야기를 살아가는가. 소스케가 사는 마을을 덮친 쓰나미는 후지모토가 모은 '바다의 힘'이 폭발했기 때문에 발생한 것이다. 마을은 물에 휩쓸리는데 이는 '캄브리아기 바다'의 물이다. 고대어가 헤엄치는 태초의 바다 말이다. 즉 단순한 홍수가 일어난 게 아니라 세계는 태초의 바다에 휩싸인 것이다.

이러한 태초의 바다, 재생의 호수라는 이미지에는 오염된 환경을 재생시키는 친환경 이미지가 부여되기 십상이었다. 그것이 〈바람계곡의 나우시카〉 이후 정착된 방식이다. 한편에선 주인공을 클라이맥스 직전에 재생시키는 장치로 사용되었다. 캠벨은 영웅의 모험에 동반되는 이야기 구조상의 '고래 배 속'이란 요소를 지적했는데, 보글러는 클라이맥스 직전 주인공에게 최대의 위기가 찾아오고 궁지에서 탈출하는 과정을 주인공의 '죽음과 재생'이라고 해석하여 '고래 배 속'이란 이미지를 일반화함과 동시에 구조상의 위치를 캠벨보다 후반으로 옮겨놓았다.

클라이맥스 직전 나우시카와 아시타카의 재생 단계에서 숲의 중심부나 물의 이미지가 사용되었는데 이것은 너무나도 전형적인 내용이라 이렇게 쓰기도 뭣하지만 '자궁'과 '양수'의 이미지 자체이다. 나는 미국의 표상문화론 연구자들과는 달리 영상 이미지 속에서 그런 표상을 찾아내는 해석 방식에 찬동하지 않는다. 하지만 〈벼랑 위의 포뇨〉의 경우 마을을 덮어버린 물은 어떻게 생각해도 '양수羊水' 이미지라고 말할 수밖에 없다.

원래 하야오 애니메이션에서는 여성성이 비대해지는 경향이 있었다는 점은 몇 번이고 언급했다. 하지만 〈바람계곡의 나우시카〉에서는 여성의 자아실현 이야기가 펼쳐져 있으나 모성이란 이미지는 제한되어 있다. 나우시카와 정반대 사고방식으로 세계가 부해에 잠겨버리는 사태를 저지하려는 크샤나는 나우시카와 정반대의 자아실현을 목표로 하는 여성 등장인물인데, 둘은 〈스타 워즈〉에서 다스 베이더와 루크처럼 서로 대비되는 이미지이다. 크샤나가 모성 캐릭터는 아닌데, 작품의 주제가 나우시카의 자아실현 자체이고 '아버지 죽이기'의 반전인 '어머니 죽이기'는 그려져 있지 않지만 크샤나와 화해하는 장면은 확실히 그려져 있다. 한편 세계를 재생시키는 부해

속에 있는 호수, 혹은 왕충王蟲[3]의 이미지에서 '어머니 대자연'이란 측면을 찾아낼 수 있다 할지라도, 이보다는 초월성이란 이미지가 더 강하다.

만약 창작자로서 하야오의 '쇠퇴', 혹은 '변절'이 있다고 한다면, 왕충과 부해에 깃들어 있던 사람의 힘이나 사고를 넘어선 초월성에 대한 이미지가 후퇴했다는 점에서 찾아야 할 것이다. 〈모노노케 히메〉에서도 인간과 자연의 대립이 묘사돼 있으나 시시가미한테서는 〈바람계곡의 나우시카〉의 왕충 같은 초월성은 보이지 않는다. '파괴된 자연에 대한 상징'이라는 지브리 작품의 일반적 이미지의 틀 안에서 시시가미는 충분히 설명될 수 있다. 왕충이나 부해라는 부조리까지는 느껴지지 않는다.

주인공을 보호하는 이행 대상

조금 엇나가는 듯한데, 여기서 하야오 애니메이션에서의 초월성이란 문제를 생각해보겠다. 〈바람계곡의 나우시카〉에서 〈벼랑 위의 포뇨〉에 이르는 동안 하야오의 내면에서는 '이행 대상의 후퇴'와 '모성의 비대'라는 두 가지 방향에서 초월성이 변화한 것으로 보인다.

우선 '이행 대상의 후퇴', 혹은 '변질'이란 변화를 생각해보자. 『캐릭터 메이커』(북바이북, 2014, 61쪽부터 참조)에서도 논의했듯이, '이행 대상'이란 발달심리학자 위니콧이 제시한 개념으로 어린아이가 어머니에게서 벗어나 정신적으로 자립해가는 과정에서 '어머니', 혹은 좀 더 직접적으로 '유방' 대신 찾게 되는 존재이다. 이것은 처음에 유아가 시트를 입에 물거나, 의미를 알 수 없는 말을 반복하는 방식으로 나타나고, 나중에는 마음에 드는 담요나 인형으로 나타나기도 한다.

> 이와 같은 것을 나는 이행 현상이라고 부른다. 이외에도 (어떤 유아일지라도 조사를 해보면) 어떤 사물, 어떤 현상—아마도 털 달린 덩어리, 담요나 깃털 이불의 끝부분, 단어나 노래, 버릇—이 출현한다. 그것들은 유아에게 잠이 들 때까지 지극히 중요한 구실을 하는 물건이거나 불안 우울장애에 대한 방어 반응과 연관이 있는 물건이다. 유아들은 부드러운 대상, 혹은 다른 타입의 대상을 찾아내 사용하고, 이는 내가 말하는 이행 대상이 된다. 이 대상은 계속해서 중요성을 잃지 않는다. 부모는 대상의 가치를 알게 되고 여행갈 때도 가지고 다닌다. 어머니는 그것이 더러워지더라도, 냄새가 나더라도 그대로 놔둔다. 세탁을 해버리면 유아의 체험에 있어서 연속성이 중단되어 해당 대상의 의미와 가치가 파괴돼버릴 수 있기 때문이다.
>
> D. W. 위니콧 지음, 하시모토 마사오 옮김, 『놀이와 현실』, 이와사학술출판사, 1979

『곰돌이 푸』의 크리스토퍼 로빈이 갖고 있는 푸 곰인형, 『피너츠』에 등장하는 라이너스의 담요가 자주 인용되는 사례이다. 이행 대상은 이외에도 공상 속의 친구나 가공의 이름으로도 나타난다. 예를 들어 에세이스트 긴이로 나쓰오銀色夏生의 일기에는 딸이 갑자기 본인을 '나코고시'라 불러달라고 말해서 어쩔 수 없이 그에 따른다는 내용이 나오는데, 이런 가짜 이름 역시 이행 대상이고 그렇기에 부모와 헤어진 치히로는 이름이 센으로 바뀐 것이다.

이행 대상은 옛날이야기 중에서 '우바카와'라는 설화에 전형적으로 등장한다. '우바카와'에는 계모와 대립하여 가출하는 소녀에게 유모나 산속을 헤매다가 만난 야만바(산 노파)가 '우바카와'라고 하여 할머니 모습으로 변할 수 있는 물건을 준다는 내용이 나온다.

> 그 후 유모는 딸에게 "너는 돈도 많고 얼굴도 예쁘니까 아주 조심하지 않으면 위험한 일을 당할지도 모르니까"라면서, '바밧카와ばばっ皮'를 주었습니다. 딸은 그것을 뒤집어쓰고 나이 든 할머니의 모습이 되어 집을 나섰습니다.
>
> 세키 게이고 지음, 『일본 옛날이야기 대성 제5권: 본격 옛날이야기 4』, 가도카와쇼텐, 1978

이 '우바카와'란 어머니 품안에서 멀어지게 된 소녀가 몸을 지키는 데 필요한 물건으로, 일본뿐만 아니라 전 세계 각국의 신화나 민담에 등장한다.

> 부름을 받고 이를 거부하지 않은 자들이 영웅으로서 장도에 나설

때 처음으로 만나는 것은 보호자(왜소한 노파나 노인인 경우가 많다)의 모습을 하고 등장하는 자이다. 그는 모험 여행을 떠난 등장인물이 이제 막 통과하려고 하는 마魔의 영역에서 몸을 지켜주는 호신 부적을 준다.

『천의 얼굴을 가진 영웅』

주인공이 출발할 즈음, 여행 도중에 주인공을 지켜줄 물건을 전해주는 '초자연적 존재의 도움' 단계에서 유용한 정보나 마법의 아이템, 검과는 별도로 영웅을 지켜주는 의복을 노파에게 넘겨받는 이야기가 자주 등장한다. 말하자면 '라이너스의 담요'를 넘겨받는 대목에 해당한다.

초기에는 이행 대상이 초월적

이런 개념을 고려해보면, 하야오 애니메이션의 이행 대상과 관계되는 이미지는 다음과 같은 형태로 구현되어 있다.

(1) 주인공에게 이행 대상을 전달해주고 보호하는, '부모'를 대신하는 인물.
(2) 라이너스의 담요나 가짜 이름과 같이 몸에 걸치고 주인공을 보호해주는 물건.

(3) 테디베어나 공상 속의 친구처럼 사람 역할을 하는 것.

(1)은 〈센과 치히로의 행방불명〉의 유바바 및 제니바, 〈마녀배달부 키키〉의 오소노 씨이다. 〈모노노케 히메〉에선 아시타카가 출발할 때 카야가 '흑요석 칼'을 건네주는 부분을 떠올려보라. 이것은 아시타카가 산에게 건네고, 산과 아시타카를 이어주는 상징이 된다. 즉 카야가 이 역할을 한다. 또한 아시타카의 성흔, 저주의 상처를 입히는 타타리가미도 마찬가지다. 〈바람계곡의 나우시카〉에서는 테토를 주는 유파가 이에 해당한다.

(2)는 앞서 본 대로 치히로의 '센'이란 이름, 그리고 카야의 흑요석에 해당한다. 또 〈바람계곡의 나우시카〉에서 나우시카가 탈출할 때 아스벨의 어머니가 나우시카의 어머니와 겹치는데(〈그림4〉), 이 인물이 나우시카 어머니의 부재를 보상하는 가상의 모성으로 설정돼 있기 때문이다. 이때 나우시카가 옷을 갈아입는 점에 주의해야 한다. 이 옷이 바로 '우바카와'이다.

참고로 '고양이 버스'는 〈메이와 새끼 고양이 버스〉에서 1인용 고양이 버스가 그려진 모습을 보자면, '우바카와'나 '라이너스의 담요'에 가깝다는 느낌이 든다.

(3)의 캐릭터형 이행 대상은 앞서 살펴본 대로 테토나 지지, 가오나시, 토토로 같은 하야오의 대표적 캐릭터가 해당된다.

이렇게 하야오 내면의 '이행 대상' 이미지를 살펴볼 때 〈바람계곡

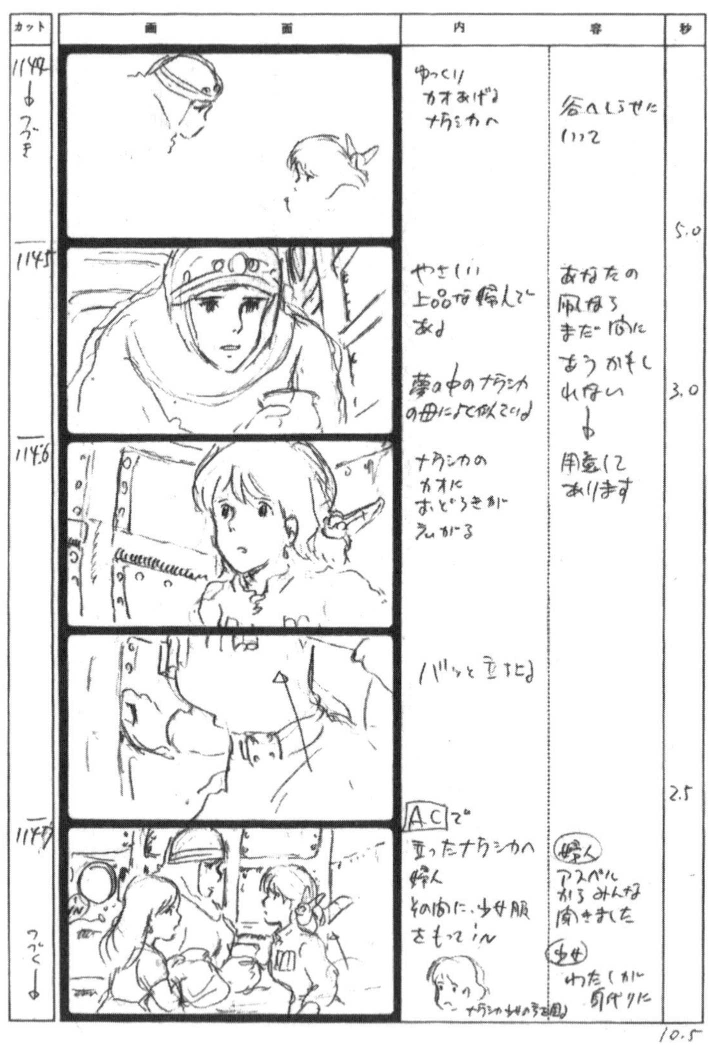

〈그림 4〉 아스벨의 어머니는 나우시카에게 '우바카와'를 제공하는 '야만바'에 해당한다(《바람계곡의 나우시카》).

의 나우시카〉에서의 왕충도 이행 대상 중 하나임을 잊어서는 안 된다. 오히려 나우시카의 '분리불안分離不安'을 본질적으로 해소해준 것은 테토라는 반려동물이 아니라 왕충이라고도 할 수 있다. 나우시카가 '벌레를 귀여워하는 공주님'이란 구상을 통해 탄생했다는 점은 굳이 다시 설명할 필요도 없겠으나, 벌레를 '이행 대상'으로 삼은 소녀가 바로 나우시카라는 말이다(〈그림 5〉).

〈바람계곡의 나우시카〉에서는 이 왕충이 압도적·초월적 존재로 표현되고 있다. 왕충의 허물은 사람들의 공예품으로 이용되는데, 인간이 부해를 불태워버리려 할 때는 모든 것을 멸망시키는 난폭한 신의 이미지를 보여주기도 한다. 이렇게 말로 설명하면 간단해 보이지만, 똑같은 난폭한 신으로서 〈모노노케 히메〉의 시시가미와 왕충의 차이점은 주인공의 이행 대상이냐 아니냐에 있다. 토토로의 신비성은 메이와 사츠키의 분리불안을 받아주는 존재라는 점에 있고, 그렇기 때문에 나우시카에게 왕충은 토토로이자 가오나시인 것이다. 이처럼 이행 대상이 폭주하는 이미지는 〈센과 치히로의 행방불명〉에서 가오나시가 갑자기 날뛰는 장면에서도 확인할 수 있다.

그러나 전체적으로 볼 때 '이행 대상'은 왕충과 토토로 같은 '초월성'이 후퇴했고, 〈모노노케 히메〉에서는 작중의 세계관을 표상하는 신神이 등장하지만 어디까지나 '설정'의 범주를 넘지 않는다.

또한 이야기 구조상의 문제를 지적하자면, 〈바람계곡의 나우시카〉에서 바람계곡에 들어오는 거신병巨神兵[4]의 알은 나우시카의 '그

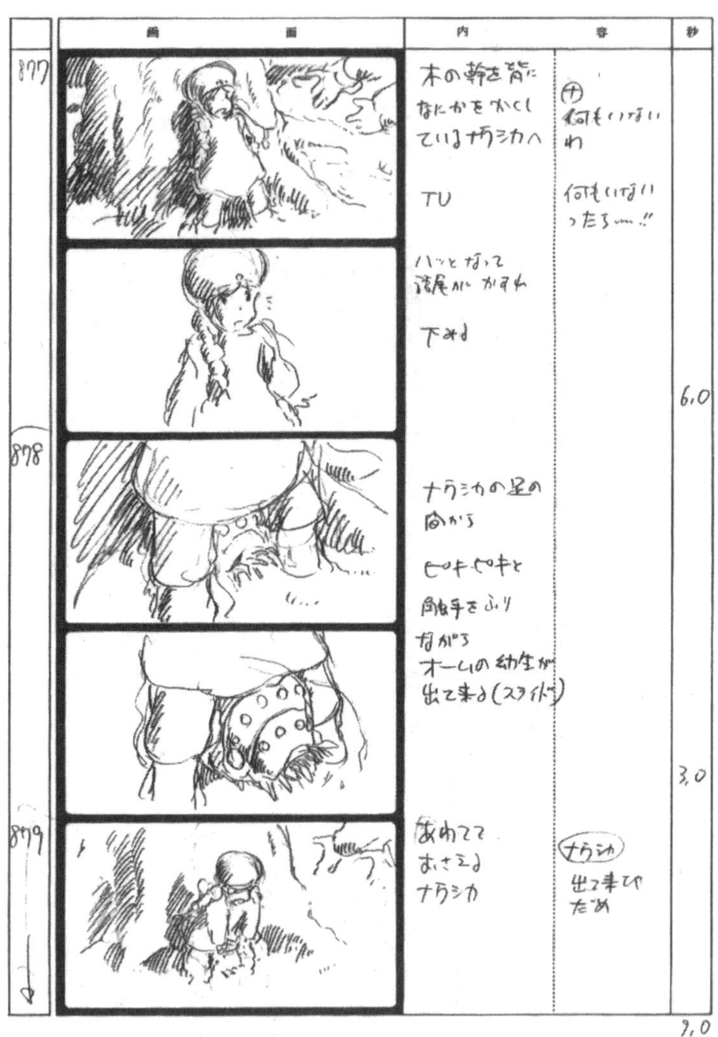

画面
内容
秒
877
本の幹を背に
なにかをかくしている ナウシカへ
TU
何もいないわ
何もいないったら…!!
ハッとなって
語尾がかすれ
下みる
6.0
878
ナウシカの足の間から
ピクピクと
触手をふり
ながら
オームの幼生が
出て来る(スライド)
3.0
879
あわてて
おさえる
ナウシカ
ナウシカ
出て来ちゃ
だめ
9.0

〈그림 5〉 나우시카에게 왕충은 토토로이자 가오나시이다(〈바람계곡의 나우시카〉).

림자'로 그려진 크샤나의 이행 대상이라고 할 수 있다.

애니메이션판 〈바람계곡의 나우시카〉는 한정된 상영시간에 맞추어 원작의 내용을 집어넣기 위하여 캐릭터와 에피소드를 이야기 구조에서 재배치하는 바람에 '원작' 팬들은 떨떠름해하긴 했지만, 여주인공과 '그림자'가 압도적으로 폭력적인 '이행 대상'을 품고 있다는 구도는 다시 한번 생각해보아도 〈나우시카〉에서나 볼 수 있다. 주인공이 성장해가는 이야기는 이야기 구조를 통해 지탱될 수 있는데, 이런 구조에 담기 어려운 주인공의 성장에 대한 불안과 공포 및 언어화할 수 없는 것을 하야오는 '난폭한 이행 대상'이란 이미지로 표현했다.

〈센과 치히로의 행방불명〉은 하야오 애니메이션에서 사용되었던 이미지를 다시금 정리해서 이야기 구조의 적절한 위치에 배치한 점이 특징인데, 가오나시의 폭주 장면은 이행 대상이 비대화하여 치히로가 먹혀들어갈 뻔하다가 결국 도망쳐 나오는 중요한 장면이다. 이는 치히로가 성장하는 가운데 만나는 시련이고, 이야기는 괴물화된 가오나시로부터 도망침으로써 제니바의 집으로 가는 식으로 펼쳐진다. 애니메이션판 〈바람계곡의 나우시카〉에서 나우시카는 왕충 앞에서 한 번 자신을 희생해 죽게 되는데, 〈센과 치히로의 행방불명〉의 가오나시 폭주 장면은 이 부분을 다시 만든 거라고 볼 수 있다. 나우시카가 죽어서는 안 되었던 이유는 주인공이 이행 대상에게 잡아먹히면 안 되기 때문이다. 그러므로 치히로가 제니바의 집으로 가는 여행이라는 마지막 여정에 접어들자, 가오나시는 다시 원래 '이행 대상'으로 돌아간다. 그리고 치히로가 바깥 세계로 돌아갈 때는 따라오지 않는다.

이처럼 '이행 대상'과 초월성을 연결하는 작품은 초기작인 〈바람계곡의 나우시카〉, 그리고 〈이웃집 토토로〉 두 작품뿐이고, 〈모노노케 히메〉에선 단지 세계관 속의 초월신인 시시가미, 〈센과 치히로의 행방불명〉에선 내면의 불안을 상징하는 가오나시의 폭주가 그려져 있을 뿐 양자가 연결돼 있진 않다.

양수로 가득한 세계

두 번째 문제인 '모성母性의 비대화'와 초월성의 변용 관계를 생각해 보자. 이는 주인공 일행이 이야기 구조에 발을 들이미는 장소의 모습에 잘 드러나 있다. 〈붉은 돼지〉의 지나가 있는 호텔, 포르코가 있는 만, 〈모노노케 히메〉의 타타라 장, 〈마녀배달부 키키〉의 오소노 씨 빵집, 〈센과 치히로의 행방불명〉의 유바바 목욕탕 등 '야만바'적 존재가 있는 곳은 모성적인 장소로 묘사돼 있다.

예를 들어 〈붉은 돼지〉에선 포르코의 비행기를 수리하는 공장에서 여자들이 일을 하고 있다. 하지만 〈붉은 돼지〉는 〈바람계곡의 나우시카〉에서도 나타났던 수수께끼 같은 무장 해제 사상에 지배되어 있다. 즉 전투기를 '여성화'하는, 비非'전쟁'화하는 장면이라고 볼 수 있다. 〈벼랑 위의 포뇨〉와 이어지는 어린 여자아이들이 공적의 배에 우글대는 장면도, 지나의 작은 '은신처'[5]인 공간이 (전쟁이라는 남성 원리에 입각한 세계에 대하여) 여성적인 것들로 가득하다는 이미지인 셈이다. 거기에선 성장을 하지 못하고 역사로부터 이탈해버린 포르코를 '죽은 자'로, 그리고 동시에 그가 이탈해버린 역사를 '전쟁'이란 현실로 그려냄으로써 〈붉은 돼지〉는 포르코가 성숙을 회피하는 이야기에서 간신히 벗어나 있다.

하지만 〈모모노케 히메〉의 에보시 고젠이 있는 여자들의 세계에 아시타카는 머무르고, 〈센과 치히로의 행방불명〉에서는 유바바가 이상하게 생긴 아기를 너무나도 사랑하는 존재로 그려져 있다. 역시 모성이 서서히 확대되고 있음을 알 수 있다. 그것은 오소노의 '씩씩한 여성'이라는 평범한 이미지가 아니다. '이행 대상'을 주기도 하고 '야만바'로서 주인공을 보호해주는 캐릭터는 미야자키 하야오 작품 전체를 통해 모성적 측면이 비대해지게 만드는 경향이 있다. 하지만 적어도 〈벼랑 위의 포뇨〉 이전 작품까지는 어느 정도 균형을 맞추고 있었다.

하지만 앞서 살펴보았듯이 〈벼랑 위의 포뇨〉에선 이야기의 무대 자체가 태초의 바다가 아니라 '양수'에 잠겨버린다. '양수' 바깥의 세계는 없는 거나 다름없다. 이 '양수' 속에서 포뇨는 오래된 이름과 인어의 모습을 버리고 압도적인 에너지를 갖고서 인간이 된다. 그러한 성장으로 향하는 생명 에너지는 어찌 보면 〈마녀배달부 키키〉의 키키에게도 있었지만, 포뇨의 생명력은 조금 도가 지나치다.

이전까지 하야오 애니메이션에서는 여주인공이 성장 과정에서 반드시 노동을 했다. 그것은 하야오 애니메이션의 특징이고, 다카하타 이사오의 〈태양의 왕자 호르스의 대모험〉에서 이어받은 모티프이다. 서양 미디어에서는 간혹 이것을 "아동학대 아닌가"라고 지적하지만, 치히로든 피오든 키키든 자아실현을 위한 수단으로 '노동'이 반드시 제시되었던 것이다. 테루 역시 노동을 하고 있었다. 나우시카나 산サン처럼 '싸우는', 즉 '남자의 이야기'를 구현하며 살아가는 소녀도 있었지만, 포뇨는 '노동'도 하지 않고 시련을 넘어서는 일도 없이 '인간'이 되어버린다. 즉 포뇨의 생명력은 과잉되어 있다는 말이다. '생명의 물'이 폭발했기 때문이라는 작중의 설정만으로는 설명할 수가 없다.

사실 소스케가 있던 해변 마을은 처음부터 '여성들의 세계'였다. 아버지들은 바다에 떠 있는 배에서 일하고 있다. 이 '아버지의 부재'라는 이미지는 언뜻 보기엔 멀리서 가족을 지켜보는 '아버지'의 모습을 보여주는 듯도 하고, 영화 개봉 후에 긍정적으로 받아들여지기도 했지만 나는 그렇게 생각하지 않는다. 오히려 모성의 비대화로 인해 해변 마을에서 부성은 바다로 밀려나간 것처럼 보인다. 이는 소스케의 어머니 리사의 압도적으로 강한 모습, 무엇보다 포뇨 어머니의 압도적인 거대함으로 상징된다(〈그림 6〉). 여기 인용한 것은 그림 콘티이지만, 그녀는 거신병만큼이나 거대하고, 실제 애니메이션에서는 마치 디즈니 애니메이션의 인어 같은 어머니로 비친다. 융 학파에서는 사람의 내면에 존재하는 모성의 원형 이미지를 '그레이트 마더 great mother'라 부르는데, 이 이름에 걸맞게 그려진 어머니의 모습에 나는 곤혹스러워했다. 참고로 실제로 포뇨의 어머니 이름은 '그랑 맘 마레Granmamare'로, 역시나 '그레이트 마더'이다.

이 그레이트 마더는 바다 속에서 이렇게 말한다.

"마법의 힘으로 가득 차 있어, 마치 데본기의 바다로 돌아온 듯해."

즉 세계는 '양수'로 가득하다는 말이다.

젖떼기를 하지 않는 남자아이와 아버지의 부재

〈바람계곡의 나우시카〉에서 주인공이 자립할 때 느끼는 불안을 어머니 대신 받아주는 이행 대상은 왕충이란 초월적 존재였다. 그런데 〈벼랑 위의 포뇨〉에선 모성 자체가 초월성으로 바뀌어 있다. 포뇨의 세계에선 모성만이 유일한 초월성이다. 더 말할 필요도 없이, 초월성이 주인공이 어머니로부터 분리되는 데 필요한 무엇인지, 아니면 어머니 자체인지에 따라 작품의 주제가 크게 달라진다. 그러한 세계에서 소스케는 어떤 이야기를 구현하며 살아갈지 명확하다.

마을이 쓰나미에 휩쓸리고 소스케는 인간의 모습을 한 포뇨와 집

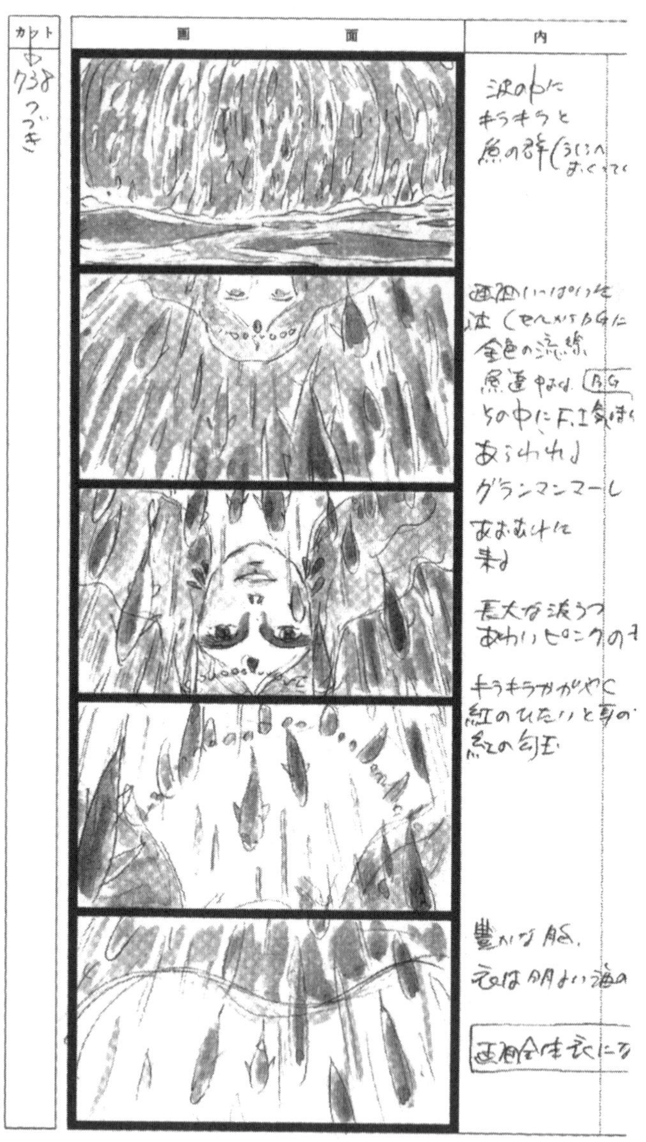

〈그림 6〉 포뇨의 어머니는 문자 그대로 '그레이트 마더'이다(《벼랑 위의 포뇨》).

을 나선다. 이는 당연히 주인공의 성장 여행이 되어야 하지만 양로원에 머무르며 돌아오지 않는 리사를 찾는, 말하자면 '엄마를 찾는' 여행이었다. 즉, 이 두 사람은 지브리판 〈게드 전기〉의 아렌과 테루에 해당한다. 두 사람은 캄브리아기인지 데본기인지 모를 시기의 고대어가 헤엄치는 바다를 나아간다. 계속 말하지만, 이것은 시시가미의 숲속, 부해의 바닥에 있던 '물'이다. 이 '양수'의 수위가 이상할 만큼 상승했다는 것이 이 작품의 특징이다.

그러므로 하야오는 이 여행을 '모성' 이미지로 채워놓는다. 도중에 배를 타고 있는 부부와 아기를 만난다. 포뇨는 물통에 든 수프를 아기에게 내민다.

> "아아, 미안. 아기는 아직 수프를 먹으면 안 돼. 하지만 내가 마시면 젖이 되어서 아기도 먹을 수 있게 돼."
>
> "나도 리사의 젖을 먹었어."

어머니의 젖에 관해 망설임 없이 말하는 소스케는 확실히 부모에게서 아직 떨어지지 못했다고 볼 수 있다.

두 사람은 배를 타고 나아가고, 언덕 위에서 비어 있는 리사의 자동차를 발견한 소스케는 불안함에 눈물을 흘린다. 포뇨는 소스케의 손을 잡는다. 즉 포뇨는 여기선 이행 대상의 위치에 있다고 할 수 있다. 하지만 문제는 이 포뇨라는 이행 대상을 소스케에게 부여한 것이

누구냐는 점이다.

아무튼 리사가 폭풍 속에서 찾아간 양로원은 물에 잠겨 있었다. 이 양로원에는 할머니밖에 없다. 물속에서 할머니들은 물에 빠지지도 않고, 다른 여직원들도 자연스럽게 숨을 쉬고 있다.

리사와 포뇨의 어머니도 여기에 있다. 소스케와 포뇨, 그리고 왠지 양로원 사람들과 친해지지 못하고 있던 토키 씨는 여동생들의 힘으로 물속의 돔과 같은, 리사와 포뇨의 어머니가 있는 장소로 옮겨진다(〈그림 7〉). 이 물속의 돔 안으로 소스케와 포뇨가 옮겨지는 장면은 소스케의 태내 회귀라는 것 외에 달리 어떻게 이해할 수 있겠는가.

이리하여 소스케는 자궁 속으로 돌아온 것이다. 게다가 포뇨와 어머니가 나누는 대화에 이미 결론이 나 있었다. 포뇨의 어머니는 소스케가 바란다면 포뇨는 인간의 모습으로 변할 것이라고 말한다.

나는 이 장면에 서로 다른 두 가지 평가를 내린다. 하나는 긍정적인 평가이다. 어린이들을 위한 작품에서 어린이들이 받아들이기 힘든 커다란 문제를 어른들이 대화로 해결하는 모습을 분명하게 보여주는 것은 결코 나쁜 일이 아니다. 어린이를 위한 작품에서 어른들이 그런 식으로 어린이의 세계를 지켜주는 모습은 나쁘지 않다.

한편, 포뇨라는 '이행 대상'을 어머니들끼리 의논한 뒤 소스케에게 건네주는 장면은 어떨까. 어머니로부터 자립하는 '이행 대상'이 어머니의 승인과 관리에 놓인 채로 아이에게 건네진다. 이것은 현

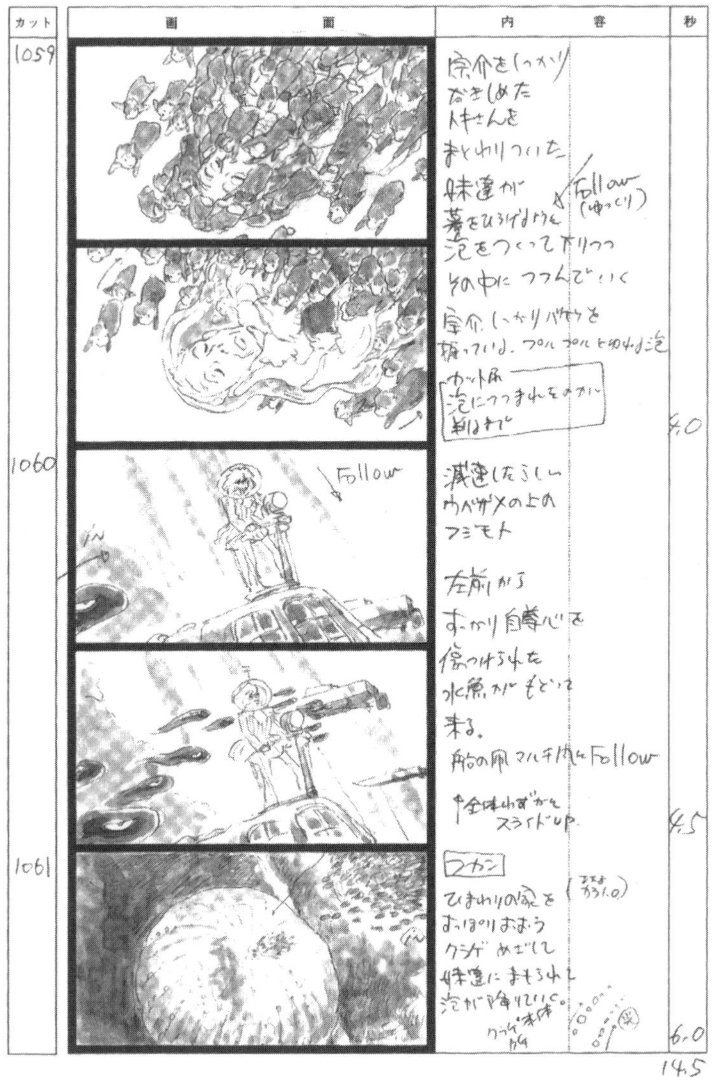

〈그림 7〉 소스케가 어머니가 있는 물속 돔으로 가는 부분은 태내 회귀에 해당한다. 이것 외에는 달리 해석할 수가 없다(《벼랑 위의 포뇨》).

실에서 어머니가 아이에게 테디베어를 주면 안 된다는 말이 아니다. 〈바람계곡의 나우시카〉에서 어린 왕충을 나우시카로부터 떼어놓은 사람들 가운데 나우시카의 어머니도 있었는데, 그쪽이 더 올바른 방향이었을 것이다. 〈이웃집 토토로〉에서 사츠키와 메이의 어머니는 토토로의 존재를 모른다. 눈에 보이지 않는 존재에 대해서는 옆집 할머니가 옛날에 본 적이 있다고 메이에게 가르쳐줄 뿐이다. 가오나시도 토토로도 부모가 부재할 동안 나타나는 존재인데, 포뇨는 어머니의 승인을 받은 '이행 대상'으로서 어머니가 직접 소스케한테 건네준다. 이래서야 소스케가 어머니로부터 독립을 할 수 있겠는가.

위니콧은 '이행 대상'을 어떤 의미에선 유방을 대신하는 것이라고 말했지만, '리사의 젖을 먹었다'고 순진하게 말하는 소스케는 아직 젖을 다 떼지 못한 것으로 보인다. 〈이웃집 토토로〉에서 메이가 어린 나이에도 기특하게 자립하고 있는 모습과 비교해보면 어떠한가. 〈센과 치히로의 행방불명〉에서 치히로와 어머니의 모녀 관계에서는 조금 미묘한 뉘앙스가 느껴진다. 이는 하야오가 그린 그림 콘티에 어머니와 아버지가 치히로의 만류를 뿌리치고 터널로 사라지는 장면에 "기막히다는 표정을 짓는 치히로. 역시 어머니는 배신했다"라고 쓰여 있는 것을 보면 알 수 있다. 즉 하야오 애니메이션은 '딸'과 '어머니'의 분리를 위한 복잡한 관계를 만들고 있다는 말이다. 하지만 남자아이와 어머니의 관계를 보면, 모자 관계는 한없이 밀착해 있다. 나는 일본인의 모자 관계가 너무 밀착되어 있고, 가정에 아버지가 부재하다는 식의 평범한 일본인론을 펼 생각은 전혀 없다. 하지만 〈벼랑 위의 포뇨〉에서는 그 말이 맞아떨어지니 어쩔 수가 없다. 결국 〈벼랑 위의 포뇨〉는 소년이 태내 회귀하는 이야기이고, 소스케의 어머니는 포뇨라는 라이너스의 담요를 제공해주는, 즉 여전히 유방을 물려주는 어머니이다. 하야오는 어른이 되지 못한 아들을 위해 남자의 태내 회귀 이야기를 그려 보였다는 결론이 나온다.

〈벼랑 위의 포뇨〉를 본 관객들이 결국 쓰나미로 인한 물은 다 빠졌는지, 쓰나미는 대체 어찌된 것이냐는 의문을 표하는 경우가 있었다. 하지만 세계가 물속에 있는 채 이야기가 끝나는 것은 필연적이다. 즉 세계가 양수로 가득한 채로 작품이 끝난다. 이처럼 〈벼랑 위의 포뇨〉는 모태 회귀가 해피엔딩이 되는 셈이다. 거대한 '모성'에 소스케와 세계가 집어삼켜지는 이야기이기 때문이다. 하지만 과연 하야오가 남자아이의 성장을 그려냈다고 말할 수 있을까.

근친상간의 끝에서 세계는 변화하였는가

포뇨가 인간이 되기를 바란 소스케의 결의에 찬 모습을 본 포뇨의 어머니 그랑 맘마레는 모든 사람에게 고한다.

> "여러분, 세계의 벌어진 틈은 닫혔습니다."

지브리판 〈게드 전기〉는 세계의 균형이 무너지고 또 이를 회복하는 이야기인데, 아렌은 결국 이 일을 테루에게 대행시키고 어머니가 있는 고향으로 돌아간다. 〈게드 전기〉의 결말에선 저런 시어머니가 있는 집으로 가면 분명히 테루는 시집살이를 하게 될 거라고 느끼게 된다. 하지만 〈벼랑 위의 포뇨〉에 그려진 모성을 보니 아렌의 어머니는 아버지 죽이기도 수용하고 테루라는 며느리도 (소스케의 어머니처럼) 받아들일 거라는 생각이 들었다.

〈벼랑 위의 포뇨〉에서 이처럼 소스케가 모성에 삼켜지는 모습을 보면, 『해변의 카프카』에서 카프카 소년이 뛰쳐나와 죽은 자의 나라에서 시간을 멈춘 어머니와 교합하는 장면이 떠오른다.

> "사에키 씨, 저와 자주지 않겠습니까?" 나는 말한다.
>
> "내가 당신의 가설 속에서, 당신 어머니라고 하더라도요?"
>
> "나에겐 만물이 이동하고 있는 와중에, 만물이 이중의 의미를 가진 것처럼 보입니다."
>
> 『해변의 카프카』

하루키가 작중에서 언급하고 있듯 카프카는 오이디푸스 신화의 이야기 구조를 구현하며 살도록 되어 있다. 하지만 하루키는 이야기 구조상 필요한, 상징적으로 무언가를 하는 인물인 나카타 씨와 예의 상징적 행위에 대응하는 '내면'을 가진 카프카 두 사람의 두 가지 이야기를 중층화했다. 나카타 씨는 카프카 소년을 대신하여 오이디푸스가 해야 하는 아버지 죽이기를 대행하고, 카프카를 죽은 자의 나라로 집어삼키려는 카프카의 어머니 사에키 씨의 죽음에도 입회한다. 즉 어머니를 죽이기도 한 것이다. 또한 나카타 씨의 후계자인 호시노 청년은 이자나기처럼 죽은 자의 나라에서의 죽음을 봉인한다. 이는 모두 카프카의 성장을 위하여 이야기 구조가 요구하는 상징적인 행위이다. 하지만 카프카는 상징적으로 (그렇지만 상당히 리얼하게) 어머니와 섹스를 하고 화해하는 일만 할 뿐이다.

> 어머니, 라고 너는 말한다. 나는 당신을 용서합니다. 그리고 너의 마음속에 얼어붙어 있던 무언가가 소리를 낸다.
>
> 사에키 씨는 조용히 포옹을 푼다. 그리고 머리카락을 묶고 있던 핀을 빼고, 망설임 없이, 날카로운 끝을 왼팔 안쪽에 꽂았다. 매우 세게. 그리고 오른손으로 주변 정맥을 꽉 눌렀다. 곧 상처에서 피가 흘러나오기 시작한다. 최초의 한 방울이 바닥에 떨어지고 의외다 싶을 만큼 큰 소리가 난다. 그녀는 아무 말도 없이 팔을 나에게 내민다. 또 한 방울의 피가 바닥에 떨어진다. 나는 몸을 굽혀서 작은 상처에 입술을 갖다 댄다. 내 혀가 그녀의 피를 핥는다. 나는 눈을 감고 피 맛을 본다. 나는 마신 피를 입에 담고, 천천히 삼킨다. 나는 목구멍에 그녀의 피를 받아들인다. 그것은 내 마음의 메마른 피부에 매우 조용하게 빨려 들어간다. 자신이 얼마나 그 피를 원했는지, 비로소 깨

닫게 된다. 내 마음은 매우 먼 세계에 있다. 동시에 내 몸은 **여기에** 서 있다. 마치 살아 있는 혼처럼. 나는 이대로 그녀의 모든 피를 다 빨아먹고 싶다는 생각까지 한다. 하지만 그럴 수는 없다. 나는 그녀의 팔에서 입술을 떼고, 그녀의 얼굴을 본다.

"바이바이, 다무라 카프카 군." 사에키 씨는 말했다. "원래 있던 장소로 돌아가서 계속 살아가세요."

"사에키 씨." 나는 말했다.

"왜?"

"난 삶의 의미를 잘 모르겠어요."

『해변의 카프카』

도대체 아버지 죽이기도 어머니 죽이기도 하지 않고, 그저 어머니와 근친상간을 하고 마르코 소년[6]처럼 어머니에게 돌아온 카프카가, 아무리 상징적으로 (즉 나카타 씨 등을 통해서) 아버지 죽이기와 어머니 죽이기를 했다고 주장하더라도 그것은 허울 좋은 태내 회귀일 뿐이라고 나는 생각한다. 그렇기 때문에 섹스는 다 해놓고 나서 "삶의 의미"를 모르겠다느니 헛소리를 하는 것이다.

참고로 카프카 소년은 여행 도중에 알게 된 사쿠라와도 꿈속에서 성적 접촉을 하는데, 사쿠라는 왠지 카프카의 상징적인 '누나'인 듯하다.

"바이바이, 카프카 군." 그녀는 말했다. "이제 일하러 돌아가는데, 만약 나랑 얘기하고 싶어지면 언제든지 여기로 전화하면 돼."

"바이바이." 나는 말했다. "누나." 나는 덧붙였다.

『해변의 카프카』

이야기 구조를 따르고자 하더라도 어머니만이 아니라 누나하고까지 근친상간 금기incest taboo를 범할 필요는 없다는 생각이 든다. 하루키 작품 속 주인공은 상징적으로 아버지를 죽이거나 죽은 자를 구제할 때도 별로 실감이 나지 않는데, 상징적으로 섹스할 때만큼은 이상할 정도로 리얼하다. 그러한 여행 끝에 카프카가 어른으로 변화될 수 있었는지는 여전히 의문이 남는다.

결국 결말은 이렇다.

"잠자는 편이 좋아." 까마귀라 불리는 소년은 말한다. "눈을 떴을 때, 너는 새로운 세계의 일부가 되어 있을 거야."

이윽고 너는 잠든다. 그리고 눈을 떴을 때, 너는 새로운 세계의 일부가 된다.

『해변의 카프카』

정말로 카프카에게 세계는 새로워진 걸까. 그는 성장한 걸까.

이야기에 저항하며 모태 회귀로

다음은 결말부의 내용이다.

> "세계는 메타포다. 다무라 카프카 군." 오시마 씨는 내 귀에 대고 말한다. "하지만 말야. 나에게도 자네에게도, 이 도서관만은 어떤 메타포도 아니지. 이 도서관은 어디까지나 이 도서관이야. 나와 자네 사이에서, 그것만은 확실히 해두고 싶어."
>
> 『해변의 카프카』

카프카는 소설이 끝날 때까지 결국, 다무라 카프카인 채로 '이름'을 밝히지 않는다. 하루키는 '이름'이란 장치에 집착하는데, 결국 주인공이 통과의례를 거치더라도 '이름'은 회복되지 않았다.

이것이 『해변의 카프카』에서 하루키가 의도한 바라는 사실은 갔다가 돌아오는 이야기 구조를 거치면서도 주인공이 성장하지 않는 반反교양소설의 사례로 나쓰메 소세키의 『광부』를 끌고 나온 것을 보면 알 수 있다.

카프카 소년에 따르면 『광부』는 다음과 같이 요약된다.

> 주인공은 부잣집 아이인데, 연애 사건을 일으키고 제대로 해결되지 않아 짜증이 나서 가출을 합니다. 정처 없이 걷다가 수상쩍은 남자로부터 광부가 되지 않겠냐는 말을 듣고, 어슬렁어슬렁 따라갑

니다. 그리고 아시오 광산에서 일하게 되죠. 깊은 땅속을 파고 들어가 상상도 할 수 없는 체험을 합니다. 세상물정 모르던 도련님이 사회의 맨 밑바닥 같은 곳을 기어 다니게 된 셈이죠.

『해변의 카프카』

이런 카프카 소년의 말을 듣고 오시마 씨라는 도서관 직원은 "『광부』란 소설은 『산시로』 같은, 소위 근대 교양소설과는 내력이 많이 다르다는 얘긴가?"라고 묻는다.

'근대 교양소설'이란 주인공의 자아실현 이야기다. 『양을 쫓는 모험』은 〈스타 워즈〉형 구조를 채용함으로써 작가가 어떻게 변명할지라도 교양소설이 되었음은 앞에서 살펴보았다. 하루키는 '이야기론을 통하여 이야기를 창작한다'는 것은 근대 교양소설의 부흥을 말한다는 사실을 깨닫고 복선을 깐 것이다. 그는 『양을 쫓는 모험』 이후 쭉 '반反이야기'를 그리고자 했다. 그러므로 『광부』가 '갔다가 돌아오는 이야기'라고 할지라도 주인공의 성장은 회피되고 있다고 하루키는 말한다.

"하지만 『광부』의 주인공은 전혀 다르죠. 눈앞에 나오는 것을 지켜만 보고 그대로 받아들일 뿐입니다. 물론 그때그때 감상은 있지만 특별히 진지하진 못하죠. 그보다는 자기가 일으킨 연애 사건만을 끙끙대며 돌이켜보곤 합니다. 적어도 겉보기로는, 구멍 속으로 들어갔던 때와 거의 변하지 않은 상태로 밖으로 나옵니다. 다시 말해 스스로 판단하거나 선택하는 경우는 거의 없습니다. 뭐라고 할까요. 매우 수동적입니다. 하지만 사실 인간은, 그렇게 간단히 자기 스스로 세상일들을 선택할 수는 없지 않을까요."

『해변의 카프카』

하지만 주인공이 '수동적'인 것은 이야기 구조상 당연한 일이다. 프로프는 옛날이야기에서 주인공의 경우 자기 의지로 나아가는 탐색형만이 아니라 피해자형, 휘말리는 형도 있다고 말했다. 실제로 프로프의 이야기론에 따르면 주인공은 부차적인 인물의 영향을 받아서 움직이기도 한다.

주인공이 작중에서 주체적으로 움직여야 한다는 주장은 어떨까. 하루키가 말했듯이 소설 속 인물에게도 '근대적 개인'과 '자아실현'이 이념으로 요구되기 때문에 주인공은 주체적으로 움직인다고 믿어지지만, 실은 그렇지 않다. 이야기론에 입각한 주인공은 수동적으로 움직인다.

한편으로 프로프나 캠벨이 제시한 이야기 구조는 통과의례나 융 학파적 자아실현을 상징적으로 표현한 것이다. 카프카 소년의 '내면'이 어떻게 저항할지라도 교양소설에서 주인공은 성장해가야 한다. 그러므로 하루키는 아버지 죽이기를 무시한 채 어머니와 섹스는 하되 성숙은 유예하고 어영부영 넘어가려 하는 것이다. 하지만 이는 반反교양소설이 아니라 그저 '어머니'에게 회귀하는 이야기가 되었을 뿐이다.

세계화된 일본인 창작자 두 사람은 이야기 구조에 저항한 결과, 둘 다 '모태 회귀' 이야기에 도달해버렸다.

'소녀'에게 자기회복 이야기를 말하게 한 창작자들

이렇게 보면, 가라타니가 '구조밖에 없다'고 비판했던 저패니메이션과 서브컬처 문학의 운명이 명확해진 것 같다. 다시 한번 정리해보자.

즉 '거대한 이야기'나 '주체'가 무효화된 것처럼 보였던 1980년대에 포스트모더니즘 진영이 말로만 '근대'를 야유하고, 제각기 종말을 논하던 와중에, 우선 '거대한 이야기'를 대체하는 연대기가 부활했다. 하루키는 작품에 가공의 '연대기'를 담았고, 〈스타 워즈〉나 〈기동전사 건담〉, 그리고 하야오의 〈바람계곡의 나우시카〉 역시 가공의 연대기에 바탕을 두었다. 『바람의 노래를 들어라』가 1979년, 즉 〈스타 워즈〉 에피소드 Ⅳ가 개봉된 이듬해에 그야말로 '동시대적'으로 발표된 것이다. 나카가미의 소설이 기슈紀州 사가로 변화해가는 것 역시 동일한 흐름에 있다.

다음으로 연대기에 구조화된 형식주의적·캠벨적 이야기가 부흥하는 상황이 〈스타 워즈〉의 동시대 현상으로서 뒤를 이었다. 즉 할리우드에서 캠벨/루카스 방식의 이야기론에 따라 창작하는 것이 보편화되었다는 얘기다. 가라타니가 '구조밖에 없다'고 단언했던 것은 이와 같은 문학의 '스타 워즈화'에 대한 지적이었고, 이는 문학의 글로벌 스탠더드화이기도 했다. 그러므로 하루키도 글로벌 스탠더드화된 이야기를 채용했던 하야오도 세계화를 실현할 수 있었던 것이다. 이는 작가가 내면에 '이야기 메이커'를, 말하자면 응용프로그램을 설치했다는 사실을 의미한다고 할 수 있다.

하지만 할리우드 영화가, 혹은 이야기 구조 자체가 주인공의 주체 회복이나 자아실현 이야기인 이상 포스트모더니즘의 유행으로 인해 해체된 것처럼 보였던 '나'란 존재가 부흥하게 된다.

비평가들은 하루키나 나카가미가 그러한 이야기를 무효화하기 위하여 일부러 전형적인 교양소설을 창작했다고 주장한다. 작가들도 이렇게 저렇게 머리를 써서 반反이야기적인 장치를 선보이기도 했지만, 전형적인 '이야기 메이커'가 창작한, 어른이 되지 못하는 자아의 이야기인 옴진리교 사건에서 하루키는 거울에 비친 자기 모습을 보았다.

혼란이 가중되어 하루키는 이야기 구조와 주체를 분리하여 후자를 성장시키지 않고 그냥 두는 수법을 구사한다. 또 한편 마치 남자의 주체 이야기가 성립되지 못하는 점을 보상하듯 여성의 자아실현 이야기를 힘차게 펼쳐놓는다. 그러한 '소녀'에게 자기회복의 스토리를 대입해가는 근대 문학자들의 심성을 나는 '소녀 페미니즘'이라 불렀고, 이는 주체의 이야기를 '소녀'라는 장치에 맡기는 성숙을 기피하는 태도가 아니냐고 『서브컬처 문학론』에서 되물었다. 그리고 이시하라 신타로石原慎太郎를 예로 들면서 남성 주체의 이야기는 모태 회귀의 이야기로 쉽사리 돌아가고 만다고 지적했다. 소녀가 주체인 이야기를 만들어가는 남성의 심리를 지탱해주는 것은 마더 컴플렉스의 반전反轉일 뿐이다.

하루키에게 일어난 이야기 구조의 변질 역시 소녀 페미니즘으로부터 모태 회귀로 향하는 흔해빠진 뒤틀림인 것이다. 즉 글로벌 스탠더드화한 이야기에 이 나라의 창작자들이 대입하고 있는 것은 '모태 회귀'를 지향하는, 성숙하지 못하는 남자들의 이야기라는 말이다. 하야오 역시 선후는 있을지언정 '이야기의 부흥'에서 '모태 회귀'로 향하는 과정을 따라간다.

게다가 골치 아픈 일이지만 이 나라의 근대가 시작되던 시점에 많은 서양인들은 '일본인'을 이렇게 정의한 바 있다.

> 미국, 유럽, 중근동, 인도, 일본의 각 민족은, 이 순서에 따라 점점 몰개성적이다. 우리는 이 잣대의 맨 앞쪽 끝에 서 있고, 극동의 민족은 반대쪽 끝에 위치해 있다. 우리에게 '자아'가 마음의 본질을 규정짓는 혼이라고 한다면, 극동 민족의 혼은 '몰개성'이라고 해도 좋을지도 모른다.
>
> 퍼시벌 로웰 지음[7], 가와니시 에이코 옮김, 『극동의 혼The Soul of the Far East』, 고론샤, 1977

화성에서 운하를 발견했다던 이 천문학자의 일본인론은 라프카디오 헌의 일본관에도 결정적인 영향을 미쳤다. 그들은 서양과 비교하여 진화론적으로 열등한 일본에서는 '자아', 즉 '근대적 개인'이 성립되지 않았다고 논했다. 유럽의 포스트모더니스트들에게 일본이 포스트모던의 스테레오타입처럼 보이는 이유는 그들이 메이지 시대 이후 쭉 '일본인'이 진화론적으로 열등하다고 논해왔기 때문이다. 그리고 하야오나 하루키는 남자의 주체 회피 이야기를 극동의 섬나라로부터 발신했다. 여기에는 '이야기 구조'와는 별개로, 서양으로부터 바라본 일본상像에 비추어 기묘한 정합성이 존재한다.

하지만 무엇보다 문제가 되는 것은 1980년대 이후 최근 30년 동안 무효화되었어야 할 '대문자 역사'도 '이야기'도 그리고 '나'도 오히려 손쉽게 부흥해왔다는 점이다.

'구조밖에 없는 일본'이 세계에 알려지는가

세계의 정치나 경제는 민족 분쟁과 헤지펀드가 상징하듯 너무 복잡해져서 명쾌하게 설명하기가 지극히 곤란하다. 하지만 이라크 전쟁은 『캐릭터 소설 쓰는 법』에서 분석했듯 할리우드 영화의 이야기 구조에 맞추어 〈스타 워즈〉 같은 흐름으로 진행되었고, 바로 지금 이 나라 사람들은 김정일 대 일본이라는 세계관, 아니면 WBC나 올림픽 같은 스포츠로 치환돼버린 '정치'밖에 못 보게 되었다.

대문자 역사는 이미 효력을 상실해버렸는데도, 포스트모더니즘을 논하는 이들은 2차대전 이전의 '기원절紀元節'[8] 연대기를 지탱했던 애국사관을 통하여 역사를 말하고자 한다.

블로그나 인터넷에는 일정한 틀에 맞추어 무수한 '나'가 매일매일 올라오고 있다. 국민 전원이 '나'에 관해 커밍아웃하는 광경이다.

하루키는 옴진리교 사람들은 스스로 '자아'를 만드는 노력을 게을리하고 이를 타인의 '이야기 메이커'에 맡겨버린 사람들이라고 썼다. 고유의 나를 가지지 못한 채, 노력을 하지 않고서 '자아를 양도받은 누군가'의 '이야기 메이커'가 만든 이야기를 이 나라 사람들은 자아실현 이야기라고 착각하고 있다. 이는 하야오나 하루키를 가리키는 것이 아니다.

그들은 영화감독이기도 하고 소설가이기도 하므로, 우리는 그들의 작품을 어디까지나 픽션으로 소비할 수 있다. 하지만 바로 지금, 이 나라에서 매일매일, 조심성 없이, 그야말로 자아가 '결손'된 사람들에 의하여 결손된 '이야기 메이커'를 통해 논해지는 '애국'이나 '일본의 자랑'을 어떻게 받아들여야 할 것인가. 다시 한번, 하루키의 옴진리교론을 인용해두겠다.

> 그것은 꼭 세련되고 복잡하며 고급스러운 이야기일 필요는 없다. 문학의 향기도 필요 없다. 아니, 오히려 조잡하고 단순한 편이 낫다. 가능한 한 정크(잡동사니, 모조품)인 편이 좋을 수도 있다. 사람들

대부분은 '이렇기도 하면서, 동시에 저럴 수도 있는'이란 식의 종합적, 중층적—그리고 배신할 수도 있는—이야기를 받아들이는 데 이젠 지쳐버렸기 때문이다. 이러한 표현의 다중화 속에 몸 둘 장소를 찾아내지 못하게 되었기 때문에 자진하여 자아를 버리려 하고 있는 것이다.

그러므로 주어지는 이야기는 하나의 '기호'로서 단순한 이야기이면 된다. 전쟁에서 병사들이 받아드는 훈장이 꼭 순금제일 필요가 없는 것과 마찬가지다. 훈장은 훈장으로 받아들여지면 그만이고 싸구려 양철로 만들어져 있더라도 아무 상관이 없다.

아사하라 쇼코는 이 같은 정크 이야기를 사람들에게 (물론 그걸 요청하는 사람들에게) 마음껏, 설득력을 갖추어 들려줄 수가 있었다. 자신의 세계 인식이 대부분 정크로 구성되어 있었으니까 그랬으리라.

『언더그라운드』

하루키의 이 문장에서 아사하라라는 이름을, 예를 들어 전직 총리 고이즈미 준이치로나 결국 흩어져버린 자유주의자들, 아니면 상당히 그릇 크기는 줄어들지만 다모가미 도시오[7] 전직 막료장 등으로 바꿔볼 수도 있겠다. 게다가 나로선 '대문자 역사'나 '나'를 의심하고 해체 선언을 했던 사람들이 오히려 현재의 이런 '분위기'를 옹호하는 이유를 전혀 이해하지 못하겠다.

그렇다면 사태가 이렇게 되어버린 지금, 무엇이 필요한가. 우선 '비평'에서는 두 가지 선택지가 있다. 즉 이야기론에 입각해 창작하는 것이 아니라, 이야기론에 입각해 창작을 하게 된 세계를 비판하며 근대소설 비판의 수법으로 인터넷이나 블로그에 있는 '나'를 비판한다. 그런 다음 '근대'를 진심으로 파괴하거나, 아니면 내가 몇몇 책에서 주장해왔듯이 현재를 '근대를 철저히 구현하지 못한 상태'로 정의하고 근대를, 즉 '역사'나 '나', 그리고 이를 근거로 한 '공공성'과 '민주주의'를 재활 치료하는 데 가담하는 등의 선택을 할 수 있다. 포스트모던이든, 근대이든 간에 한쪽을 철저히 할 수밖에 없다는 말이다. 나는 오래전부터 말해왔지만 후자이다.

사람은 자신만의 '이야기 메이커'에 '자아'를 대입하는 기술을 습득할 필요가 있다. '이야기 메이커'를 갖추지 못한 채 '결손된 나'를 대입하면 제2의 아사하라 쇼코스러운 이야기가 인터넷에 범람할 수밖에 없다. 내가 '이야기를 만드는 법의 입문서'에 집착하는 이유도 이 때문인데, '이야기를 만드는 법'만으로 충분한 것은 물론 아니다. '역사'나 '사실'의 서식도 재건할 필요가 있다. 이를 야나기타 구니오는 만년에 '사심史心'이라고 불렀는데, 이 문제에 관해서는 나 또한 『괴담 전후: 야나기타 민속학과 자연주의怪談前後: 柳田民俗学と自然主義』(가도카와학예출판, 2007) 등의 야나기타 구니오론에서 충분히 논했다.

당연한 말이겠으나, 구조 속에 보충해 넣었어야 할 '나'라든지 '역사' 같은 것들을 부흥시키려 노력을 기울이는 것이 아니라, 그저 '구조밖에 없는 이야기'를 통해서 전 세계에 알려졌다고, 혹은 '일본'이나 '일본인이 자랑스러워 하는 것'이 알려졌다고 믿어보았자 의미가 없다. 거기에는 '구조밖에 없는 일본'이나 기껏해야 '모태 회귀하는 일본'이 담겨 있을 수밖에 없다.

일본이 국제사회에서 '제 구실을 할 수 있다'고 주장하는 모습이 전 세계에 어떻게 비칠지, 비非국민[10]인 내가 걱정할 입장은 아닐 듯도 하다.

5장

다시 한번, '구조밖에 없는 일본'에 관하여

러시아 형식주의의 보이지 않는 영향

무언가가 '알려진다'고 하는 문제를 논할 때는 거기에 담긴 의미나 내용이 아니라 표현이 방법론적으로 얼마나 특화될 수 있는가를 먼저 생각해야 한다. '특화'는 각 표현의 '형식'에서 구현되고, 그중 하나가 '이야기의 구조'라는 사실을 이 책에서 주장했다. 그리고 서두에서 간단히 다루었듯, 애니메이션이나 만화의 경우에는 '몽타주'라고 하는 컷과 컷의 접속 방법, 캐릭터 표현의 '기호'화라는 두 가지 차원의 '구성'이 추가된다. 그리고 또 한 가지, 애니메이션의 경우에는 '움직임'의 구성화라는 요소가 덧붙여진다.

나는 내 비평이나 표현론의 상당히 많은 부분이 1920년대 형식주의와 구성주의에 가깝다는 사실을 느끼고 있다. 이유는 내가 학생 시절에 그런 사상의 세례를 받았기 때문이라기보다는 그러한 사고방식이 조합된 이 나라의 서브컬처 영향을 받고 자랐기 때문이라 할 수 있다. 1980년대에 유행했던 사상의 세례를 얌전히 받고 있었더라면 나는 좀 더 단순한 포스트모더니스트가 되었을 것이다.

그에 관해 설명하려면 책을 한 권 더 써야 하는데, 이 나라의 만화·

애니메이션 표현 방법의 기원은 우선 다이쇼 시대부터 쇼와 초반까지 유입된 러시아 구성주의와 이를 사용한 디즈니 애니메이션이라고 생각한다.

문학 이론으로서 러시아 형식주의와 아방가르드 예술의 구성주의, 영화의 몽타주 이론은 1920년대 혁명 직후의 예술 이론이고, 표현의 최소 단위로서 '기호'를 발견하고 이를 구성함으로써 표현의 역동성의 본질에 다다를 수 있다고 보았다. 예를 들면 프로프는 이야기의 최소 단위로서 '기능'을 발견했고, 쿨레쇼프나 에이젠슈타인은 영화의 최소 단위인 '컷'을 '기호'라 불렀으며, 구성주의 화가들은 기하학 도형의 조합으로 대상이나 운동을 발현하려 했다.

이러한 광의의 '구성'적인 사고는 다이쇼 시대 말기부터 쇼와 초반에 대량으로 유입되었다. 예를 들어 형식주의도 나카가와 요이치中河與一의 『형식주의 예술론』(덴닌샤, 1930)을 통해 지체 없이 소개되어 논쟁을 불러일으켰다는 사실은 잘 알려져 있다.

'구성주의' 이론은 우선, 쇼와 초반에 '구성주의' 이론보다 조금 늦게 유입된 디즈니 등 할리우드산 애니메이션의 그림을 '구성'으로 받아들이는 형태로 일본의 캐릭터 표현 서식을 만들어내었다. 디즈니의 캐릭터 작화법이 원과 타원의 구성물로 당초부터 매뉴얼화되어 있었고 캐릭터의 서식 자체가 1920년대 할리우드산 애니메이션에서 일종의 '상식'이었다는 점은 여러 연구에서 지적되었다(즉 디즈니 자체가 '데이터베이스 소비'형 생성물이다). '구성'이라는 사고에 익숙해진 다이쇼 아방가르드[1]를 이끌어갔던 이들과 그들의 영향을 받은 미술가들에게 이런 할리우드식 '서식'을 '구성'으로 받아들이는 것은 자연스러운 일이었다. 그러므로 다이쇼 아방가르드에 가담했던 다카미자와 미치나오高見沢路直[2]는 만화 『노라쿠로』의 작가 다가와 스이호田河水泡가 되었던 것이다. 쇼와 초반, 일본의 만화 표현이 디즈니의 모방품으로 흘러넘쳤던 배경에는 할리우드산 애니메이션의 소비에트적 이해라는 '뒤틀림'이 있었던 것으로 보인다.

> 이런 식으로, 만화 그림을 러시아 아방가르드로 이해하는 것이 바로 데즈카 오사무의 '만화기호설', 즉 만화 그림을 기호의 조합이라고 보는 시각이다. 이는 데즈카가 사용한 '기호'가 쿨레쇼프 영화론의 번역서에서 사용되었던 텀이란 단어를 원용한 용어일 개연성이 높다는 사실을 방증할 것이다
>
> 오쓰카 에이지, 「만화 기호설의 성립과 전시하의 영화비평: 쿨레쇼프와 데즈카 오사무에 관하여」, 〈신현실〉 VOL.5

애니메이션을 포함한 시각 표현을 '구성'적으로 이해하려는 움직임은 '그림'에 이어서 '몽타주'와 '운동'에서도 나타났다. 가타 고지加太こうじ[3]는 가미시바이紙芝居[4]의 진화에도 '몽타주'의 영향이 현저하다는 점을 증언했는데, 이는 매우 흥미로운 사실이다.

나는 쇼와 9년경 쿨레쇼프, 프세볼로트 푸도프킨Vsevolod Pudovkin이 쓴 영화에 관한 몽타주론을 읽고서 가미시바이 만들기에 이를 적용했다. 나중에 에이젠슈타인의 저서를 읽고, 점차 나 자신의 가미시바이 몽타주론을 만들었다. 스즈키, 야마카와, 마쓰이는 몽타주란 말은 몰랐지만, 영화적인 화면 구성을 쫓아가다가 결국 거기에 이르렀다. 나는 거창하게 말하자면 원리·이론부터 쫓아갔다고 볼 수 있을 것이다.

가타 고지, 「가미시바이와 만화영화: 움직이지 않는 것을 만드는 입장에서」, 〈계간 '필름' 임시증간: 특집=애니메이션〉, 필름아트사, 1971

이런 상황은 당연히 애니메이션에도 파급되었고, 15년전쟁이 이어지는 동안 애니메이션이 도달한 지점이자 지브리의 원점이라고 해야 할 것이다. 〈모모타로 바다의 신병〉[5]은 디즈니 스타일의 캐릭터를 사용하고 15년전쟁 중의 이데올로기였던 과학주의적 리얼리즘, 그리고 몽타주를 병용한 작품이었다.

일본의 만화 및 애니메이션은 하야오가 다음과 같이 혐오감을 드러내며 단언했을 만큼 극도로 에이젠슈타인적이다.

극화의 방법론이란 몽타주 이론의 가장 쓸데없는 부분을 닮은 구석이 있습니다. 20세기 초반에 영화 〈전함 포템킨〉(1925)을 만든 러시아 에이젠슈타인 감독은 자기 경험을 이론화하여 쇼트를 그냥 연결해 이어붙인 것 이상의 의미를 자아낼 수 있다는 몽타주 이론을 창안했죠. 하지만 몽타주 이론은 매우 시시해서 거기에 맞춰 만든 영화는 최악이라고 생각하지만요.(웃음)

미야자키 하야오 지음, 『반환점 1997~2008』

니코니코 동화[6] 사이트 등을 보면 서로 다른 애니메이션 작품의 화면을 재편집해서 자연스럽게 연결할 수 있음을 알 수 있는데, 이는 이 나라의 요즘 애니메이션이 몽타주에 얼마나 특화되어 있는지를 보여준다. 또한 형식화가 극도로 진행되어 있다는 증거이기도 하다. 하야오가 아무리 이런 몽타주를 혐오할지라도, 그의 애니메이션 역시 특화된 몽타주를 활용하고 있음은 부인할 수 없다.

15년전쟁 중에 성립된 '구조'

애니메이션에서 세 번째 구조화 혹은 구성화는 바로 '운동'의 구성화이다. 이것은 국책으로 〈모모타로 바다의 신병〉을 제작하기 위한 근거를 만들었던 사람 중 한 명으로, 15년전쟁 중에 활동한 애니메이션 평론가 이마무라 다이헤이今村太平의 다음 주장으로도 뒷받침된다.

실제 형태를 면과 선으로 환원하는 것은 면의 과학 입장에 서는 것이고, 회화에 과학적 분석 방법을 도입하려는 것이다. 이 방법이 운동의 과학적 분석을 기초로 삼는 만화영화와 공통된다는 점에 주목해야 한다. 만화영화의 그림 역시 형태의 디테일을 버리고 되도록 단순한 선과 면으로 바꿔놓고 있다. 이 생략은 운동을 그리기 위해서 필요하다. 그래서 미키마우스를 필두로 도날드, 플루토, 구피, 뽀빠이, 베티 붑 등은 형태를 있는 그대로 그려낸 게 아니라 형태의 유형을 옮겨놓고 있는 것이다. 이런 그림들은 간단한 선으로 이루어져 있고, 특징 있는 부분만을 과장하여 전체적으로는 지극히 왜곡되어 있다. 이 왜곡은 동시에 운동을 그려내기 더 좋은 상태여야만 한다. 운동을 그려내기에 가장 편리한 형태는 모든 사물에 공통된 기하학적 도형에 근접한 것이다. 이리하여 만화영화의 그림은 움직임을 능률적으로 표현하기 위해 세잔의 주장("만물은 전부 원구, 원추, 원통으로 이루어져 있다")과 같은 방향으로 나아간 것이다.

이마무라 다이헤이 지음, 『만화영화론』, 도쿠마쇼텐, 2005

여기서 우리는 이마무라가 애니메이션의 그림이 구성적인 이유는 '움직임' 자체를 '구성'화했기 때문이라고 생각했음을 알 수 있지 않은가.

이 책에서는 이 세 가지를 상세히 검증하지는 않겠으나, 15년전쟁 중에 시각 표현의 국책화가 진행되면서 '할리우드 자본주의가 채택한 소비에트 예술론'이 수용되었고, 이는 애니메이션과 만화의 경우

〈그림 1〉 데즈카 오사무의 수법은 세 가지 방향으로 '구성'되어 있다(『신 보물섬』).

① 기호론적 작화, ② 몽타주적 연출, ③ 움직임의 '구성'화라는 세 방향으로 발전했다. 데즈카의 『신新 보물섬』의 서두 두 페이지(〈그림1〉)는 15년전쟁 중의 방법론이 2차 세계대전 이후 만화에 도입된 최초 사례 중 하나인데, 미키마우스풍의 캐릭터, 만화 칸의 몽타주화, 데포르메déformer[7] 되어 있는 움직임이란 세 요소가 포함되어 있다. 바로 그렇기에 사카이 시치마酒井七馬는 데즈카를 "디즈니 같은 만화를 그리는 소년"이라고 평했던 것 아닐까. 2차대전 이후의 만화 및 애니메이션 역사는 이 세 가지 방법의 진화와 성숙 과정이라고 할 수 있다.

반면 러시아 형식주의적인 '이야기'의 구성화는 15년전쟁 중에는 오히려 회피되었다. 마치 〈모모타로 바다의 신병〉이 '문화 영화'라는 다큐멘터리 국책 영화의 애니메이션판에 해당하는 것과 같다고 할 수 있다. 사실 15년전쟁 중에 일본의 영화평론가나 영화인들은 '문화 영화'라 불린 이 과학적 다큐멘터리 영화를 찬미하면서, '전형적인 이야기'를 부정하는 경향을 보였다. 또한 애니메이션을 만드는 일본 영화 전체가 시나리오가 허약하다는 점을 군부까지 지적하고 있었던 것이다.

종전 이후 데즈카가 만화 영역에 '이야기'를 도입했고, 애니메이션 분야에서도 이를 응용함으로써 만화·애니메이션 표현의 '이야기'가 진화했다.

하지만 이야기의 이야기론에 입각한 구성, 즉 이야기의 구성화는 1980년대 할리우드산 이야기의 '스타 워즈화' 물결 속에서 비로소 결정적인 흐름이 되었고, 미야자키 애니메이션도 단숨에 세계화되었다.

이런 형태로 네 가지 측면에서 '구성'화가 철저히 진행되었고 일종의 기형畸形화가 나타났는데 이야말로 '저패니메이션'의 본질이라는 것이다. 하야오가 에이젠슈타인의 형식성에서 빠져나오는 데서 영화의 가능성을 찾겠다고 해도 나는 부정적으로 보지 않겠다. 하지만 지브리 작품 역시 갖가지 차원에서 충분히 '구성'적이라 할 수 있고 그거야말로 저패니메이션의 세계화를 끌어낸다는 말이다.

이같은 시각 표현 방법의 구성화는 15년전쟁 때의 국책 도구, 그중에서도 디즈니의 전파력에 대한 근대전近代戰의 도구로서 높은 평가를 받아가며 추진되었다는 점은 꼭 지적해두어야 할 것이다.

> 과거 디즈니 만화의 예술적 우수성은 사상 선전전宣傳戰에 즉시 사용될 수 있는 무기라는 측면에서의 우수성이다. 이 부분에서 뛰어난 예술이 가장 강력한 선전 도구의 역할을 한다는 점을 알 수 있다.
>
> 우리는 디즈니만큼의 만화영화를 만들지 못하는데 이는 그만큼 열세에 놓여 있다는 뜻이다.
>
> 이마무라 다이헤이 지음, 『전쟁과 영화』, 다이이치게이분샤, 1942

15년전쟁 중에 디즈니를 구성주의적으로 해석하는 평론을 발표해왔던 이마무라가 보기에 디즈니의 전파력이란 디즈니 애니메이션의 방법론 안에 있고, 이를 수용함으로써 나름대로 성공을 거두었다는 사실이 이 나라의 전후戰後 만화·애니메이션의 번영을 지탱해왔다. 다시 말하지만, 파시즘 체제에서 미국 자본주의 예술을 러시아 아방가르드적으로 해석하여 수용한다는 '이중의 뒤틀림'이 발생했고, 이 뒤틀림이야말로 현재 일본의 만화·애니메이션 방법론에도 계속 이어지고 있다.

그러므로 15년전쟁 중에 만들어진 '구조밖에 없다'고 하는 세 가지 차원에 추가로 이야기라는 것을 덧붙인 저패니메이션이 전 세

계에 퍼져나가지 않을 리가 없다. 또 '모에萌え'란 일본 작화 수준의 '구성' 가운데 한 가지 기형일 뿐임을 냉정히 인정할 필요가 있는 것이다.

계속 말하지만 거기엔 '구조밖에 없는' 것이다.

〈나우시카〉의 무장, 비무장이란 모티프

하루키는 '문학'의 영역에서 1980년대에 이야기가 세계화되는 상황에 대응하여 '구조밖에 없는' 표현을 빚어내었다.

그것들의 원동력은 이 나라의 문화적 전통에 있지 않고 현재의 일본을 반영하고 있지도 않다. 어떤 의미에서 1920년대에 모더니즘이 철저히 구현되었고 1980년대에 이야기가 구성적으로 부흥한 가운데 일어난 현상이다. 아마도 그러한 사태가, 즉 제 2의 모더니즘화가 1970년대 말의 미국에서 시작되어 최근 30년간 진행되었다. 이것은 오직 내 느낌일 뿐이지만, 포스트모더니즘은 오히려 1980년대 이후의 '세계 자체가 구성화'된 결과이고, 하루키나 하야오, 저패니메이션 역시 해당 맥락에 놓여야 하는 게 아닐까. '근대'는 근대적 개인과 주체라는 한쪽 끝과 '나'를 포함하여 세계 자체의 구성화라는 또 한쪽의 끝 사이에 있고, 포스트모더니즘은 후자의 우위를 보여주는 거라고 생각한다. 어쨌든 하야오와 하루키의 세계화는 창작자로서 존경할 만한 노력(그에 관해서는 많은 사람들이 상찬하고 있으니 내가 덧붙일 필요는 없다고 본다)의 결실이라는 사실과는 별개로, 이러한 상황을 반영한 것이라는 말이다. 이 점을 깨닫지 못한 채 '엄청나다'[8]는 말로 그들을 '자랑하는' 것은 다시 말하지만 아무런 의미가 없다.

이런 사실을 염두에 둔 채 마지막으로 하야오 애니메이션에 관해 어떤 의미로는 매우 흔해빠진 한 가지 시론試論을 메모 삼아 적어두겠다. '구조밖에 없는' 하야오의 애니메이션 속에서 이와 같이 과거엔 '전후戰後 일본'을 발견할 수 있었다는 것이다.

이 책을 상당히 난삽하게 단숨에 쓰면서 하야오의 애니메이션을 오랜만에 다시 보았는데, 역시 〈바람계곡의 나우시카〉가 인상적이었다. 이야기 구조는 〈모노노케 히메〉만큼이나 원숙하지 못하고, '원작'인 만화판을 재구성하는 와중에 빠져버린 부분도 적지 않다. 또 구조로부터 비어져 나온 것을 좋은 의미에서든 나쁜 의미에서든 떠안고 있다는 느낌이 들었다. 〈모노노케 히메〉처럼 이야기 구조와 세계관에 과부족 없이 균형이 잘 잡힌 작품이나 〈벼랑 위의 포뇨〉같이 작고 닫힌 세계 속에서 모태 회귀로 향해버린 작품과 비교하면 더 많은 가능성을 품고 있다는 생각이 들었다. 〈바람계곡의 나우시카〉는 하야오 애니메이션 중에서 단골이 된 '여자아이가 남자아이의 영웅 신화를 구현하며 살아간다'는 이야기 구조를 내포하면서도, 앞서 본 바와 같이 거신병이나 왕충 등 초월성의 이미지를 불안정한 형태로 껴안고 있다.

〈바람계곡의 나우시카〉에서 흥미로운 부분은 '무장', '비무장'이란 모티프가 제시되어 있다는 점이다. 이야기는 '바람계곡'에 거신병을 갑자기 들여오는 내용으로 시작된다.

거신병이란 굳이 말하자면 '대량 파괴 병기'이다. '바람계곡'이라는 변경의 작은 나라는 이 대량 파괴 병기를 소유한 국가와, 이를 두려워하여 왕충이라는 '가난한 자를 위한 대량 파괴 병기'에 손을 대버린 국가의 대립에 휘말리고 만다.

이처럼, 작은 나라에 '대량 파괴 병기'가 도입되고 각자 나름대로 이를 평화적으로 이용하고자 한다는 모티프는 어떻게 생각해봐도 '핵'을 염두에 둔 거라고밖에 볼 수 없다. 한편, 작은 비행선에 다친 새끼 왕충을 매달아 왕충의 대군을 동원하려 했던, 가난한 자의 대응은 9·11테러 이후 테러리즘의 본질과도 가깝다. 게다가 두 가지의 압도적인 폭력은 나우시카와 크샤나의 '이행 대상'으로 배치되어 있다고 할 수도 있다. 둘 다 '불안정한 나'를 반영한 것이기도 하다. 아직도 이 나라에선 핵무장을 '정론'으로 입에 담는 사람들이 있고, 그들에 대한 지지도 이전보다 확대되고 있는데 이런 사람들의 얼굴을 떠올려볼 때 내면에 성숙한 '어른'이 있다는 생각은 도저히 들지 않는다.

〈바람계곡의 나우시카〉는 여주인공 일행이 '핵'과 '테러리즘'을 이용 수단으로 획득함으로써 한 사람의 어른이 된다는 이야기가 아니다. 오히려 이 문제를 어떻게 극복하는가에 초점이 맞추어져 있다. 이런 점이 훌륭하다. 라이너스의 담요는 어른이 되기 위해서는 버려야 하고, 거신병과 크샤나의 왕충은 나우시카의 성숙하지 못함과 대칭을 이루고 있다.

결말부에서 나우시카가 무기를 들지 않은 채, 양 팔을 벌려 왕충의 새끼를 납치한 비행선을 가로막는 모습은 인상적이다. 하지만 크샤나는 거신병을 기동시키고, 나우시카는 자기희생이란 방식을 취해야만 왕충을 멈출 수 있다. 거신병을 자멸시킴으로써 애니메이션판에서는 대량 파괴 병기의 사용을 둘러싼 물음을 애매하게 만들어버렸고, 무장 포기나 간디주의를 연상케 하는 나우시카의 행동은 마치 '특공대'의 행위 같은 공동체를 위한 자기희생으로 바뀌어버렸다.

물론 만화판 『바람계곡의 나우시카』는 좀 더 고뇌에 가득 차 있다. 애니메이션 연구가 오카다 에미코おかだえみこ는 "사회주의의 몰락, 그중에서도 유고연방의 붕괴"가 만화판 『바람계곡의 나우시카』에 어두운 그림자를 드리웠다고 지적했는데, 하야오는 〈바람계곡의 나우시카〉에서 판타지에 현실 역사를 그려 넣기가 얼마나 어려운지를 보여주려 했으나 좌절했다. 그렇기 때문에 역사에서 탈피해 어머니 대자연의 세계 속에서 '흉내'만 내면서 살아가는 〈붉은 돼지〉의 포르코에게는 하야오의 염세주의가 반영돼 있다. 그래서 나는 하야오의 서브컬처 비판이나 친환경적인 말투에 전혀 감흥을 느끼지 못한다. 나는 〈붉은 돼지〉가 전후 민주주의, 그리고 하야오 자신에 대한 진혼곡이라고 느낀다.

폭주하는 '이야기 메이커'에 '나'를 맡겨서는 안 된다

나는 데즈카의 『아톰 대사』가 처음엔 미국의 정의를 아톰이 대행하는 이야기였으나, 아톰을 두 국가의 무력 충돌을 방지하는 비무장 중립적인 대사로 그려냄으로써 어른이 될 수 없는 어린아이였던 아톰의 '성숙'을 그린 이야기가 되었음을 지적한 적이 있다. 하지만 이런 내용은 나중에 데즈카 본인에 의해 봉인되어버렸다(오쓰카 에이지 지음, 『아톰의 명제: 데즈카 오사무와 전후 만화의 주제アトムの命題: 手塚治虫と戦後まんがの主題』, 도쿠마쇼텐, 2003).

하야오도 데즈카도 이러한 '전후'의 이념을 구조밖에 없는 작품에 집어넣으려고 했던 적이 있었다. 그것은 분명 〈바람계곡의 나우시카〉 애니메이션판이나 『아톰 대사』의 '구조'에 보전되어 있다고 생각한다. 그러한 주제는 구조밖에 없는 표현으로는 지극히 도달하기 어려운 것이기는 하지만 말이다.

나는 하루키가 여러 주인공을 구조로부터 내려놓은 것이, 혹은 남성들의 이야기를 여성들의 이야기로 상대화시킨 것이 전적으로 잘못되었다고는 생각하지 않는다. 다만 남자들의 마초적인 자아실현을 구조밖에 없는 이야기로 그리려고 한다면 무라카미 류로도 충분하다고 말하겠다. 그러나 영웅 신화적인 자아실현 이야기에서 주인공이 탈피해버렸다고 한다면, 이야기의 바깥에서 사람은 역사와 현실과 어떻게 관련될 수 있는가. 결국은 크샤나가 대량 파괴 병기의 사용을 단념하고 나우시카가 자기희생이란 영웅주의에 함몰되지 않는 '이야기'는 성립할 수 없는가 하는 물음은 '이야기' 안에서는 해결될 수 없다.

이 점에 관해 말하자면, 앞서 언급했듯 해답은 지극히 간단하다. 누군가 부여한 이야기로 자아실현을 한 기분을 만끽하는 일은 이제 그만두고, '근대적 개인'에 이르는 데 필요한 또 다른 도구를 선택하면 된다.

이야기로 현실 문제를 해결할 수는 없지만, 이야기처럼 현실을 재구성하고 이해하고 해결하려 한 것이 9·11테러 이후의 '재再이야기화'(내가 그렇게 부른)된 세계이다.

이야기 비판은 이야기의 바깥에서 실행해야 한다. 이야기가 아니라 인과율因果律로 세계를 이해하고 기술하는 방법에 관해서는 수많은 사상과 이론이 전 세계에 책으로 출판되어 있다. 이야기 따윈 어차피 소비재일 뿐이라고 내가 계속 말하는 이유도 그 때문이다.

적어도 '구조밖에 없는' 이야기에 이 나라 전체가 '엄청난 일본'이라는 공허한 의미를 담아놓고, 일본이 전 세계에 알려졌다고 굳게 믿는 짓만은 그만뒀으면 좋겠다.

9·11테러 사태는 미국, 혹은 조지 부시라는 '이야기 메이커'의 폭주였고, 일본인은 거기에 '결손된 나'를 맡겨버렸었다는 사실을 잊어서는 안 된다.

보론

『1Q84』와 무라카미 하루키의 재再〈스타 워즈〉화

이 책의 본문 작업을 거의 끝낸 직후에 하루키의 『1Q84』가 출간되었다. 『노르웨이의 숲』과 『해변의 카프카』처럼 '상', '하'로 표기된 게 아니라 'BOOK 1', 'BOOK 2'라고 쓰여 있는 것을 보더라도, 『태엽 감는 새』처럼 제3권 이후의 편도 출간될 개연성이 크다.

이야기 구조에 관해 말해보자면, 동시 진행되는 아오마메와 덴고의 이야기는 〈스타 워즈〉 초기 3부작 중 첫 번째 영화처럼 제1막 '출발'을 기본 틀로 삼으면서도, 두 권 전체로 하나의 독립된 작품이 될 수 있도록 2, 3막에 해당하는 구성 요소도 필요한 만큼은 집어넣었다. 따라서 캠벨을 참조하면 내용 전개를 예측할 수 있다. 하지만 속편(3권)이 나오든 안 나오든 이 신작을 읽어보니, 이 책의 논지를 수정할 필요는 전혀 없을 듯하다. 비평과 창작 양쪽을 박쥐처럼 왔다 갔다 하는 입장에서 보자면 비평 따윈 항상 창작 아래에 놓이는 것이 당연하다고 생각하지만, 불손하게 말해본다면 『1Q84』는 이 책의 주장이 옳다는 점을 입증하기 위해 쓰인 것같이 느껴질 정도이다. 물론 그럴 리는 없겠지만 말이다. 그러나 『1Q84』란 작품은 하루키가 구조밖에 없는 작가라는 점을 보다 강조하고 있다. 다시 말해 하루키는 재再〈스타 워즈〉화를 택했다. 그것이 결론이다.

전작 장편 『해변의 카프카』, 그리고 '중편'이라고 하는 편이 타당한 『애프터 다크』와 비교하여 변화가 있다고 한다면 다음 두 가지다.

하나는 『양을 쫓는 모험』에서 캠벨-루카스 방식의 구조를 습득한 하루키는 이 구조를 소설에 내포하면서도 뭔가 저항하는 태도를 보이고 있었다. 구조를 변형하기도 하고, 병행되는 두 가지 이야기로 분산하는 등의 시도는 하루키 작품을 적당히 난해해 보이게 하지만, 『1Q84』에서 하루키는 이야기 구조를 완전히 습득하여 훌륭하게 구사하고 있다. 이 소설은 그런 의미에서 스티븐 킹의 소설이나 할리우드 영화처럼 읽기 쉽고, 페이지를 계속해서 넘기게 하는 힘이 있다.

두 번째로는 이미 『애프터 다크』에서 명확히 드러냈듯이, 하루키는 누구라도 모방하기 쉽고 번역가 시바타 모토유키柴田元幸의 '문체'가 되어버린 느낌도 드는 번역풍 1인칭의 '문체'를 완전히 포기해버렸다. 즉 『1Q84』의 덴고는 "어휴"라고 중얼거리지 않는다. 심플한 문체라서 번역을 거치더라도 사라져버리는 것이 별로 없다. 다시 말해서 '구조밖에 없는 문장'으로 쓰여 있다는 의미이다. 이런 점에서는 마치 휴대전화 소설'처럼 읽기 쉽다.

이러한 ‘구조’에 대입되는 것은 무엇일까. 『1Q84』에서 ‘이야기 메이커’의 응용프로그램은 많은 부분에서 완벽하다.

덴고라는 신인 작가가 후카에리라는 소녀의 소설을 대필해달라는 ‘의뢰’를 받고 작업을 시작하는 장면으로 이야기가 시작되지만 흥미로운 부분은 대필 절차이다.

> 『공기 번데기』의 원고 첫 몇 페이지를 일단락 짓기 좋은 부분까지 워드프로세서를 이용해 타이프했다. 우선은 이 대목을 납득이 갈 때까지 고쳐 써보자. 내용은 손을 대지 않고, 문장만 철저히 정리해간다. 아파트의 방을 개조하는 것처럼 기본 구조는 그대로 둔다. 구조 자체에는 문제가 없으니까. 수도관 위치도 변경하지 않는다. 이외에 교환할 수 있는 것들, 마룻장이나 천장이나 벽이나 칸막이 등을 떼어내 새것으로 바꾸기 시작한다. 나는 모두 일임 받은 솜씨 좋은 목수다, 라고 덴고는 스스로 되뇌었다. 정해진 설계도 따위는 없다. 그때그때 직감과 경험을 구사하여 머리를 짜낼 수밖에 없다.
>
> 일독한 뒤 이해하기 어려운 부분에 설명을 추가하고, 문장의 흐름을 보기 쉽게 만들었다. 불필요한 부분이나 중복된 표현은 삭제했고, 부족한 부분은 보충했다. 중간중간 문장이나 어절의 순서를 바꾸기도 한다. 형용사와 부사는 원래 극히 적으니까, 적다는 특징은 존중하면서도, 그래도 어떤 식으로든 형용하는 표현이 필요할

때는 적절한 단어를 골라 추가했다.

무라카미 하루키 지음, 『1Q84』, 신초샤, 2009

덴고는 후카에리 소설의 '구조'를 전혀 건드리지 않고, 구조가 더욱 선명해질 수 있도록 세부와 문체를 수정한다. 이는 『1Q84』의 창작 방법에 대한 언급이고, 하루키는 『양을 쫓는 모험』에 설치되었던 '이야기 메이커'의 구조에 전혀 저항하지 않고 보다 적절한 형식을 취하기 위해 문체나 표현을 음미하고 있다. '반反이야기'적 측면은 포기해버렸다. 그 결과 '구조밖에 없는 소설'이 되어버렸다.

독자들은 'BOOK 1'에선 충분히 작품에 빨려들어 가지만 'BOOK 2'에서는 골탕을 먹은 느낌을 받을 것이다. '선구(사키가케さきがけ)' 교단의 내부에서 대체 무슨 일이 벌어지고 있는지, 리틀 피플의 목적은 무엇이고 아오마메는 죽어버렸는지, 1Q84년이 1984년의 평행우주가 아니라면 대체 무엇인지. 사실은 이런 질문들은 『양을 쫓는 모험』에서 '노인'이 만들어낸 왕국은 정계와 재계를 어떤 식으로 지배하는지, '양'이란 결국 무엇인지, '백 퍼센트의 귀'의 소녀는 어디로 사라졌는지, 이 소설은 도대체 픽션인지 아닌지 같은 질문들과 똑같다. 하지만 『양을 쫓는 모험』에선 '노인'과 '양'과 '백 퍼센트의 귀' 등은 기호나 문학적 상징 같은 느낌이 들기도 하고, 뭔가 알 수 있을 듯한 느낌을 주었다. 말하자면 히치콕 감독의 '맥거핀'이란 수법이다.

히치콕이 어느 날 열차를 탔는데 외국인같이 보이는 사내들이 '맥거핀'에 관한 대화를 하고 있는 모습을 보았다. 히치콕은 무심코 대화에 귀를 기울이게 되었지만 '맥거핀'이 무엇인지 도대체 알 수가 없었다. 알 수가 없으니까 더더욱 알고 싶어져서 이래저래 가설을 세워도 봤지만 역시나 알 수 없었다. 그리하여 관객들을 영화에 끌어들이기 위해서는 작중에 '맥거핀'을 하나 배치해두면 되겠다고 생각한다. 작중의 등장인물들은 그걸 알고 있어서 자명하다는 듯이 이렇게 저렇게 언급을 한다. 독자들은 매우 답답한 기분이 들고, '그것'이 뭔지를 알고 싶어서 작품을 과잉 독해하게 된다. 여기까지 쓰면 내 만화를 읽은 독자 여러분들은 '루시 모노스톤'도 결국은 '맥거핀'임을 알게 될 것이다.

'맥거핀'이란 말하자면 '의미'라는 '내용물'이 결여된 텅 빈 기호로서, 사람은 텅 빈 기호를 견뎌내지 못하기 때문에 '의미'를 보전하려 하게 마련이다. '양', '쥐', '백 퍼센트의 귀가 있는 소녀' 등도 '맥거핀'이므로 독자나 비평가들이 이렇다 저렇다 하며 의미를 부여하려 하지만 사실 정답은 없다.

그러나 『1Q84』에서 하루키는 캐릭터를 '기호'로만 묘사하는 방식을 취하지 않고, 구체성을 갖춰놓고 있다. 즉 '백 퍼센트의 귀가 있는 소녀'는 무술의 달인이고 천재적인 침구사이며 동시에 암살자라는 '속성'을 부여받았다. 하지만 거기에서 많은 독자들은 곤혹스러워진다. 이러한 '아오마메'의 속성은 할리우드 영화는커녕, 일본의 텔레비전 애니메이션이나 후지TV의 드라마에서 수없이 반복된 수준의 '상상력'이 만들어낸 산물에 지나지 않기 때문이다. 솔직히 '문학'은 겨우 이 정도로만 캐릭터 조형을 해도 괜찮단 말인가, 하고 만화 원작자[2]인 나는 한없이 부러운 심정으로 반문할 정도이다.

반면 지금까지 발표한 하루키 작품과 마찬가지로 '해답'은 주어져 있지 않다. 특히나 만화, 애니메이션에서 자주 볼 수 있는 '설정'은 존재하지 않는다. 그것이 무라카미 류의 작품과 다른 점이다. 불완전하게 캐릭터에 현실적 속성이 있기 때문에 오히려 더 설정이 존재하지 않는 점이 신경 쓰이고, '맥거핀' 캐릭터에 대한 설명이 부족하고 '문학' 치고는 잘 만들어져 있지만 그다지 새롭지는 않다. 이런 식으로 불완전한 특성이 있다.

만약 '구조'에 무언가를 대입할 경우 만화, 애니메이션, 텔레비전 게임, 엔터테인먼트 소설, 할리우드 영화 등이 지금까지 그래왔듯 등장인물들에게 철저한 디테일이나 가상현실로 더욱 정합성이 갖춰진 세계관을 보전하는 쪽을 선택할 수 있었다. 그렇게 했다면 『1Q84』는 할리우드 영화처럼 우수한 상품성을 갖춘, '문학'과는 또 다른 소설이 될 수도 있었을 것이다.

또 한 가지 선택지는 '구조'가 이야기의 차원에서도 문장의 차원에서도 완성형에 가깝다고 한다면, 거기에 '구조'가 아닌 무언가—물론 캐릭터의 '속성'이나 '세계관'이 아닌—를 대입할 수도 있다.

이는 '이야기'를 엔터테인먼트 소설이나 대중 만화 및 애니메이션과 명확하게 구분 짓고 '문학'을 '문학'답게 만드는 요소로, 정말로 그런 게 있다면 꼭 보고 싶다.

『1Q84』에서 덴고는 후카에리의 소설 구조를 따라가면서 소설을 씀으로써, 마치 내가 『이야기 체조』(북바이북, 2014) 등에서 제시했듯이 '소설'을 쓸 수 있게 된다. 하지만 덴고가 쓸 수 있게 된 글은 '구조밖에 없는 이야기'가 아니다.

> 덴고는 그때까지 쓰다 만 상태로 있었던 원고를 과감히 버리기로 했다. 그리고 완전히 새로운 이야기를 백지 상태에서 쓰기 시작했다. 그는 눈을 감고, 내면에 있는 작은 샘의 물방울 소리에 오랫동안 귀를 기울였다. 얼마 안 있어 언어가 자연스럽게 떠올랐다. 덴고는 그것을 조금씩, 시간을 들여 문장으로 완성하기 시작했다.
>
> 『1Q84』

'물방울 소리'야말로 '구조'가 발굴해낸 '스스로를 보전해주는 무언가'이다. 다만 문제는 작중의 주인공이 '문학'을 쓸 수 있게 되었다고 주장하며 거기에 보전할 무언가를 발견했다고 말하는데, 그가 주인공을 맡고 있는 『1Q84』란 작품에는 '구조'밖에 없다는 점이다. 그것은 단언할 수 있다.

'BOOK 2' 결말 즈음에서 덴고는 또 한 명의 작가인 후카에리와 이런 대화를 나눈다.

"우리 둘이서 책을 쓴 거니까." 후카에리는 이전과 똑같은 말을 반복했다.

덴고는 무의식적으로 손가락 끝을 관자놀이에 댔다. "그때부터 나는, 나도 모른 채 리시버 역할을 하고 있었다는 거야?"

"그 전부터." 후카에리는 말했다. 그리고 오른손 집게손가락으로 자신을 가리키고 이어 덴고를 가리켰다. "내가 퍼시버고 당신이 리시버."

"perceiver와 receiver." 덴고는 정확한 단어로 바꿔 말했다. "즉 네가 지각하고, 내가 그것을 받아들인다. 그런 말이지?"

후카에리는 짧게 고개를 끄덕였다.

『1Q84』

'리시버'인 작가란 곧 '구조 밖에 없는 소설'을, 즉 '그릇'을 온전히 만들어낼 수 있는 자이고, '퍼시버'가 만들어내는 '의미'를 수신할 수 있는 자라는 말일 것이다. 물론 여기에선 오모토大本교의 데구치 나오와 데구치 오니사부로 같은, 혹은 오리쿠치 시노부의 '오키나翁'와 '모도키もどき'[2] 같은, 신이 하는 말을 '지각'하는 자와 이를 인간의 언어로 쓰인 이야기로 바꿔 말하는 자의 관계처럼 배치해놓았는지 모르지만, 나에게는 하루키가 자기는 '문학'이라는 '퍼시버'가 발신하는 내용의 '리시버'라고 말하는 것처럼 들린다.

그런 의미에서 『1Q84』는 하루키의 문학자 선언처럼 보이기도 한다. 그렇지만 미시마 유키오의 『가면의 고백』처럼 유아기 기억으로 시작되어, 프로이트식 가족 로망스나 프레이저의 『금지편』, 어빙의 작품을 연상시키는 난독증 및 서번트 신드롬savant syndrome[3] 등 어딘가에서 본 듯한 문학 장치 몇 가지가 전보다 더 많이 동원된다. 또 무라카미 류의 『5분 후의 세계』[4]가 연상될 수밖에 없는 기본 틀이 사용되고, 아오마메, 후카에리 등의 캐릭터에는 라이트노벨 속 미소녀[5] 캐릭터 같은 조형이 시도되었다. '문학'('라이트노벨'을 포함하여)의 데이터베이스에서 샘플링했다는 뜻이다. 그렇지만 구체적인 표현 내용은 미시마에게도 어빙에게도 미치지 못하고, 후카에리라는 캐릭터 역시 아야나미 레이[6]에도 미치지 못한다. 그러면서도 현재의 '문학' 중에서는 마이조 오타로 등의 라이트노벨 계열 문학보다는 성숙해 있다. 무엇보다도 〈스타 워즈〉 구조니까.

뭐랄까, 하루키는 과거 나카가미가 불필요할 만큼 과도하게 칭찬을 받았던 것처럼, 이러한 전형적인 '이야기'를 만듦으로써 문학이나 근대소설에 무효 선언을 하는 것이 아니라, 진심으로 근대소설을 부흥시키려 하는 듯하다.

그러나 본래 부흥해야 하는 '근대적 개인'이나 '역사'를 거기에 대입하지 않는다. 그저 '문학'이 자신의 구조(=이야기)에 '빙의憑依'될 거라고 하루키는 믿고 있다.

내겐 초월자의 목소리가 들린다. 왜냐하면 나는 문학이니까.

『1Q84』는 결국 그러한 소설이고, 아사하라와 『1Q84』의 유일한 차이점은 『1Q84』는 소설일 뿐이라는 것이다. 그나마 다행이다.

*

이 책의 담당자는 가도카와쇼텐의 후루사토 마나부이다. 한 번쯤은 많은 사람이 알고 있는 유명한 내용에 관한 책을 써보려 했는데, 후루사토 씨와 오랫동안 같이 일을 해왔지만 이 책만큼 비사회적인 책은 만든 적이 없는 듯하다.

오쓰카 에이지

옮긴이 후기

신작 『기사단장 죽이기』와 한국의 무라카미 하루키 비평

비평과 비평가

이 책에서 저자 오쓰카 에이지는 일본의 소설가 무라카미 하루키와 애니메이션 감독 미야자키 하야오의 작품을 해석하는 하나의 방법론을 제시한다. 물론, 꼭 이렇게만 해석해야 한다는 주장도 아니거니와 이 책의 해석이 무라카미 하루키나 미야자키 하야오의 '작가적 의도'와 반드시 일치한다는 것도 아니다. 애당초 평론가란 작가가 어떤 생각을 가지고 작품을 만들었는지를 추리해내는 직업도 아니고 '작가의 의도'를 맞추는 사람도 아니다. 그런 의미에서 보자면, 요즘 간혹 인터넷에서 볼 수 있는 '작가의 자식이 문학 수업 시간에 저자의 의도를 묻는 문제가 나와서 아버지에게 직접 의도를 물어본 다음 답변을 제출했는데도 틀렸다더라'라는, 농담인지 떠도는 이야기인지 모를 글은 초점이 어긋났다고 할 수도 있다. 이 이야기에서는 마치, 문학 과목에서 가르치는 '저자의 의도'란 것이 실제로는 저자가 작품을 쓸 당시 생각했던 내용과는 전혀 다를 수도 있고, 그렇다고 한다면 그건 우스운 일이라는 전제로 사람들의 웃음을 유발하고 있다. 하지만 독자나 비평가가 '저자의 의도'를 파악하는 것은 실제 저자가 그 글을 쓸 때 무슨 생각을 했는지를 '알아맞히는' 작업이 아니다(그런 의미에서 보자면, '저자의 의도'라고 표현하는 것 자체가 문제라고도 할 수 있을 것 같다). 예를 들어 저자는 아무 생각 없이 작품을 썼을 수도 있고, 그냥 출판사가 지정한 마감일에 쫓겨 어떻게든 마무리를 짓는 데 급급해하며 썼을 수도 있다. 그러나 그 작품이 만약 어떤 독자에게 큰 감동을 주었거나 혹은 어떤 비평가에게 비평할 만한 가치를 주었다면, 실제 '저자의 의도'와는 무관하게 그 작품은 평가받는 것이 당연하다.

그럼에도 불구하고 요즘 독자들이 비평가에 대해 강한 반감을 품게 된 배경 중 하나라면, 최근 인터넷에서 자주 살펴볼 수 있는 '전문가/전문지식에 대한 반발/비웃음'의 일환, 즉 일종의 '반(反)지성주의' 성향이 강해지는 분위기 때문이 아닌가 싶다. 물론 독자들의 태도가 문제일 뿐 비평가에게는 아무런 문제가 없다는 말은 절대 아니다(나 역시도 PC통신 등을 통해 1990년대부터 만화/애니메이션 분야에서 '평론가'라는 직함이나 평론가들의 비평에 반감을 표했던 경험이 있다). 비평이 대중에게서 유리되는 문제라든지, 비평가도 비판을 받아야 할 부분은 얼마든지 있다고 생각한다. 하지만 그와는 별개로, 비평가는 자신의 주의·주장을 설명하기 위해, 즉 '비평을 하기 위해' 작품을 '이용'할 수 있어야 한다고 본다.

간혹 작가들 중에는 비평가를 비판할 때 "자기가 하고 싶은 말을 그냥 직접 말하면 되지, 왜 내 작품을 가져다가 (소재로 삼아서) 비평을 하느냐"는 식의 불만을 터뜨리는 경우가 있다. 물론 작가 본인은 당사자이므로 그런 일차적인 불만을 터뜨릴 수 있다. 그렇더라도 비평가는 '공공연하게 발표된 작품이라면' 기본적으로는 아무 작품이나 갖고 와서 비평할 수 있어야 한다. 창작자에게 창작의 자유가 있듯이 비평가에겐 비평의 자유가 있어야 할 것이다. 기본적으로는 평론도 문학의 한 장르이고, 시나 소설이 어떤 사건이나 사물, 사람을 소재로 삼아 작품을 만들 수 있듯이 평론 역시 '타 작품을 소재로 삼았을 뿐인 문학'이라고 본다면 기본적으로는 어떤 작품을 가지고 비평하더라도 비평하는 이의 자유로 보아야 할 것이다. 비평가는 '독자 중 한 명일뿐이고, 독자를 대표하여 말하는 이'라고 본다면 더더욱 그렇다. 공적으로 발표한 작품에 대해 독자가 감상을 발신할 자유를 작가가 빼앗을 수는 없는 노릇 아닌가.

다만, 국내에서는 문학 비평이든 영화 비평이든 만화 비평이든 음악 비평이든 대부분의 '비평'이 주로 '작품론'이나 '작가론'으로만 구성되어 있다는 점이 조금 아쉽다. 물론 좋은 작품론, 작가론은 있을 수 있고 그 안에는 감탄을 금치 못할 만큼의 비평도 존재한다. 하지만 대부분의 경우 '작품론'은 그저 해당 작품을 본 뒤 평자가 느낀 '감상' 정도에 그치고 있고, '작가론'조차도 단순히 해당 작가의 연대기 수준에 불과한 경우가 적지 않다. 또 작품론은 홍보를 위해, 작가론은 해당 작가에게 헌정하기 위해 발표되는 일도 잦다. 그러다 보니 소위 '주례사 비평'이 난무하는 것이 아니겠는가. 어떤 작품이나 작가를 단순히 칭찬하거나 비판하기 위한 비평이 아니라, 평자가 평소에 생각하고 고민하던 바를 그 작품이나 작가를 통해서 비로소 확인하고 깨달음으로써 쓰는 비평, 즉 비평가의 '사상'이나 '철학'을 논하기 위해서 작품/작가를 '사례'로 드는(=이용하는) 비평, 그러면서도 그 '생각하고 고민하던 바'라는 것이 단순히 개인적이고 단편적인 수준의 고민이 아니라 우리 사회에서, 혹은 인류 전체에서 의미를 가질 수 있는 내용이 되는 것. 그런 비평을 보고 싶은 것이 나의 바람이다.

『기사단장 죽이기』와 '피해자 의식'

이 책에서 저자 오쓰카 에이지는 무라카미 하루키와 미야자키 하야오라는 일본의 두 작가(소설가와 애니메이션 작가)에 대해, 그들이 발표한 여러 작품을 돌이켜보면서 느낀 바를 '해석'하고 '독해'하고 있다. 그리고 그 해석이나 독해는 '오쓰카 에이지가 해낸 것'으로, 무라카미 하루키나 미야자키 하야오가 작품을 만들 때 했던 생각을 '알아맞히는 것'이 아니라는 점에 주의해야 한다(물론 그중 일부는 저자가 '틀림없이 이렇게 생각했을 것'이라고 분석한 것도 있다). 이것은 1장에서 "무라카미의 자기언급은 (무라카미만이 아니라 모든 작가의 자기언급이 다 마찬가지지만) 어느 정도, 회의懷疑하면서 바라볼 필요가 있다"고 쓴 것을 보더라도 알 수 있다.

작가의 자기언급, 즉 예를 들어 작가가 인터뷰나 에세이 등에서 자신에 관해, 혹은 자신의 작품에 관해 언급한 내용이라고 하더라고 그 말을 무작정 믿을 수는 없고, 작가의 발언에 대해서도 회의懷疑를 할 필요가 있다는 지적은 의미가 있다. 재판에서 '물증'이 아닌 '증언'에 대해서는 그 말이 사실이 아닐 가능성(거짓말만이 아니라, 그 증언을 한 사람이 착각하거나 잘못 알았을 가능성까지 포함하여)을 염두에 두는 것처럼, 아무리 작가라도 본인이나 본인이 만든 작품에 대해 하는 모든 말이 '명확하게 사실'인지는 제3자인 독자로선 확신할 수가 없지 않겠는가. 그렇다고 본다면, 어차피 작가의 자기언급을 인용하여 비평을 하든 비평가가 독자적인 해석을 통해 비평을 하든 그 양쪽에 어떤 절대적인 차이가 존재하지는 않는다는 말이 된다. 그렇기에 '비평가의 비평'에 더 흥미를 느끼고 수긍하는 독자도 충분히 있을 수 있다.

나는 이 책 『이야기론으로 읽는 무라카미 하루키와 미야자키 하야오』을 읽으면서, 저자 오쓰카 에이지의 모든 해석에 완벽하게 동의하지는 않았다. 그러나 적어도 '무라카미 하루키 독해'를 시도하고자 한다면, 이 책의 주장에 설령 동의하지 않더라도 최소한 일독은 해야 하지 않을까 생각할 정도로 가치가 있다고 느꼈다. 최소한 이 정도의 분석은 하고 나서 무라카미 하루키나 미야자키 하야오 작품을 '독해'했다고 할 수 있지 않을까.

확실히 이 책을 읽고 나면 적어도 무라카미 하루키의 작품에 대해 '역사로부터의 도피'라는 일차원적 해석은 더 이상 하지 않게 될 것 같다. 저자 오쓰카 에이지는 얼마 전 일본의 주간지 〈주간 포스트〉에 무라카미 하루키의 신작 『기사단장 죽이기』에 관해 이렇게 서평을 남겼다.

> 무라카미 하루키 신작의 평판이 그다지 좋지 않은 듯하다. 동어 반복에 지나지 않는다는 식의 비판을 여기저기에서 볼 수 있지만, 무라카미 하루키는 『양을 쫓는 모험』 이후 동일 구조를 계속해서 반복해왔는데 이제 와서 무슨 소린가 싶어 오히려 동정이 갈 지경이다. 사실 정확히 말하자면 비판적인 평가가 많다기보다는 평가하는 데 약간 애를 먹고 있는 것인데, 그 이유는 난징대학살에 대한 언급이 있기 때문이다. 그것이 평가를 내리는 행동 자체를 주저하게 하는 것이리라. 하지만 그 역시도 『양을 쫓는 모험』에선 홋카이도 개척민 문제, 『태엽 감는 새』에서는 노몬한 사건 등 역사를 신화적인 '수난'의 상징으로 인용해온 행위의 반복 그 이상은 아니다. 무라카미 하루키는 그대로인데 난징대학살 하나만으로 기피해버리는 여론도 한심하다.
>
> 그러나 전작 『색채가 없는 다자키 쓰쿠루와 그가 순례를 떠난

해』가 햐쿠타 나오키百田尙樹보다는 그나마 나은 수준의 역사수정주의 우화였던 것과 마찬가지로, 이번에도 난징대학살에서 '죽였던' 쪽의 사람이 죽였다는 사실 자체에 상처를 입는다는 식의 '피해자 사관史觀'은 그대로 유지되고 있지 않은가. 혼다 가쓰이치本多勝一식으로 말하자면 '죽이는 쪽의 윤리'인 것이다. 죽임을 당한 입장에서서 '일본'을 규탄하고 있지는 않다.

그나저나 요즘 무라카미 하루키의 소설은 어째서 역사수정주의적으로 읽히는 것일까. 그것은 이 작가가 지금까지 쭉, 근거 없는 어떤 것을 통해서 '부서진 나'를 그려왔기 때문이다. 하지만 그가 '부서지게 된' 구체적인 이유는 '외동아들이었다는 사실' 말고는 전혀 보이질 않는다. "상처 입은 느낌이 멋져"라는 건 야쿠시마루 히로코(일본의 대중가요 가수 – 옮긴이)가 부른 노래의 한 구절이지만, 그런 식의 '느낌'이 애매하게 역사에 접근하게 되면 '누군가에 의해서 부서짐을 당한 역사관'이 된다. 한국의 비판이나 아사히신문 때문에 '상처를 입은 듯한 느낌'이 요즘 우파의 멘탈리티인 것이다.

그러나 이제 슬슬 무라카미 하루키는 이제까지 신화적인 '수난'처럼 다루어왔던 제재를 상징이나 우화가 아니라 '역사소설'로 쓰는 편이 좋을 연령이다. 그러나 결코 그러한 '성숙'을 하지 않는다는 점이 작가로서 그가 진심을 다하는 방식이긴 하다. 게다가 진짜 전쟁에서는 '죽였던 쪽'도 실제로 부서지기는 한다. 그렇게 자위대원이 경험하게 되는 '부서짐'에 대해 지극히 무심하게 강요하려 하는

'여론'을 생각해보면, 무라카미 하루키의 '우화'는 또 다른 형태이긴 하나 충분히 기능을 하고 있다.

저자 특유의 복잡한 문장이라서 단숨에 읽히지 않을지도 모르겠다. 이 글에서 오쓰카 에이지가 말하는 것은 무라카미 하루키의 전작 『색채가 없는 다자키 쓰쿠루와 그가 순례를 떠난 해』 및 신작 『기사단장 죽이기』가 '피해자 사관史觀'을 바탕에 깔고 있다는 비판이다. 오쓰카가 말하는 피해자 사관이 무엇인지에 관해서는, 역자가 대담에 참가했던 책 『오쓰카 에이지: 순문학의 죽음·오타쿠·스토리텔링을 말하다』(북바이북, 2015)에 이렇게 나와 있다.

오쓰카 에이지: 역사 인식에 있어서 한국이든 일본이든 중국이든 잘못 생각하고 있는 부분은, 피해자 의식 속에서 역사를 보려고 하는 한 역사의 본질을 볼 수가 없다는 점입니다. '피해자'라는 입장은 어떤 의미에선 일방적으로 상대방을 규탄할 수 있습니다. 즉 스스로에 대한 반성이 불가능하잖습니까. 일본은 원자폭탄 투하로 인해 잠재적으로 미국에 대해 피해자라는 의식을 갖고 있습니다. 하지만 그것을 추궁하지 못했습니다. 그래서 반대로 가해자로서의 책임을 진다는 의식을 만들지 못한 겁니다.

역사 속에서 보자면, 입장을 바꿔 놓고 생각해보면 사실 어떤 단계에서든 가해자가 될 수 있습니다. 너무 일반론적인 이야기일지도 모릅니다만, 예를 들어 유대인은 팔레스타인에 대해 현재 최대의 가해자이지 않습니까. 홀로코스트에 있어서는 인류 역사상 최대의 피해자였지만, 지금 현재는 이스라엘이 팔레스타인에 대해 최대의 가해자가 되어버렸잖습니까.

마찬가지로 중국은 일본에 대해서는 피해자였다고 할 수 있을지도 모릅니다. 하지만 현재 티베트 등에 대해서는 최대의 가해자라는 것이죠. 아까 말씀하신 대로 한국 역시도 베트남 전쟁에서는 베트남에 대하여 가해자 측이었고요. 그런 식으로 국가와 국가 사이의 관계에선 가해자로서의 입장이 존재하고, 인간과 인간 사이의 관계에서도 항상 '가해자로서의 자기 자신'이란 존재가 의식을 하든 하지 않든 생기기 마련입니다. 즉 자신들이 가해자일 수 있다는 의식을 항상 가져야 한다는 것입니다. 피해자라는 입장은 특권적이잖습니까. 가해자로서의 자신이란 입장을 긍정하는 것은, 소위 인간의 '도덕'이나 '규칙'에 반하는 것이므로 어딘가에서는 스스로 반성할 만한 여지가 있다는 것입니다.

그러므로 일본인이 가해자로서의 시점을 만들지 못했다는 것은, 그 안에 여러 가지로 복잡한 일본의 전후사戰後史의 문제가 있겠습니다만 어쨌든 잘못된 일이고, 지금에 와서 피해자라고 하는 시점을 만들고 있다는 말입니다. 애국심이란 것은 그런 피해자 의식에서 비롯된 경우가 많습니다. 그런 의미에서는, 말씀드리기 어려운 일이긴 합니다만 일본의 애국심이 아시아에 대한 피해자 의식에서 비롯된 것이듯 마찬가지로 한국이나 중국의 애국심도 일본에 대한 피해자적인 역사관에서 비롯되었다고 할 수 있지 않을까요. 이런 '피해자끼리의 역사관'은 영원히 서로 이해할 수가 없지 않을까요.

오쓰카 에이지: 일본에서도 피해자 의식을 강조하는 사람들은 많습니다. 예를 들어 하시모토 도루 지사는 항상 자신을 피해자의 위치에 놓습니다. 최근 있었던 아사히신문과의 문제에서도 그렇습니다. 하시모토 본인이 재일 조선인에 대한 일본인의 차별 의식을 불러일으키는 발언을 반복해왔던 인물인데, 그런데도 막상 자기가 아사히신문으로부터 비판당하자 인권 문제를 꺼냈습니다. 가장 인권을 무시하던 사람이 피해자의 입장에 놓이자 바로 피해자 의식을 표출한 것이죠. 그러자 하시모토 지사의 팬들도 피해자 의식을 공유했습니다.

요즘 정치는 계속해서 자신들이 피해자라는 입장을 강조합니다. 자민당이나 우익들은 일본이 아시아로부터 피해를 받았다고 주장한다는 식으로 말이죠. 하지만 냉정히 생각해볼 때 2차 세계대전 이후 역사 속에서 일본이 피해자였다기보다는, 예를 들어 오키나와가 일본으로부터 피해를 받았다든지 미국의 속국이 되었다든지 하는 식으로 피해자였던 것이죠. 그럼에도 불구하고 일본은 '피해자로서의 오키나와'를 인정하려 하지 않습니다. 요즘도 오키나와에서 미군에 의한 강간 사건이 일어나기도 하는데, 일본 정부는 정면에서 항의를 하지 못하고 있습니다. 오키나와라는 피해자를 일본은 지키지 못하는 것입니다. 진짜 피해자에 대해서는 보듬지 못하면서, 어디까지나 자기 자신을 지키기 위해, 자기긍정을 위해 피해자 의식을 만들 뿐입니다.

'피해자 의식'이란 것은 진짜 피해자의 마음과는 다르다는 이야기입니다. 자기긍정을 위한 피해자일 뿐이니, 피해자 의식을 통해 자기주장을 하거나 아이덴티티를 가지는 사람하고만 동조할 수 있는 것이죠. 그렇기 때문에 진정한 피해자에게 공감을 할 수가 없습니다. 그러므로 종군위안부 피해자 분들이나 아시아의 전쟁 피해자 분들, 혹은 일본 국내의 피해자들, 마이너리티들에게 공감을 하지 못하는 것 역시도, 그런 피해자 의식이 결국은 피해자에 대한 공감이 아니라는 증명이 되는 것이죠.

바로 이것이 오쓰카 에이지가 말하는 '피해자 사관'이다. 무라카미 하루키는 일본이 지난 전쟁에서 가해자였음을 지적하고, 종군위안부 문제 등에 대해서도 사과해야 한다는 의견을 여러 번 피력하면서 한국 내에선 '의식 있는 일본 지식인' 이미지로 통용되고 있다. 실제로 이번 『기사단장 죽이기』에 등장하는 난징대학살에 대한 표현이 그 대표적 사례로서 국내외 매스컴에서 여러 번 다루어지기도 했다. 하지만 오쓰카 에이지는 무라카미의 이러한 '역사에 대한 비판'은 과거에도 이미 『양을 둘러싼 모험』 등에서 반복해온 바이고, 심지어 전작 『색채가 없는 다자키 쓰쿠루와 그가 순례를 떠난 해』는 '우익 작가'로 유명한 햐쿠타 나오키(『영원의 제로』 소설가)보다 조금 나은 정도의 '역사수정주의 우화'였다고 단언한다.

이번 작품에서도 결국은 '죽이는 쪽의 윤리'에 서서 비판을 던지는 것일 뿐 정말로 피해자 입장에 서서 일본을 규탄한 것은 아니라고 분석한다. 말하자면, 살인자일지라도 사이코패스가 아닌 이상 자신이 저지른 '살인'이란 엄청난 사실 앞에서 "아, 내가 사람을 죽였구나"라고 충격을 받는다는 것, 즉 '죽이는 쪽'에서도 '죽였다는 사실 자체'로 상처를 입는 법이지만 피해자 입장에서 보면 가해자의 그러한 '자책'은 어이가 없지 않는가 하는 비판인 셈이다. 간혹 사회적으로 엄청난 사건을 일으킨 가해자가 나중에 그 사건이 드러나 사회가 들끓게 되어 온갖 욕과 비난을 듣자, '사실은 나도 또 다른 피해자'라는 식의 반응을 보이는 일은 지금까지 국내의 뉴스에서도 수없이 보지 않았나. 혹은 엄청난 권력을 가졌던 사람이 그 권력을 마구 휘둘러서 생긴 문제 때문에 재판을 받을 때도, 항상 자신의 피해자 의식을 먼저 강조하는 경우를 자주 볼 수 있다.

오쓰카 에이지는 『기사단장 죽이기』에서 무라카미 하루키가 아무리 난징대학살을 비판하는 듯한 모습을 보였다고 하더라도 '사실은 그 사건 자체에서 상처를 입은 나(=일본인)'라는 관점을 버리지 못하고 있다고 비판한다. 이것은 평범한 수준의 '역사로부터의 도피'가 아니라, 오히려 한국문학 내부에서도 쉽게 찾아볼 수 있는 태도가 아닌가. 이 비판 자체가 옳은지 그른지를 따질 생각은 (문학 비평가도 아닌 나로서는) 없지만, 적어도 무라카미 하루키를 이런 관점에서 비판한다면 모를까 '수준 떨어지는 젊은이 취향의 가벼운 문학'이라는 비판은 무라카미 작품을 제대로 독해하지 못했고 독해할 생각도 없다는 고백에 다름 아니라고 생각한다.

'제대로 된' 무라카미 하루키 비평이 한국에서도 많이 나오기를 바라며

어쨌거나 내가 한국에 나온 모든 무라카미 하루키 비평을 접해본 것은 아니므로, 국내에도 논문이나 여러 형태로 본격적인 하루키 비평이 존재할 것이라고 생각한다. 매스컴 등에서는 아무래도 더욱 극적인 발언이 나오기 마련이라서, 문학 비평가도 아니고 국내 문단에 크게 관심이 없는 나로서는 그런 비평에 대해 잘 모르는 것뿐이라고 믿고 싶다. 하지만 한 가지, 추가로 지적해두고 싶은 것이 있다. 이 책의 1장 「논하지 않는 러브크래프트와 〈스타 워즈〉의 영향」에 나오는 다음 단락이다.

> 하루키의 독자들은 하루키가 피츠제럴드나 샐린저처럼 이야기를 쓰고 있다는 평에는 수긍할 터인데, 그러면서도 하루키가 러브크래프트나 〈스타 워즈〉처럼 이야기를 쓰고 있다고 말하면 왠지 트집 잡는 것처럼 느끼는 경향이 있지 않은가? 실제로 하루키는 『게

드 전기』와 에토 준의 소설처럼 이야기를 쓰고 있다. 한데 피츠제럴드와 샐린저, 러브크래프트와 〈스타 워즈〉는 하루키가 작중에서 언급했거나 시사한 작가, 작품인데도 어째서 하루키론을 쓰는 이들은 전자만을 참조하고 싶어 하는가. 결국 독자들은, 혹은 하루키론을 쓰는 이들은, 그가 인용하고 언급한 '정크'들 중에서 '하루키를 읽고 논하는 독자 및 비평가로서 자신의 존엄을 잃지 않는 아이템'만을 선택하여 하루키상像을 구성하는 경향이 있다. 그러나 하루키가 피츠제럴드처럼 소설을 쓴다는 이미지를 받아들인다면 〈스타 워즈〉처럼 이야기를 쓰고 있다는 사실도 검증해야 마땅하다.

아마도 국내에서 무라카미 하루키를 '가볍다'고 평하는 이들의 대다수가 바로 이 문제 때문에 그렇게 말하는 것 아닌가 싶다. 오쓰카 에이지가 말하는 것처럼, 일본에서도 무라카미가 '피츠제럴드나 샐린저처럼 이야기를 쓰고 있다'고는 인정하면서도, '러브크래프트나 〈스타 워즈〉처럼 이야기를 쓰고 있다'는 것은 인정하기 싫어한다는 부분. 즉 '러브크래프트나 〈스타 워즈〉는 문학적인 수준이 피츠제럴드나 샐린저보다 떨어진다'는 관점이다. '문학'을 대중소설이나 영화 '따위'와는 유리된 그 어떤 높은 존재high art로 보려 하고, 자신이 '예술'로서 인정하기 싫은 것에 대해서는 적대감을 드러내는 행위를 말한다. 따라서 무라카미 하루키를 '예술'이라고 말하고자 하는 이들은 무라카미 하루키를 '피츠제럴드나 샐린저'와는 연결시키면서도 '러브크래프트나 〈스타 워즈〉'와는 연결시키기 싫어하는 것이고, 반대로 무라카미 작품의 '러브크래프트나 〈스타 워즈〉'와의 연관성을 (의식적으로든 무의식적으로든) 인정하는 이들은 그로 인해 무라카미 작품은 '예술'이 아니라고 말하고 싶어 하는 것이다. 그렇기 때문에 무라카미 작품들은 '골 빈 대학생'이나 읽는 것이고, 소비향락적이며 가벼운 현대 일본문화의 산물이라고 말할 수밖에 없는 것이기도 하다.

이 후기가 무라카미 하루키 비평도 아니고, 나에게 그의 작품을 제대로 비평할 만한 역량이 있는 것도 아니기 때문에 이 이상 다른 무언가를 기술할 생각은 없다. 그래도 하루키 작품을 '가볍다'고 말하고 싶어 하는 의지의 근저에 이 같은 인식이 존재한다는 것만큼은 지적해두고 싶다. 이 글을 읽는 독자 여러분이 그 부분만이라도 동의해줄 수 있다면 이 책을 번역한 의미가 있다고 생각할 수 있을 것 같다.

인용 그림 출전

1장

〈그림 1〉 『앵거스와 두 마리 오리』의 한 장면. (마저리 플랙 글·그림, 세타 데이지 옮김, 후쿠온칸쇼텐, 1974)
〈그림 2〉 『앵거스와 두 마리 오리』
〈그림 3〉 『앵거스와 두 마리 오리』
〈그림 4〉 『앵거스와 두 마리 오리』

2장

〈그림 1〉 『천의 얼굴을 가진 영웅』(조지프 캠벨 지음, 진분쇼인, 1984)

3장

〈그림 1〉 『스튜디오 지브리 그림콘티 전집 11: 모노노케 히메』, (미야자키 하야오 지음, 도쿠마쇼텐, 2002)
〈그림 2〉 『스튜디오 지브리 그림콘티 전집 11: 모노노케 히메』
〈그림 3〉 『스튜디오 지브리 그림콘티 전집 15: 게드 전기』 (미야자키 고로·야마시타 아키히코 지음, 도쿠마쇼텐, 2006)
〈그림 4〉 『스튜디오 지브리 그림콘티 전집 15: 게드 전기』

4장

〈그림 1〉 〈벼랑 위의 포뇨〉 극장용 팸플릿
〈그림 2〉 『스튜디오 지브리 그림콘티 전집 16: 벼랑 위의 포뇨』 (미야자키 하야오 지음)
〈그림 3〉 『스튜디오 지브리 그림콘티 전집 7: 붉은 돼지』
〈그림 4〉 『스튜디오 지브리 그림콘티 전집 1: 바람계곡의 나우시카』
〈그림 5〉 『스튜디오 지브리 그림콘티 전집 1: 바람계곡의 나우시카』
〈그림 6〉 『스튜디오 지브리 그림콘티 전집 16: 벼랑 위의 포뇨』
〈그림 7〉 『스튜디오 지브리 그림콘티 전집 16: 벼랑 위의 포뇨』

5장

〈그림 1〉 『신 보물섬』 (사카이 시치마 원작·구성, 데즈카 오사무 작화, 이쿠에이슛판, 1947)

※ 이상의 도판은 저작권법의 범위 내에서 인용했다.

옮긴이 주

서문

1 저패니메이션japanimation : 일본제 애니메이션을 칭하는 단어. 1970년대 말 미국에서 만들어진 속어인데, 본래 japan+animation의 결합이라고 하나 그와 별도로 일본인의 멸칭인 jap+animation이라고도 볼 수 있기 때문에 편견이 담긴 용어로 생각될 우려가 있어 일본에서는 이 단어보다 '아니메anime'라는 일본식 영어를 쓰는 경우가 많다. 하지만 1990년대 일본에서 '외국(특히 서양)에서 받아들여지고 호평을 받은 일본 애니메이션'이란 의미를 담아 홍보용으로도 사용하면서 〈아키라〉, 〈공각기동대〉 등에 대해 '저패니메이션'이란 용어를 사용하기도 했다.

2 자포니즘japonism : 19~20세기 초까지 주로 유럽 미술계에서 나타났던 일본적인 취향을 즐기는 현상을 가리키는 용어. 1854년 일본이 쇄국 정책을 포기하고 개방한 이후 1862년 런던 만국박람회, 1867년 파리 만국박람회를 통해 일본의 도자기, 차, 우키요에 등이 소개되면서 이런 경향이 나타났다. 인상파의 모네, 고흐, 드가를 필두로 많은 화가들이 가쓰시카 호쿠사이의 우키요에 판화를 비롯한 일본풍에 심취한 바 있다(두산백과 참조).

3 만화원작자 : 일본에서, 특히 만화 분야에서 '원작자'란 '연극이나 영화로 각색되거나, 다른 나라의 말로 번역되기 이전의 작품', 즉 'original'을 의미하는 것이 아니고, 그냥 단순히 한국에서 주로 '스토리 작가'라 부르는 담당자, 즉 만화의 스토리를 만드는 사람을 의미한다. 일본어 책에서 한자어로 '원작'이나 '원작자'라는 표기는 대부분의 경우, 'original author'가 아니라 'story writer'라고 번역해야 맞다.

4 게이샤GEISHA, 후지야마FUJIYAMA, 스키야키SUKIYAKI : 서양에서 일본 문화를 대표하는 키워드로 자주 인용되는 단어. '게이샤'는 일본의 전통적 호스티스, '후지야마'는 후지산, '스키야키'는 일본의 음식 명칭이지만 여기에서는 사카모토 큐가 1961년 발표한 일본 가요 「위를 보며 걷자上を向いて歩こう」의 영어 제목을 뜻한다. 이 노래는 1963년 미국 빌보드 차트에서 아시아 노래로서는 최초로 주간 1위를 차지하여, 북미권에 처음 알려진 아시아 가요가 되었다(마치 한국 곡으로 처음 빌보드 차트 2위를 차지했던 싸이의 「강남 스타일」처럼, 60년대 당시 일본을 대표하는 노래가 되었다는 의미이다).

5 에토 준江藤淳, 1932~1999 : 일본의 문예평론가. 2차 세계대전 이후 일본에서 특히 저명한 평론가로서, 일본문학의 다방면에 많은 영향을 끼쳤다. 보수파 논객이자 반미 사상가로도 알려져 있다.

6 『호밀밭의 파수꾼』 : 일본의 만화, 애니메이션, 라이트노벨 등 서브컬처 계열 작가들은 물론

이고 서브컬처와 친화성이 높은 작가들도 작중에서, 혹은 인터뷰 등을 통하여 『호밀밭의 파수꾼』이나 샐린저를 언급하는 경우가 상당히 많다.

7 가이요도海洋堂: 일본의 모형 전문 회사. 피규어, 식품 완구(식완) 등을 주로 제작한다. 세계적으로도 알려져 있을 만큼 조형 기술이 정교하여, 할리우드 영화 〈쥬라기 공원〉에서 가이요도의 공룡 모형을 모델 삼아 CG 작업을 했고, 미국 자연사박물관에서도 전시품의 제작을 의뢰했다고 한다. 대표작은 대중적으로도 큰 인기를 모은 〈초코 에그〉를 비롯하여 우주선, 전투기, 기차, 공룡, 동물 등의 모형이지만, 만화·애니메이션 캐릭터 피규어도 많이 발매했다.

8 원형사原型師: 동상이나 완구, 모형 등 대량 생산되는 제품의 원형原型을 디자인하고 만드는 사람을 의미한다. 특히 여기에서는 '피규어figure'라 불리는 일본의 모형 제품 원형을 제작하는 사람을 가리킨다.

9 BOME(보메), 1961~: 가이요도를 대표하는 원형사 중 한 명. 미술가 무라카미 다카시의 대표작인 Miss Ko² 등의 원형을 제작했다.

10 무라카미 다카시村上隆, 1962~ : 일본의 현대미술가. 현대의 팝아트 분야를 대표하는 작가 중 한 명.

11 현대미술에서는 작가가 오직 콘셉트만을 제시할 뿐(프로듀스) 직접 작품을 만들지 않아도 상관없다고 보는 것이 일반적이다. 앤디 워홀 역시 그런 형식을 취하는 작품을 여럿 발표했다. 콘셉트만 작가 본인이 잡는다면, 그 콘셉트를 구현해내는 실물은 조수나 제자한테 시키더라도 상관이 없다는 말이다.

12 피규어figure: 이 단어에는 여러 가지 뜻이 있으나 여기에서는 인물 모양의 정교한 인형을 말한다. 본래의 어원인 영어 'figure'는 사람 형상을 본뜬 것을 가리키는 단어인데, 일본에서 식완이나 좀 더 큰 만화·애니메이션 캐릭터 모형을 가리키는 용어로 정착했다.

13 15년전쟁: 1931년 만주사변에서 1945년 포츠담선언 수락으로 인한 태평양전쟁 종결까지 약 15년간에 걸친 분쟁 상태 및 전쟁을 통칭하는 일본의 용어다. 단순히 태평양전쟁이라고 하면 1941년 12월 7일 진주만 공격으로부터 시작한 전쟁을 가리키게 되므로, 1931년 만주사변, 1937년 중일전쟁, 1941년 태평양전쟁을 전부 합쳐 일본이 일으킨 전쟁을 원인부터 결과까지 종합해서 논할 때 자주 사용된다. 다만 중간에 만주사변의 종결 등 전쟁이 중단된 시기가 있으므로 역사학적으로 엄밀하게 사용할 수 있는 용어는 아니라는 것이 일본 내의 일반적인 의견인 듯하다.

14 이마무라 다이헤이今村太平, 1911~1986: 일본의 영화평론가. 특히 영화 이론 분야에서 많은 공적을 남겼고, 애니메이션 감독 다카하타 이사오와 프로듀서 스즈키 도시오가 젊은 시절 이마무라 다이헤이의 영향을 받은 바 있어 애니메이션 제작사 스튜디오 지브리에서 2005년에 대표 저서인 『만화영화론』(1941)을 복각했다.

15 『엄청난 일본とてつもない日本』: 아소 다로가 2007년에 쓴 저서의 제목. 'とてつもない'는 본래 '터무니없다'는 의미인데 여기에선 '터무니없을 정도로 대단하다'는 의미를 담고 있다. 그

후로부터 이 형용사는 일본 국내에서, 일본 및 일본인이 세계적으로 얼마나 대단한지, 얼마나 훌륭한지를 자화자찬하는 의미에서 사용됐다.

16 미야자키 하야오宮崎駿, 1941~: 일본의 애니메이션 감독이자 만화가. 애니메이션 제작회사 스튜디오 지브리 소속. 1963년 애니메이션 제작사 도에이동화에 입사하여 애니메이터로 활동하기 시작했고, 1978년 TV 애니메이션 〈미래소년 코난〉의 연출을 맡았다. 1982년에는 만화 『바람계곡의 나우시카』를 연재하면서 만화가로도 데뷔했다. 감독, 혹은 연출을 맡은 대표작으로는 〈미래소년 코난〉 외에 〈루팡 3세 칼리오스트로의 성〉(1979), 〈바람계곡의 나우시카〉(1984), 〈천공의 성 라퓨타〉(1986), 〈이웃집 토토로〉(1988), 〈마녀 배달부 키키〉(1989), 〈붉은 돼지〉(1992), 〈모노노케 히메〉(1997), 〈센과 치히로의 행방불명〉(2001), 〈하울의 움직이는 성〉(2004), 〈벼랑 위의 포뇨〉(2008) 등이 있다.

17 사카모토 큐坂本九, 1941~1985: 일본의 가수, 탤런트. 〈위를 보고 걷자〉(영어 제목 〈Sukiyaki〉), 〈내일이 있어〉 등의 히트곡으로 레코드 판매량이 1,500만 장 이상(트리뷰트 앨범에서 인용)이었다고 한다.

18 애니메이션 송: 일본어로는 '애니송'이라고 약칭되기도 하는데, 애니메이션의 주제가를 뜻한다. 한국에서도 주한 일본 대사관 주최로 '애니송 그랑프리'라는 이벤트를 개최하는 등, 일본 애니메이션 송 인기를 등에 업고 외국에서 일본 문화를 홍보하는 경우도 늘어나고 있다.

19 이자나기イザナギ·이자나미イザナミ: 일본의 고대사가 기술되어 있는 서적인 『고사기』에 등장하는 일본 신화의 신 이름. 이자나기가 남신, 이자나미가 여신이다. 이자나기와 이자나미는 남매이자 부부인데, 일본 신화의 중심적 신인 아마테라스 오미카미를 비롯하여 스사노오 등 많은 신들의 부모이다.

20 오르페우스Orpheus: 그리스 신화에 등장하는 음유시인. 여러 가지 설화가 있지만, 특히 잘 알려진 것은 부인 에우리디케가 독사에 물려 죽은 후, 오르페우스가 저승에 가서 에우리디케를 찾아오려고 했다는 설화이다.

21 데즈카 오사무手塚治蟲, 1928~1989: 일본을 대표하는 만화가 겸 애니메이터. 1946년 4컷 만화로 데뷔한 후 1947년 『신 보물섬』(사카이 시치마 원안)이 대히트하면서 인기 작가가 되었다. 1950년 『정글대제』(국내 제목 『밀림의 왕자 레오』), 1952년 『철완 아톰』을 필두로 『리본의 기사』(국내 제목 『사파이어 왕자』), 『불새』, 『블랙잭』, 『유니코』, 『붓다』, 『아돌프에게 고함』 등 수많은 걸작을 내놓았다. 또한 1963년 자신의 작품을 원작으로 한 일본 최초의 연속 TV 애니메이션 시리즈 『철완 아톰』을 제작하여 현대 일본의 TV 애니메이션에 지대한 영향을 미친 애니메이터이기도 하다.

일본에서는 '만화의 신'이라고 불리며 많은 후배 만화가에게 존경을 받았다. 특히 동시대에 활동한 후배 만화가 후지코 후지오(『도라에몽』), 이시노모리 쇼타로(『사이보그 009』 『가면 라이더』), 아카즈카 후지오(『천재 바카봉』), 요코야마 미쓰테루(『철인 28호』, 『바빌 2세』), 마쓰모토 레이지(『은하철도 999』, 『우주전함 야마토』), 나가이 고(『마징가 Z』, 『데빌맨』) 등 일본을 대표하는 원로 만화가들이 데즈카 오사무를 보고 만화를 그리기 시작했거나 그의 지대한 영향 아래 있었으니, '만화의 신'이라는 조금은 과장된 표현이 나온 것도 충분히 이해할 만하다. 다만 근래에는 일본에서 새로운 만화 연구가 많이 진행되면서, 데즈카 오사무가 현대 만화의 많은 기법(대표적으로는 '영화적 연출법' 등)을 창조했다는 설에 충분한 반론이 제기되었다. 그로 인해 아무것도 없는 상태에서 현대 일본 만화를 혼자 만들어냈다는 식의 '신화'는 무너졌다고 봐야겠지만, 그럼에도 일본 현대 만화사에서 가장 중요한 작가임에는 틀림없다.

22 『태엽 감는 새』: 한국어판은 『태엽 감는 새』란 제목으로 출간되었지만, 일본어 원제는 『태엽 감는 새 크로니클ねじまき鳥クロニクル』이다. '크로니클chronicle'은 '연대기年代記'란 뜻인데, 역사를 연대순으로 서술하는 형식을 가리킨다. 이 작품에서 '크로니클'이란 단어는 상당히 중요한 의미가 있다. 따라서 이 단어를 제목에서 빼버리는 것은 조금 곤란하다고 볼 수도 있는데 한국어판에서는 어째서 뺐는지 잘 모르겠다.

23 미야자키 고로宮崎吾朗, 1967~ : 일본의 애니메이션 영화감독. 미야자키 하야오 감독의 아들이다. 지브리 미술관 종합 디자인을 맡았고 2001년 개관 후에는 초대 관장에 취임했다. 〈게드 전기〉(2006)와 〈코쿠리코 언덕에서〉(2011), TV애니메이션 〈산적의 딸 로냐山賊の娘ロニャ〉(2014) 등의 감독을 맡았다.

1장

1 하스미 시게히코蓮實重彥, 1936~: 일본의 불문학자, 영화평론가. 1997년부터 2001년까지 도쿄대학 총장을 맡았다. 1974년 비평가로 데뷔한 후 영화평론과 문예비평 분야에서 활동했으며, 번역가로도 잘 알려져 있다. 『반일본어론』(1977년 요미우리문학상 수상), 『푸코, 들뢰즈, 데리다』(1978), 『소설에서 멀리』(1989) 등의 저서가 있다.

2 무라카미 류村上龍, 1952~: 일본의 소설가. 1976년 『한없이 투명에 가까운 블루』로 아쿠타가와 상을 수상하며 등단했다. 대표작으로는 『코인로커 베이비스』(1980), 『사랑과 환상의 파시즘』(1987), 『5분 후의 세계』(1994), 『희망의 나라로 엑소더스』(2000), 『반도에서 나가라』(2005) 등이 있다. 1996년 발표한 『러브&팝』은 애니메이션 감독 안노 히데아키가 첫 장편 실사영화로 제작한 바 있다.

3 마루야 사이이치丸谷才一, 1925~2012 : 일본의 소설가, 문예평론가, 번역가. 1968년 아쿠타가와 상, 1972년 『오직 혼자만의 반란』으로 다니자키 준이치로 상을 받았다. 『율리시스』(제임스 조이스)의 번역자이자 제임스 조이스 연구로도 알려져 있다. 아쿠타가와 상, 다니자키 준이치로 상, 요미우리 문학상 등의 선고위원을 오랫동안 맡았는데, 무라카미 하루키의 능력을 일찌감치 알아보고 데뷔작인 『바람의 노래를 들어라』를 군조신인문학상에서 격찬한 바 있다.

4 이노우에 히사시井上ひさし, 1934~2010 : 일본의 소설가, 극작가, 방송작가. 1972년 나오키 상,

1981년 일본SF대상, 1982년 성운상 등을 수상하고 2004년 일본 정부에 의해 문화공로자 표창을 받았다. 1964년부터 69년까지 방영된 일본의 국민적 TV 인형극『횻코리효탄섬(불쑥 표주박섬)』의 원작을 맡았다.

5 블라디미르 프로프Vladimir IAkovlevich Propp, 1895~1970 : 『민담 형태론』(1928)의 저자로서 러시아. 구 소련의 학자. 대표적 저서인『민담 형태론』이 1958년 영어로 번역되면서 세계적인 인지도를 얻어 이후 구조주의의 선구적 존재로서 인정받게 되었다.

6 구조주의 : 1960년대에 등장한 사상으로, 세상의 모든 현상에 내재한 구조를 추출하여 이해하려는 방법론을 말한다. 현대에는 수학, 언어학 등만이 아니라 문예 비평에서도 사용되고 있다. 1960년대 인류학자인 클로드 레비스트로스가 보급시켰다고 하며, 자크 라캉은 정신분석에 구조주의를 응용했다. 또한 '포스트 구조주의(후기구조주의)'라고 할 때에는 미셸 푸코, 자크 데리다, 질 들뢰즈, 롤랑 바르트 등의 사상을 일컫기도 한다.

7 긴타로 사탕金太郎飴 : 일본에서 잘 알려져 있는 사탕인데, 긴 사탕의 안쪽에 일본 설화의 주인공 긴타로의 얼굴이 그려져 있다. 특징으로서는 긴 사탕의 어느 부분을 자르더라도 단면에 긴타로의 얼굴이 나타난다는 것인데, 이와 연관 지어 개성이 없거나 무난한 답변을 하는 것을 '긴타로 사탕과도 같다'는 식으로 표현한다. 영어에서의 'Cookie-cutter'(어느 방향에서 보더라도 똑같이 보인다는 의미)와 유사한 의미이다.

8 쇼와 덴노 : 일본의 쇼와 시대(1926~1989년)에 재위했던 덴노 히로히토를 가리킨다. 참고로 이 책에서는 덴노의 표기로써 일본어 발음인 '덴노'를 그대로 표기했는데, 국내에서는 '천황'이나 '일왕'이란 번역어를 선택하는 경우가 많지만 역자는 이 두 표기에 모두 동의하지 않기에 굳이 이 표기를 선택했다. 그 이유에 대해서는, '일본식 용어를 그냥 그대로 한국어 발음으로 읽어냈을 뿐인 한자어'와 같은 식의 수입어가 그 자체로 '번역어'인 것도 아니고 그러면서도 한국식 발음 표기로 쓰게 되니 외국어처럼 보이지도 않아서 쉽게 한국어로 들어와 버리는 것에 대한 우려를 갖고 있는 등 몇 가지 지론이 있긴 하나 여기에서 상세히 기술할 수는 없겠다. 어쨌든 '황제'라든지 '여왕' 등의 용어와 같이 일반화된 용어가 아니고 한국에서 고래로부터 써온 한자어 단어도 아닌 '천황'이나 '일왕' 등의 표기에 대해, 그것이 '이미 한국어로 확실하게 포섭된 일반적인 단어'가 된 것도 아니라고 생각하기에 역자는 번역어로서 '천황'도 '일왕'도 선택하려는 의향이 없다는 것은 강조해두고 싶다.

9 거대한 이야기大きな物語의 종언 : '거대한 이야기'는 프랑스의 후기구조주의 철학자 리오타르의 저서『포스트모던의 조건』(1979)에서 제창한 용어이다. 리오타르는 과거에 사람들이 '거대한 이야기'로서 철학을 필요로 했으나(이 시기를 '모던[근대]'이라 했다) 그에 대한 불신감이 만연한 시대를 '포스트모던'이라 보았다. 국내에서는 이 단어가 '거대한 이야기'로도 번역되곤 하는데, 실은 '서사'라는 번역어가 리오타르의 본래 사용하고자 했던 의도와는 더 적합한 면이 있다고 생각되기에 리오타르의 저서나 포스트모던 철학서에선 '거대한 이야기'란 번역어를 채택할 수 있다고 보지만, 이 단어의 일본 번역어인 '오키나 모노가타리大きな物語'의 경

우엔 일본어 '모노가타리物語(이야기, 서사, 담론, 스토리)'의 본래 의미에 이끌리다보니 단순히 '서사/담론'만이 아니라 '이야기/스토리'란 뉘앙스를 담아 사용하는 경우가 적지 않다. (특히 오쓰카 에이지, 아즈마 히로키 등의 저서에서 그렇다.) 그렇기 때문에 이 책을 비롯한 오쓰카 에이지의 저서에서의 번역어로서는 '거대한 이야기', '거대 담론'이 아닌 '거대한 이야기'(혹은 '커다란 이야기')를 선택한다.

10 신인류新人類: 일본에서 1961년생부터 1970년생까지, 즉 주로 1960년대생을 가리키는 말이다.

11 2차 창작: 어떤 원전으로부터 그 캐릭터 등을 이용하여 2차적으로 창작하는 행위, 혹은 그 작품을 가리키는 용어. 다만 실제로는 '2차 창작'이란 것은 존재할 수 없으며, 어차피 모든 창작이 그 자체로 '오리지널'일 수는 없기 때문에 2차 창작이란 용어로 구분할 필요가 없다는 의견도 있다. 반대로 창작은 오리지널이어야만 한다는 사고방식을 바탕으로 한다면 '2차 창작'이란 용어 자체를 용서할 수 없을지도 모르겠다. '창작'을 어디까지 신성시하느냐에 따라 의견이 갈릴 수 있는 용어이지만, 일본의 만화·애니메이션계에서는 달리 표현하기 편리한 단어가 없다는 이유로 널리 사용되는 편이다.

12 코믹마켓: 매년 여름과 겨울에 도쿄에서 개최되는 세계 최대 규모의 만화 동인지 판매전으로, 1975년 제1회가 개최된 이후 2013년 12월 제85회가 열렸다. 팬들과 각 대학의 만화 연구회(만화 동아리)가 모여 회지(이후의 동인지)를 판매하고 코스튬플레이(코스프레)를 즐기는 등의 소규모 모임으로 시작했으나, 1980년대에 접어들면서 〈우주전함 야마토〉, 〈기동전사 건담〉의 팬들이 모이기 시작했고, 만화 『캡틴 쓰바사』, 애니메이션 〈세인트 세이야〉와 〈사무라이 트루퍼〉의 여성 팬층이 본격적으로 패러디 동인지를 내면서 그 규모가 폭발적으로 성장했다. 이후 프로 만화가도 참가하기 시작하고 코믹마켓에서 동인지를 내던 아마추어들이 프로 만화가로 데뷔하는 등의 현상을 통해 일본 만화계에서도 중요한 장소가 되었다. 코믹마켓에 대한 자세한 내용은 『코미케를 즐기다』(한국만화영상진흥원, 2012)를 참고하기 바란다.

13 동인지: 동인(동호인同好人, 같은 취미를 가진 사람)이 모여 만든 책. '동인잡지'의 약칭으로 여러 명이 함께 만드는 형태라서, 한국 만화계에서는 초기에 '회지會誌'라고도 했다. 일본에서는 1980년대에 축구만화 『캡틴 쓰바사』가 붐을 일으키며 동인지 시장이 성장했고, 1990년대 이후에는 동인지 출신의 만화가가 늘어났다. 대표적인 사례로는 CLAMP(대표작 『카드캡터 사쿠라』), 코가 윤(『LOVELESS』), 오자키 미나미(『절애 -1989-』), 미네쿠라 가즈야(『최유기』) 등 여성 만화가들을 필두로, 아즈마 기요히코(『요츠바랑!』), 가키후라이(『케이온!』) 등 남성 만화가도 다수 등장했다. 반대로 프로 만화가가 동인지를 다수 출판하는 사례도 늘고 있다. 『바스타드!!』의 하기와라 가즈시 등이 대표적이다.

14 RPG: Tabletalk Role Playing Game의 약자. 참가자가 각자 자신의 역할role을 연기play하는 게임을 말한다. 처음에는 '테이블토크 RPG'라고 하여 일종의 보드게임처럼 참가자가 탁

자에 둘러앉아 마치 연극처럼 캐릭터를 연기하는 형태였으나, 컴퓨터의 발달로 PC나 가정용 게임기에서 플레이할 수 있는 RPG가 유행하게 되었다.

15 〈기동전사 건담〉: 1979~1980년에 방영된 일본의 TV 애니메이션이자, 최근까지 30년 넘게 이어지고 있는 '건담' 시리즈의 첫 번째 작품을 말한다. 종래의 로봇 애니메이션과 비교할 때 실제 전장을 묘사하는 것처럼 밀리터리적이고 리얼리티가 강조된 내용으로 1980년대 이후 일본 애니메이션에 큰 영향을 미쳤다.

16 미야자키 쓰토무宮崎勤, 1962~2008: 1988~1989년에 일본에서 일어난 '도쿄·사이타마 유아 유괴 연쇄 살인사건'의 용의자로 체포되어 사형 판결이 확정된 사형수. 2006년 사형이 확정되고 2008년 집행되었다. 그는 범행이 밝혀졌을 때 6,000편에 가까운 드라마 등의 비디오테이프를 방 안에 보관하고 있었는데, 해당 비디오테이프 중에 극히 일부를 차지한 애니메이션이 마치 사건의 원인인 양 보도되어 '오타쿠의 범죄'라는 명목으로 일본 사회에 충격을 안겼다. 이 때문에 1980년대 이전까지는 일부에서 단순히 마니아로 취급받았던 오타쿠 계층이 일본에서 사회적 주목을 받으며 마치 '예비 범죄자'처럼 다루어지는 계기가 되었다.

그런데 2000년대에 오타쿠에 대해 한일 양국에서 비하와 비난을 불러온 이 사건에서 주목받았던 '6,000 편의 비디오' 중, 실제로 성인물 등은 40여 편에 불과했고 대부분은 단순히 텔레비전에서 녹화한 평범한 내용이었고 일본 매스컴이 센세이셔널한 '특종' 보도를 위해 사실상 조작 방송을 했다는 사실이 밝혀지면서(텔레비전 매체에서 다수의 잡지에 섞여 있던 도색 잡지를 꺼내어 위에 올려놓고 촬영하여 마치 방 안의 잡지와 비디오가 전부 성인물인 것처럼 편향 보도했다고, 당시 보도에 동참했던 다른 기자가 발언) 물의를 일으켰다.

17 레프 쿨레쇼프Lev Kuleshov, 1899~1970: 소련의 영화감독이자 각본가, 영화이론가. 1918년 첫 영화감독을 맡은 이후 1943년까지 영화를 만들었다. 1966년 베네치아국제영화제 심사위원 역임. DAUM백과사전에 의하면 몽타주로 영화를 구성하는 것을 중시했고, 영화 이론에서 유명한 실험인 '배우의 무표정한 얼굴을 클로즈업한 장면을 접시 다음에 배치하면 배우는 관객의 눈에 배고파하는 것처럼 보이고, 무덤 다음에 배치하면 슬퍼하는 것처럼 보인다'는 '쿨레쇼프 효과'로 잘 알려져 있다. 『영화 연출의 실제』(1935), 『영화 연출의 기초』(1941) 등의 저서가 있다.

18 세르게이 에이젠슈타인Sergei Eisenstein, 1898~1948: 소련의 영화감독. 1925년 발표한 대표작 『전함 포템킨』을 통해 세계 영화 이론에서 매우 중요한 연출법으로 손꼽히는 소위 '몽타주 이론'을 확립하고 스스로 실행했다. 그 후에도 1944~1946년 〈이반 뇌제雷帝〉 3부작(3부가 미완)을 통해 몽타주 이론을 집대성했다.

19 『혐한류』: 일본에서 2005년 발매되어 시리즈 네 권이 각각 단행본과 문고판으로 발매되었고, 외전 격인 책도 출간되어 시리즈 전체로 누계 100만 부를 돌파한 인기 만화이다. 지은이는 야마노 샤린. 한국을 비판·혐오하는 소위 '혐한'이란 일본 내의 움직임을 바탕으로 만들어진 책으로, 이후 현재에 이르기까지 일본 출판계에서 붐을 일으켰던 '혐한 서적'이란 장르

의 인기를 처음으로 입증했다고 할 수 있다.

20 대문자 역사大文字の歴史: 중심 연표나 대사건이라는 프리즘을 통해 바라보는 역사.

21 귀종유리담貴種流離譚: 일본의 민속학자 오리쿠치 시노부(1887~1953)가 지적한 개념으로, 주인공이 특별한 혈통, 즉 '귀종貴種'이지만 어떤 상황으로 인해 부모와 고향으로부터 버려져 멀리 떨어져서 자라는 이야기를 가리킨다. 그리스신화의 오이디푸스, 헤라클레스, 혹은 늑대 젖을 먹고 자랐다는 로마 건국신화의 로물루스와 레무스 등이 이에 해당한다. 자세한 내용은 『스토리 메이커』(북바이북, 2013)를 참조할 것.

22 교양소설: 주인공이 여러 가지 체험을 통해 내면적으로 성장하는 과정을 그리는 소설을 말하는데, 독일철학자 빌헬름 딜타이가 괴테의 소설 『빌헬름 마이스터의 수업시대』(1796)를 비롯하여 그와 비슷한 작품들을 통칭할 때 사용하면서 널리 알려졌다. 교양소설의 대표작으로는 헤르만 헤세의 『데미안』, 토마스 만의 『마의 산』, 에리히 레마르크의 『서부 전선 이상 없다』 등이 꼽힌다. 최근에는 반드시 소설만이 아니라 영화는 물론, 만화 및 애니메이션에서도 유사한 작품을 다수 찾아볼 수 있다.

23 칼 구스타프 융Carl Gustav Jung, 1875~1961: 스위스의 정신과 의사, 심리학자. 심층심리에 관해 연구하여 통칭 '융 심리학'을 만들어냈다고 평가받는다. 주요 저서로는 『심리학과 종교』 등이 있다.

24 조지프 캠벨Joseph Campbell, 1904~1987: 미국의 신화학자. 비교신화학, 비교종교학 등의 분야를 주로 연구했다. 주요 저서로 『천의 얼굴을 가진 영웅』 등이 있다. 영화감독 조지 루카스가 영화 〈스타 워즈〉를 만드는 데 캠벨의 신화론을 참고한 것으로 알려졌다. 이에 대해서는 『캐릭터 메이커』(북바이북, 2014) 151쪽, 159쪽 및 『스토리 메이커』 71쪽을 참조할 것.

25 충박衝迫(독일어 Drang): 압박, 핍박, 절박, 억누를 수 없는 마음의 움직임을 가리키는 말.

26 나카가미 겐지中上健次, 1946~1992: 일본의 소설가. 1965년 소설을 쓰기 위해 도쿄로 상경했으며 가라타니 고진으로부터 미국 소설가 윌리엄 포크너의 작품을 추천받아 큰 영향을 받았다. 결혼 이후 하네다 공항 화물 하적 등 육체 노동에 종사하던 중, 1976년 아쿠타가와 상을 수상했다. 그의 소설 다수는 일본의 혼슈 남단 태평양에 면한 기슈 지역의 구마노를 무대로 한 토착적인 작품 세계를 보여줬는데, 통칭해 '기슈紀州 사가'라고 하기도 한다. 나카가미 겐지는 일본의 피차별 부락 출신이기도 하다.

27 자동기술: 앙드레 브르통이 '무의식' 아래에서 창작한 문학이나 회화야말로 '절대적 현실성', 즉 어떤 도덕적인 선입견 등이 개입되지 않는 진실한 표현이라고 주장한 바 있다. 그런 무의식의 표현 행위가 바로 '자동기술법(오토마티즘)'이다.

28 원형元型, archetype: 심리학자 칼 구스타프 융이 1919년 제창한 개념이다. 『정신분석용어사전』(미국정신분석학회 지음, 한국심리치료연구소, 2002)에 따르면 "타고난 심리적 행동 유형으로서, 본능과 연결되어 있으며, 활성화될 경우 행동과 정서로 나타난다"고 한다. 융은 이 단어를 집단무의식에 존재하는 역동작용을 표현하는 데에 채용했다.

29 극화劇畫 : 만화의 한 종류로 일본에서 이름 붙여진 장르 명칭. 주로 성인 취향의 사실적 그림체와 스토리 중심으로 심각한 전개를 특징으로 한 만화를 극화라고 부르는 경우가 많다. 물론 장르 구분이 대개 그렇듯이, 명확하게 구분할 수 있는 것은 아니다. 다만 주로 아동 대상으로 판단되는 '만화'라는 기존의 명칭에 비해 성인을 대상으로 하겠다는 의지를 표현하는 용어라고 생각하면 될 것이다. '극화'란 명칭은 만화가 다쓰미 요시히로의 1957년 대본만화 작품에서 처음 사용되었다고 한다. 그후 1959년에 다쓰미를 비롯하여 『고르고 13』의 만화가 사이토 다카오 등 젊은 작가들이 모여 '극화공방'이란 모임을 결성한 후 그들의 활약으로 극화라는 용어가 정착했다고 한다.

30 원작 : 일본에서 만화와 관련하여 사용하는 '원작'이란 '오리지널(다른 매체로 각색할 때 원래 작품을 가리키는 말)'이 아니라 따로 집필한 해당 만화 작품의 '스토리'를 말한다. 즉 여기에서 '극화 원작 『남회귀선』'이란, 소설가 나카가미 겐지가 『남회귀선』이란 극화(만화의 일종)를 만들기 위해서 집필한 스토리, 구체적으로는 소설이나 시놉시스, 때로는 스토리보드 형식의 작품을 가리킨다.

31 지하철 사린가스 살포 사건 : 1984년 일본에 만들어진 신흥 종교 집단 옴진리교オウム真理教가 1995년 일으킨 독가스 테러 사건. 자동소총, 화학병기 등을 보유하고 일본 내에 독립국가를 만들고자 했던 단체이다.

32 아사하라 쇼코麻原彰晃, 1955~ : 옴진리교 교주로, 사건을 일으키기 전에는 일본에서 국회의원 선거에 출마했고 텔레비전 예능 프로그램에 출연하는 등 단순히 '재미있는 사람'처럼 여겨지기도 하였다. 테러 사건을 일으킨 이후 체포되어 현재는 사형 확정 판결을 받고 수감 중이다.

33 라프카디오 헌Patrick Lafcadio Hearn, 1850~1904 : 그리스 출신으로 일본에 귀화한 신문기자, 기행문 작가, 수필가, 일본 연구가. 1896년 일본 귀화 후에 고이즈미 야쿠모小泉八雲란 일본 이름을 썼다. 마쓰에, 구마모토, 고베, 도쿄 등 일본 각지에서 초창기 영어 교육을 펼쳤으며 반대로 서구권에 일본 문화를 소개하는 저서를 다수 출간했다. 그가 거주하던 마쓰에의 집은 1940년 사적으로 지정되었다. 주요 저서로 『알려지지 않은 일본의 모습Glimpses of Unfamiliar Japan』(1894), 『괴담kwaidan』(1904), 『일본—한 가지 해석Japan: AnAttempt at Interpretation』(1904) 등이 있다. 『스토리 메이커』의 저자 후기 참조.

34 라이트노벨 : 영어 표기로는 'light novel.' 실제 영어 표현은 아니고 일본에서 만들어진 일본식 영어 단어이다. 일본에서 각 만화 출판사들이 1990년대 이후 힘을 기울이고 있는, 주로 청소년 대상의 장르문학의 일종이다. 한국에는 1990년대에 소개되었던 『로도스도 전기』와 『은하영웅전설』이 일본에서도 '라이트노벨의 뿌리'로서 손꼽히는 작품들이었고, 1990년대 후반 『슬레이어즈』, 『마술사 오펜』 등이 번역되면서 본격적으로 라이트노벨이 출간되었다. 2000년대에는 『스즈미야 하루히의 우울』, 그리고 2010년대에 『소드 아트 온라인』이 국내 출판계에서도 대히트하였다.

35 수수께끼 책謎本 : 일본 출판계에서 한때 유행하였고 이후에도 꾸준히 출판된 장르의 책. 일종의 가이드북으로서 한 작품이나 소재에 대해(주로 만화·애니메이션·영화·텔레비전 드라마 같은 픽션) 독자가 품을 만한 궁금증을 자세히 설명하는 책이다.

36 다야마 가타이田山花袋, 1872~1930 : 일본의 소설가. 일본 교과서에도 실려 있는 일본 자연주의파의 대표작 「이불」의 작가. 민속학자 야나기타 구니오 등과도 교류했다.

37 전기伝綺소설 : 본래는 중국의 당·송 대에 집필된 초자연적인 괴기담을 뜻하는 '전기傳奇'소설에서 따온 것이다. 일본에서도 아쿠타가와 류노스케, 다니자키 준이치로 등이 중국을 무대로 하여 현대적인 전기소설을 집필한 바 있는데, 이후 1980년대에 접어들면서 현재의 라이트노벨로 이어지는 엔터테인먼트 계열 대중소설의 한 장르로서 전기소설이 다수 발표되었다. 대표적으로는 아라마타 히로시 『제도帝都 이야기』(1985), 유메마쿠라 바쿠 『음양사』(1988), 기쿠치 히데유키 『마계행』(1985) 등이 있다. 2000년대 고단샤의 새로운 형태의 라이트노벨 계열 무크지 「파우스트」에서는 나스 기노코 『공의 경계』를 필두로 한 작품들을 '신전기新伝綺'라 부르기도 하였다.

38 가사이 기요시笠井潔: 추리, SF 등의 분야에서 활약하는 일본의 소설가이자 문예평론가. 1979년 등단했으며, '신본격 미스터리' 움직임을 높이 평가하기도 했고, 미소녀게임에도 관심을 보여 게임 시나리오 라이터 나스 기노코의 소설 『공의 경계』가 발매될 때 직접 해설을 썼다. 본인의 작품인 『뱀파이어 전쟁』, 『사이킥 전쟁』의 문고판 일러스트를 미소녀게임 일러스트레이터인 다케우치 다카시, 주오 히가시구치가 맡기도 했다.

39 기믹gimmick : 영어의 속어로서 '술책, 장치, 속임수'라는 뜻인데, 홍보나 광고 분야에서는 프로모션을 위해 보여주는 '주의을 끄는 행동'을 가리키기도 한다. 나아가 '고안된 장치'나 특정한 목적으로 개발된 특수한 기능을 가리키는 말로도 사용된다.

40 엄마 없다 놀이 : 원어 표현은 이나이 이나이 바아いないいないばあ. 아이 앞에서 본인의 얼굴을 두 손으로 감추고 '없다 없다(이나이 이나이)'라고 말한 다음 '바아'라는 말과 함께 얼굴을 드러내어 아이한테 보여주는 행위이다. 영어권에서 말하는 'Peek-a-boo'이고, 한국에서는 '얼레리 까꿍'에 해당한다고 보면 되겠다.

41 『게드 전기』: 어슐러 K. 르 귄(1929~)이 1968년~2001년에 발표한 판타지 소설 시리즈의 일본판 제목. 원제는 『어스시Earthsea』이지만 '게드 전기'라는 제목이 일본 내에서 이 작품에 대한 평가에 큰 영향을 미쳤기에 이 책에서는 일본어 번역판을 가리키는 경우에 『게드 전기』라고 적었다. 미야자키 고로 감독이 2006년 제작한 애니메이션판의 제목도 〈게드 전기〉이다.

2장

1 PTSD: '외상 후 스트레스 장애'. 사람이 충격적인 사건(주로 전쟁, 자연재해 등)을 경험하게 될 경우 발생할 수 있는 정신 및 신체 증상의 증후군.

2 들장미 공주: 주로 『잠자는 숲속의 미녀』란 제목으로 잘 알려져 있는 동화. 그림 형제의 그림 동화집(1812)에는 『들장미 공주Dornröschen』(KHM 50)라는 제목으로 실려 있다. 『잠자는 숲속의 미녀La Belle au bois dormant』는 샤를르 페로(1628~1703)의 페로 동화집에 실려 있는 제목. 두 버전의 내용은 큰 줄거리는 같지만 세부에 있어서는 조금 다르다. 일본에서는 '들장미 공주', '가시나무 공주'라고 주로 알려져 있고, 이 제목을 따온 『가시나무 공주 혹은 잠자는 공주いばら姫またはねむり姫』라는 인형 애니메이션(가와모토 기하치로 감독)도 있다.

3 노몬한 사건: 일본 관동군이 장악하고 있던 만주 지역과 몽골 사이의 국경 지대에 해당하는 노몬한에서 1939년 일본군과 몽골군, 소련군 사이에서 일어난 대규모 전투. 당시 국경선이 명확하지 않던 노몬한에서 강을 건넌 몽골군과 일본군이 충돌하자, 몽골군을 지원한 소련군의 기계화 부대에 일본군이 전멸 당한 사건이다.

4 가짜 왕을 떠받들면서 공희sacrifice, 供犧로 삼는다는 의례: 아프리카나 고대 아시아, 유럽 등의 초기 국가에서 볼 수 있다는 '왕살王殺, regicide'이란 개념을 말하는데, 프레이저가 『금지편』에서 소개하면서 유명해졌다. 고대 국가에서 왕은 제사의 집행자(제사왕祭祀王)이기도 한데, 그런 왕이 병에 걸리거나 노쇠하면 국가 전체가 위기에 빠진다고 생각하여 왕을 죽이거나(왕살) 스스로 죽음을 선택하도록 요구했다고 한다.

5 요모쓰시코메黄泉醜女: 일본 신화에 등장하는 황천(저승)의 귀녀. 이자나미가 약속을 저버리고 도망친 남편 이자나기를 뒤쫓아가서 붙잡아오라고 시켰을 때, 이자나기가 도망치면서 쿠로미카즈라(머리 장식)나 유쓰쓰마구시(빗)의 이빨, 복숭아 씨를 던져서 요모쓰시코메의 추적을 뿌리쳤다는 전설이 있다.

6 코스모클리너: 애니메이션 〈우주 전함 야마토〉에 등장하는 가상의 방사능 제거 장치. 지구의 멸망을 막기 위해서 이 코스모클리너를 받으러 머나먼 외계의 이스칸달 성으로 찾아간다는 것이 〈우주 전함 야마토〉의 내용이다. 참고로 일본의 신흥종교 옴진리교에서는 독가스를 제거할 수 있다는 공기청정기를 개발하고 있었는데 거기에 〈우주 전함 야마토〉에서 따온 이 이름을 붙이고 있었다.

7 하르마게돈Harmagedon: 성서에서 세계의 종말이 오면 악마와 하느님 세력 사이에 마지막 전쟁이 벌어지는데 그 전쟁을 가리켜 하르마게돈이라 한다. 히브리어 표기로서 영어로는 '아마겟돈Armageddon'에 해당.

3장

1 라이트세이버: 〈스타 워즈〉에 등장하는 광선검.

2 탐색과 발견Seek and Find: 무라카미 하루키가 젊은 시절 본인의 '창작 비결'이라고 밝혔던 창작 방법. 소설의 주인공은 항상 무언가를 찾아다니며 무언가를 발견해낸다는 것이다. 그리고 '발견해내야 할 무언가'는 '주인공이 잃어버렸던 무언가'여야만 한다고 했다.

3 요모쓰히라사카黄泉比良坂: 일본 신화에서 살아 있는 사람이 사는 현재의 세상과 죽은 자가 사는 저승(황천) 사이의 경계에 존재한다고 일컬어지는 언덕을 말한다.

4 자기계발 세미나Large Group Awareness Training: 진정한 자기 자신을 찾아내고 가능성을 계발하기 위한 강좌. 1970년대 미국에서 유행하였고 일본에도 1970년대 중반 이후 도입되었다. 하지만 이후 일종의 신흥종교나 불법적인 상술로도 이용되었고, 1990년대에 접어들면서 애니메이션 〈신세기 에반게리온〉의 1995년 TV애니메이션판 마지막 25~26화에 해당하는 내용이 "마치 자기계발 세미나처럼 보인다"고 하여 화제가 된 이후 일본의 서브컬처 분야에서는 '자기계발 세미나'라고 하면 〈에반게리온〉을 연상하는 경우가 빈번해졌다.

5 우정민영화 선거: 2005년 일본 고이즈미 준이치로 총리가 국영기업이던 일본의 우체국(일본우정)을 민영화하기 위해 단행했던 선거.

6 시시가미シシ神: 미야자키 하야오 감독의 애니메이션 〈모노노케 히메〉에 등장하는 사슴과 비슷하게 생긴 동물 신(자연신).

7 타타라꾼: 〈모노노케 히메〉에서 철을 만들기 위한 제철소(타타라)에서 일하는 이들.

8 크리스토퍼 보글러Christopher Voglar: 디즈니 애니메이션 〈미녀와 야수〉, 〈라이온 킹〉 등의 작가이자, 〈사선에서〉 〈파이트 클럽〉 등 1만 편이 넘는 영화 시나리오의 컨설팅을 맡은 시나리오 컨설턴트이자 스토리텔링 전문가다. 2010년 단국대가 주최한 '3D영화 스토리텔링 개발 프로젝트'에 강사로 초빙되어 방한한 적이 있다.

9 플롯(트리트먼트treatment라고 불리는 상세한 플롯): 영상 작품의 각본을 만들 때 최초 구상 단계에 해당하는 '시놉시스synopsis', 혹은 플롯plot을 조금 더 자세히 서술한 것을 트리트먼트라 한다. 트리트먼트를 쓴 다음에 거기에 살을 붙여서 본격적으로 시나리오를 집필하게 된다.

10 『정글대제』: 데즈카 오사무가 1950~1954년에 발표한 만화. 아프리카의 정글을 무대로 레오라는 이름의 흰 사자를 중심으로 한 3대에 걸친 대하 드라마이다. 이 작품을 원작으로 한 TV애니메이션이 1965년, 1966년, 1989년에 제작되어 TV방영되었고, 1997년에는 극장용 애니메이션이, 2009년에는 단편 TV애니메이션이 제작되는 등 지금까지도 끊임없이 인기를 얻고 있는 작품이다. 한국에서는 〈밀림의 왕자 레오〉라는 제목으로, 서양에서는 주로 〈Kimba the White Lion〉이란 제목으로 방영되었다.

대본소 만화를 중심으로 오사카에서 활동하던 데즈카 오사무가 본격적으로 일본 전국을 대상으로 한 작품으로, 월간 만화잡지 〈만화 소년〉에 4년간 연재되면서 대표적인 인기작이 되었다. 이 작품의 사자 캐릭터가 일본 프로야구 구단 세이부 라이온즈의 마스코트로 채용되면서 대중적인 인지도를 높였다. 1977년부터 발행된 고단샤의 '데즈카 오사무 만화 전집' 전 400권의 제 1~3권이 바로 이 『정글대제』다.

11 데즈카 오사무는 디즈니의 애니메이션 영화 〈밤비〉(1942)와 〈피노키오〉(1940)를 보고 커다란 감명을 받아, 일본 개봉 당시(〈밤비〉 1951년, 〈피노키오〉 1952년) 수십 번 이상을 극장에 가서 관람하고 이 내용을 1952년에 직접 만화로 그린 적이 있었다. 2005년에 이르러서야 디즈니의 허락을 얻어 비로소 정식판으로 『복각판 데즈카 오사무의 디즈니 만화: 밤비, 피노키오』라는 제목으로 출간될 수 있었다.

12 그림 콘티: 만화에서 스토리에 따른 화면 구성을 하기 위해서 원고에 각 칸과 말풍선을 배치해보는 일종의 밑그림. 말하자면 만화의 설계도에 해당한다. 애니메이션이나 영화의 '스토리보드'와 비슷하다고 볼 수 있다.

13 오카마おかま: 여장 남자, 혹은 '남색男色'을 가리키는 일본어. 변용되어 게이나 트랜스젠더를 뜻하는 등 여러 가지 의미를 갖게 되었다.

14 야만바山姥(산 노파): 일본의 전설 속 요괴. 노파의 모습을 하고 산에 산다고 한다.

15 공적空賊: 미야자키 하야오 감독의 애니메이션 〈붉은 돼지〉에 등장하는, 비행기를 타고 다니는 하늘 위의 도적떼. 산적山賊, 해적海賊을 약간 변형한 단어.

16 어슐러 K. 르 귄Ursula K. Le Guin, 1929~: 미국의 소설가. SF와 판타지 문학을 다수 집필했다. 1960년대 초부터 잡지에 정기적으로 작품이 실리게 되었고, 1969년 양성구유의 외계인을 그린 SF 소설 『어둠의 왼손The Left Hand of Darkness』을 발표하여 휴고 상과 네뷸러 상(미국을 대표하는 양대 SF상)을 수상하며 주목을 받았으며, 지금까지 통산 휴고 상을 다섯 번, 네뷸러 상을 여섯 번 수상했다. 영어권의 SF소설 문학상인 로커스 상Locus Award은 열아홉 번 수상하여 작가 중에서는 최다 수상했다. 또한 판타지 소설 '어스시Earthsea' 시리즈로도 유명하다. 애니메이션 감독 미야자키 하야오는 저서 『출발점』(대원씨아이, 2013)에서 항상 읽을 수 있도록 머리맡에 『어스시의 마법사』를 두고 있으며, 이 작품을 영상화하고 싶어 했음을 밝혔다. (이후 미야자키 하야오의 아들인 미야자키 고로가 〈게드 전기〉(2006)라는 제목으로 애니메이션화했다.)

17 우바카와姥皮: 일본의 옛날이야기에서 입으면 노파의 모습이 된다고 하는 상상 속의 의복. '바밧카와'라고도 한다. 『스토리 메이커』 참조.

18 옷코토누시乙事主: 미야자키 하야오 감독의 애니메이션 〈모노노케 히메〉에 등장하는, 거대한 멧돼지 모습을 한 산 속의 동물 신.

4장

1 부해腐海: 미야자키 하야오가 그린 만화 『바람계곡의 나우시카』 및 직접 감독을 맡은 애니메이션 양쪽에 등장하는 가상의 배경. 인류 사회에 거대 산업 문명이 출현한 지 1,000년이 지난 미래의 지구에서, '불의 7일간'이라 불리는 최종 전쟁이 벌어진 다음 육지의 대부분이 독소를 지닌 식물 및 균류(버섯과 곰팡이 등)로 이루어진 숲으로 덮였는데 이 균류의 숲을 '부해'라고 부른다. 인간은 부해 안에서 숨을 쉴 수가 없고 항상 해독 마스크를 쓰지 않으면 살아 있지 못한다.

2 요모쓰헤구이黄泉戸契: 일본 신화에서 황천(저승)의 음식을 먹는 행위. 저승의 음식을 먹으면 이승으로 돌아올 수 없다고 한다.

3 왕충王蟲: 미야자키 하야오 감독의 만화 및 애니메이션 『바람계곡의 나우시카』에 등장하는 거대한 벌레.

4 거신병巨神兵: 미야자키 하야오의 만화 및 애니메이션 『바람계곡의 나우시카』에 등장하는 거대 병기(인공 생명체). 최종 전쟁이었던 '불의 7일간' 세계를 불태웠다고 한다.

5 은신처asyl: '아질asyl'은 그리스어의 '불가침'이란 단어에서 유래하여 성역, 평화로운 영역을 의미하는 독일어. 정치적 망명지나 도피처를 의미하게 되었다.

6 마르코 소년: 애니메이션(1976년)으로 잘 알려진 〈엄마 찾아 삼만리〉의 주인공 마르코 소년을 가리킨다. 원작은 이탈리아의 아동문학가 에드몬도 데 아미치스Edmondo De Amicis(1846~1908)의 『쿠오레』에 포함된 단편 『아펜니노 산맥에서 안데스 산맥까지』이다. 마르코 소년이 이탈리아 제노바에서 어머니를 찾아 남미 아르헨티나까지 찾아가는 내용.

7 퍼시벌 로웰Percival Lawrence Lowell, 1855~1916: 미국의 천문학자. 화성의 운하를 관측했고, 명왕성의 존재를 예견한 인물. 일본과 한국을 비롯한 극동 연구자로도 유명하다. 일본에 대해 몰개성적이고 집단을 중시하며 불교적이고 독자적 사상이 없이 수입과 모방뿐이라는 서양식 편견을 토대로 한 시선을 보였다. 조선 왕실의 초대로 조선에 3개월간 체류하면서 조선을 서구권에 소개한 저서 『고요한 아침의 나라 조선Chosön: The Land of the Morning Calm』(1886)을 집필했다.

8 기원절紀元節: 일본의 역사서인 『고사기』, 『일본서기』에서 초대 덴노라고 일컬어지는 진무덴노의 즉위일을 가리키며 한때 공휴일로 지정했었다.

9 다모가미 도시오田母神俊雄, 1948~: 일본의 전직 군인, 군사평론가. 2008년 아파APA그룹(얼마 전 난징대학살을 부정하는 내용의 서적을 비치하여 중국 및 국내에서도 물의를 일으켰던 일본의 극우 호텔 기업)이 주최한 '진정한 근현대 사관' 논문 현상에서 일본은 침략 국가가 아니었다는 내용의 논문을 응모하여 최우수상을 수상. 하지만 이 논문이 일본 정부의 견해와 다르다고 하여 항공막료장에서 해임되었다. 그 후로 일본의 우익 정치 세력과 함께 정치 활동을 하고 있다.

10 비非국민 : 국민으로서 할 수 없는 행동을 한다는 의미의 멸칭. 일본에서는 청일전쟁 이후 주로 태평양전쟁에 이르기까지 반체제, 반전 활동을 하는 인물이나 정부 방침을 따르지 않는 인물을 강하게 비난하며 비국민이라고 불렀다.

5장

1 다이쇼大正 아방가르드 : 일본 다이쇼 시기(1910년대 후반~1920년대 전반)에 일어난 전위적인 미술운동. 주로 미래파, 다다이즘 등 해외 미술의 운동에서 영향을 받았다.

2 다카미자와 미치나오高見沢路直, 1899~1989 : 본명은 다카미자와 나카타로. 다카미자와 미치나오는 전위 예술 집단 '마보'에 소속되었던 시절의 예명이다. '다가와 스이호田河水泡'라는 필명으로 더 잘 알려져 있는 일본 초기의 대표적인 만화가. 대표작 『노라쿠로』가 만화 및 캐릭터로서 높은 인기를 얻었다.

3 가타 고지加太こうじ, 1918~1998 : 일본의 가미시바이 작가, 서민문화 연구가.

4 가미시바이紙芝居 : 연기자가 그림을 보여주면서 목소리로 이야기를 들려주는 방식의 일본 전통의 퍼포먼스. 종이 연극. 주로 아동을 대상으로 전국 각지를 떠돌면서 길거리에서 공연하는 형태로 유행했다. 일본어판 위키피디아에 의하면 1930년대에 만들어졌다고 하며 일본 독자적인 공연 형태로 일부 예외를 제외하면 다른 나라에서는 유사한 사례를 볼 수 없다고 한다. 그림을 한 장 한 장 뒤로 넘겨가면서 그 그림에 해당하는 줄거리를 말로 들려주는 방식인데, 다른 나라에서 많이 볼 수 있는 인형극과 비슷하지만 인형이 아닌 그림을 보여준다는 것이 차이점이다.

5 〈모모타로 바다의 신병桃太. 海の神兵〉 : 일본 해군성이 1944년 2차 세계대전 중에 제작한 국책 애니메이션 영화다. 개봉은 1945년 4월 12일, 일본 항복 4개월 전에 이루어졌다. 일본 최초의 장편 애니메이션 영화인 〈모모타로의 바다독수리〉(1943)와 같은 시리즈라고 할 수 있는 작품인데, 일본 해군 낙하산부대의 활약을 거액의 제작비와 100명 가까운 인원을 동원하여 제작했다.

6 니코니코 동화ニコニコ動画 : 일본의 동영상 사이트. 화면에 가로로 흘러가는 형태로 동영상에 직접 덧글을 달 수 있다.

7 데포르메déformer : 데포르메(데포르메시옹)는 자세한 세부를 생략하고 작가의 주관에 따라 특징만 잡아 그리는 것을 말한다.

8 '엄청나다とてつもない' : 서문 역주 15의 『엄청난 일본』에서의 '엄청난'과 같은 의미.

보론

1 휴대전화 소설: '스마트폰'이 널리 사용되기 전 소위 '피처폰'이라 불리던 구세대 휴대전화 시대에 피처폰에서 주로 사용되는 게시판이나 콘텐츠 서비스에 게재되던 소설을 일본에서 '휴대전화 소설'이라 불렀다. 한국에서도 피처폰 전용 서비스 중에 무협이나 판타지 등 장르 소설을 서비스하는 경우가 있었으나, 일본에서는 주로 로맨스 소설 장르를 중·고등학생이 많이 열람하는 형태로 한때 붐을 일으켰다.

2 일본의 민속학자 오리쿠치 시노부折口信夫(1887~1953)는 일본 전통 예능 노能에서 축언곡으로 연기하는 가무인 오키나翁와 주역을 흉내 내거나 야유하여 비웃는 조연 역할인 모도키もどき의 관계를 논한 바 있다.

3 서번트 신드롬savant syndrome: 자폐증 등을 가진 사람이 암기나 계산, 예술 등 특정한 분야에서 천재적인 재능을 보이는 현상.

4 『5분 후의 세계』: 무라카미 류가 1994년 발표한 소설. 2차 세계대전 이후 여전히 연합군과 전쟁을 벌이는 평행세계 속의 일본을 그렸다. 작중에선 일본이 미국, 소련, 중국, 영국에 의해 분할 통치되고 있다. 또 비국민, 준국민이 등장하는 등 현실을 강렬하게 비유하고 있다.

5 미소녀美少女: 용모가 아름다운 소녀라는 말로 '미소년美少年'에 대응하는 개념이다. 1980년대 이후 일본의 만화, 애니메이션, 게임 등의 서브컬처 분야에서는 작중에 미소녀 히로인이 등장하는 경우가 많아 이를 '미소녀 캐릭터'로 형용하는 경우가 많았고, 나아가서는 '전투 미소녀'라 하여 〈미소녀 전사 세일러문〉을 필두로 한 '싸우는 히로인' 캐릭터를 내세우는 장르도 일본 애니메이션의 주류가 된 바 있다.

6 아야나미 레이綾波レイ: 일본의 애니메이션 〈신세기 에반게리온〉의 히로인. 무표정하고 감정이 없는 듯한 모습으로 등장하여 1990년대 이후 일본 애니메이션 팬들에게 큰 인기를 끌었다.

찾아보기

ㄹ

ㅁ

ㅂ

이야기론으로 읽는
무라카미 하루키와 미야자키 하야오

2017년 7월 7일 1판 1쇄 인쇄
2017년 7월 17일 1판 1쇄 발행

지은이 오쓰카 에이지
옮긴이 선정우
펴낸이 한기호
편집 오효영, 유태선
펴낸곳 북바이북
출판등록 2009년 5월 12일 제313-2009-100호
주소 121-839 서울시 마포구 서교동 484-1 삼성빌딩 A동 2층
전화 02-336-5675 팩스 02-337-5347
이메일 kpm@kpm21.co.kr
홈페이지 www.kpm21.co.kr

ISBN 979-11-85400-66-2 03800

이 도서의 국립중앙도서관 출판예정도서목록(CIP)은 서지정보유통지원시스템 홈페이지(http://seoji.nl.go.kr)와 국가자료공동목록시스템(http://www.nl.go.kr/kolisnet)에서 이용하실 수 있습니다.(CIP제어번호: CIP2017015294)

북바이북은 한국출판마케팅연구소의 임프린트입니다.
책값은 뒤표지에 있습니다.